KB231273

# 내 신발이 어디로 갔을까

# 내 신발이 어디로 갔을까

브렌다 애버디언 지음 · 이양준 옮김

나무생각

내게 인내의 가치를 깨우쳐 주고,

나와 생일이 같은

나의 아버지,

마틴 애버디언에게

그리고 치매 노인을 돌보는 모든 분들에게

이 책을 바칩니다.

## 추천의 말

노인성 치매가 세상 사람들의 주목을 받게 된 지 20여 년이 흐르는 동안 노인성 치매 환자를 돌보는 분들을 위한 각종 지침서들이 출판되고 읽혀져 왔습니다. 그러나 이 책은 기존의 치매 관련 도서들과는 달리 인간적인 감동이 물씬 배어들어 있습니다.

이 책에서 저자는 노인성 치매를 앓는 부친을 보살피며 겪게 되는 개인적 고뇌, 가족들과의 갈등, 그 와중에도 치매 환자인 부친의 존엄성 및 저자 자신의 자아와 주체성을 지키려는 노력의 과정과 그 이면에 대해 밝히고, 이것들에 대한 깊은 통찰을 우리에게 전달해 주고 있습니다.

이 책에서 '신발'은 독립성과 자주성의 상실 및 용납될 수 없는 행동을 통제하려는 시도를 표현하는 은유물이자 초점입니다. 가족들이 서로 신발을 숨기고, 늙은 여우가 일시적으로나마 젊은 사냥개들의 허를 찌르는 일련의 드라마틱한 소동과 전쟁은 코믹하기까지 합니다.

이 책은 노인성 치매 환자들을 돌보는 분들에게 유용한 정보를 제공해 주는 한편, 그분들이 겪게 되는 시련과 고뇌와 갈등을 생생히 담아 내고 있습니다. 또한 저자는 미국으로 이민 와 자기 자신과 가족을 위해 정직과 성실로 미국인의 꿈을 일궈낸 부친의 생애를 통해 미국의 초상을 그려 나갔습니다.

제대로 알려지지도, 제대로 평가받지도, 제대로 주목받지도 못했던 그분의 노력과 수고는 그분에 대한 애정 담긴 헌정물인 이 책을 통해서 비로소 드러나고 알려지게 되었습니다. 이 책의 종반부에 등장하는, 흐릿해져 가는 인지력으로 그분이 발췌본 원고를 읽어내려 가는 장면은 아이러니하지만 감동적인 순간이 아닐 수 없습니다.

노인성 치매 질환을 앓고 있는 분들의 가족들, 치매를 앓고 있는 부모님들의 삶을 통해 그 의미를 찾아내고자 하는 가족들이라면 이 책에서 폭넓은 공감대를 느낄 수 있을 겁니다.

롤랜드 제이콥스(의학박사, 정신의학 · 신경학 · 노인 정신의학 전문의)

## 작가의 말

이 책은 노인성 치매 질환을 앓고 있는 나의 아버지로 인해 나오게 되었습니다. 아버지를 돌봐 드리게 되면서 내 인생에 커다란 영향을 미치게 되는 여정도 시작이 되었습니다. 우리는 삶의 경험으로부터 배우고 성장한다고들 합니다. 처음에 나는 내가 이 경험으로 인해 어느 정도 성장하게 될지 미처 알지 못했습니다.

며칠이 흘러 한 주일이 되고 몇 주일이 쌓여 몇 달이 흐르는 동안 나는 나의 생활과 일을 제쳐 두고 오로지 나의 아버지를 돌보는 일에만 전념했습니다. 그러는 사이 나처럼 노인성 치매에 걸린 가족들을 돌보는 분들을 알게 되었고 그분들과 관계를 맺어 나가게 되었습니다. 이러한 관계들은 내 인생의 한 부분으로 자리를 잡아 갔고, 내가 느꼈던 고립감과 단절감, 고독감을 경감시켜 주었습니다.

치매 증세로 시달리는 아버지를 지켜보면서 나는 크디큰 고통을 겪는 한편, 그것을 통해 새로운 것들을 깨우쳐 나갈 수 있었습니다. 부침(浮沈)과 불확실성, 불가해성 속에서 나는 비망록을 기록해 나갔습니다. 이 비망록 속에는 내가 느꼈던 기쁨과 고통이 고스란히 담겨져 있습니다.

주변의 치매 환자 가족분들과 치매 질환 전문가분들의 격려 속에서 나는 이 책을 써 나가기 시작했습니다. 이 책은 아버지가 아직 생존해 있을 때 아버지에게 드릴 헌정물이자 치매 환자를 돌보는 분들의 길잡이였습니다.

내가 몸과 마음으로 느꼈던 경험들을 여러분과 함께 나눔으로써, 현재 치매 환자를 돌보고 있는 분들과 아직 그 길에 들어서지 않은 분들이 함께 공감대를 이룰 수 있기를 바랍니다. 아울러 이 책을 읽으면서 다소나마 지식을 얻고 여러분이 혼자가 아니라는 사실에서 위안을 얻게 되기를 바랍니다.

비록 우리는 서로를 개인적으로 알지 못하고 앞으로도 만나지 못할지도 모르지만 우리는 공통의 경험에 의하여 하나가 되었습니다.

나의 아버지를 돌보아 주는 분들, 그리고 나의 아버지 같은 분들을 도와 주는 분들에게 조금이나마 보답하고 싶은 마음에서 이 책의 판매수익금은 노인성 치매 환자분들 및 그 보호자들을 돕는 개인, 단체, 재단에 기부하고 있습니다.

## 감사의 말

이 책이 나오기까지 많은 분들이 도움을 주었습니다.

이 책의 초고를 읽고 검토해 준 데이브 퍼거슨과 잰 퍼거슨 부부, 로버타 와이드머, 로이스 에리시 풀, 샐리 하워드와 켄 하워드 부부, 조너던 슐킨, 진 파슨스, 케이티 코벳, 패티 콤튼에게 감사드립니다. 특히 로이스에게 깊은 감사를 드립니다. 로이스는 일곱 페이지의 초고를 교정봐 주었을 뿐 아니라 꼼꼼한 자세로 자신의 견해를 밝히며 여러 시간에 걸쳐 필자와 토론을 가졌습니다. 책의 맨끝에 수록한 '치매 환자 가족을 위한 10가지 제안'을 싣도록 힘을 실어 준 이도 로이스였습니다.

자신들의 노하우를 기꺼이 나눠 줌으로써 '치매 환자 가족을 위한 10가지 제안'의 기초를 마련케 해준 치매 환자 가족분들, 팻 애덤스, 패티 콤튼, 폴 F. 하몬, 헬렌 존스, 마리나 맥카시, 조너던 슐킨에게 감사드립니다.

순회보건원협회(VNA) 앤텔로프 밸리 지역 탁노소의 치매 환자 가족 모임에 특별한 감사를 드립니다. 그분들의 반응과 의견은 이 책을 써 나가는 내내 큰 도움이 되었습니다.

이 책의 제목을 제안해 주고 지속적으로 귀중한 제안을 해준 노스 로스앤젤레스 카운티 여성 작가 네트워크의 회원분들에게 특별한 감사를 드립니다.

치매 노인을 돌보는 이들에게 이 책의 존재를 알리기 위해 인터넷 웹사이트를 만들어 준 루벤 캐노와 스티브 매서에게 감사드립니다.

이 책을 마무리짓는 과정에서 조언과 지원을 보나 준 그라나다 힐스 지역 병원 노화연구 검진센터 측에 크게 감사드립니다.

비벌리힐스에서 '미디어의 장점'이라는 제목으로 감동적인 워크숍을 펼쳐 준 조엘 로버츠에게 감사드립니다.

바쁜 일과를 쪼개 필자에게 귀중한 조언을 해준 루 보지기언, 베티 클링케이머, 빌 뮬터넨, 앤 해리스 씨에게 감사드립니다.

밤잠을 포기하고 주말도 반납하며 원고를 편집하고, 표지와 사진, 레이아웃 등에 대해 저자에게 조언을 해준 그리고 책의 표지 모델이 되어 준 루 주어리 씨에게 특별한 감사를 드립니다.

젠킨스 그룹의 편집팀 여러분(제럴드 젠킨스, 수전 하워드, 테레사 넬슨, 알렉스 무어, 니키 스탈)에게 감사드립니다. 이 책의 원고를 교정하면서 무수히 빨간 펜을 집어 들었을 메리 조 재주어타 씨에게 특별히 감사드립니다. 탁월한 편집 능력을 발휘하여 이 책에 온기와 호소력을 불어넣어 준 분입니다.

'말하는 기술과 글 쓰는 능력을 키우는 법'에 대한 워크숍을 통해 필자의 열정에 연료를 공급해 주고 따라갈 지도를 제시해 준 잭 캔필드, 마크 빅터 한센, 댄 포인터, 도티 월터스에게 감사드립니다.

끝으로 저자의 남편이자 21년 간 저자의 동반자인 데이빗 보든에게 매우 특별한 고마움을 전합니다. 그가 없었다면 저자는 아버지를 돌보지도, 이 책을 완성시키지도 못했을 것입니다.

# 차례

1부

# 처음에

열여덟 살 때의 아버지

나의 아버지는 역사의 격동기를 살아온 분이다. 그분이 살아오는 동안 두 차례의 세계대전이 일어났고, 한국 전쟁과 베트남 전쟁이 발발했으며, 걸프전이 치러졌다. 아버지는 열렬한 애국주의자였지만 1차 세계대전 때는 나이가 너무 어려서, 2차 세계대전 때는 나이가 너무 많아서 전쟁에 직접 참전하지는 못했다. 여든여덟 해를 살아오는 동안 아버지는 린드버그의 대서양 횡단에서 닐 암스트롱의 달 착륙까지, 손으로 쓴 편지에 2센트 우표를 붙여 보내던 시대에서 몇 초 만에 지구 반대편에 도착하는 이메일을 보내는 시대에 이르기까지 첨단 기술이 비약적인 발전을 거듭하는 것을 목격했다.

1910년 아르메니아의 반(Van) 지방에서 태어난 아버지가 여덟 살 때 할아버지는 아르메니아 대학살 와중에 실종되었다. 그로부터 2년 뒤 아버지와 할머니는 배를 타고 미국으로 건너왔고, 할머니의 여동생이 살고 있던 시카고에 정착했다. 할머니는 곧 재혼했고, 아버지의 아르메니아식 이름 마르딕 아바디안은 마틴 애버디언이라는 미국식 이름으로 바뀌었다.

아버지는 열심히 공부하는 학생이었고 학구열도 높았다. 아버지는 공부를 계속 하고 싶었지만 그럴 만한 경제적 여유가 없었고 의붓아버지에게 손을 벌리고 싶지 않았기 때문에 청소년 때부터 닥치는 대로 일을 하며 돈을 벌었다.

부지런한 일꾼이었던 아버지는 저임금의 일자리들을 전전하던 끝에 제너럴 일렉트릭 사에 기계공으로 취직이 되었다. 그 뒤 아버지는 열심히 돈을 모았다. 아버지는 안정성 위주의 보수적 방법으로 재테크를 해나갔다. 1950년대에 아버지는 매주 100달러가 조금 넘는 돈을 벌었는데, 그 중 10달러씩을 미국 저축 채권을 구입하는 데 썼다. 또한 여러 해에 걸쳐서 제너럴 일렉트릭 사의 주식도 모았는데, 주식 시장의 성장 덕에 아버지가 보유한 주식의 가격은 채 1년도 안 되는 사이에 10만 달러에 이르게 되었다. 아버지의 변호사와 회계사는 "어떻게 일개 기계공이 이렇게 많은 돈을 모을 수가 있었냐."며 놀라워했다.

오랫동안 미혼으로 지내오던 아버지는 서른아홉 살에 결혼을 했고, 가정을 꾸리게 되면서 집을 구입했다. (이를 위해 할머니에게 3000달러를 빌렸는데, 아버지는 이를 단 2주일 만에 갚았다.)

아버지는 속내를 남들에게 떠들어대는 분이 아니었다. 자라는 동안 나는 벽난로 선반 위 나무액자 속에 끼워져 있는 아버지의 고등학교 졸업사진을 습관처럼 바라보며, 내가 이 세상에 나오기 30년도 훨씬 전의 그는 대체 어떤 사람이었을까를 상상해 보곤 했다. 사진 속의 그는 166센티미터의 키, 60킬로그램의 체중에 세련된 양복을 입고 단정하게 빗질을 한 잘생긴 신사였다. 거의 반세기의 시간이 지나면서 세월은 아버지의 청력을 상당 부분 앗아갔고 아버지의 몸은 키 153센티미터, 체중 55킬로그램으로 줄어들었다.

1

# 모든 것의 시작

우리 부부가 고향 위스콘신에서 3000여 킬로미터나 떨어진 캘리포니아로 이주한 것은 1989년의 일이었다. 친정부모님은 여전히 위스콘신에 살고 있었으므로 우리 부부는 매년 비행기를 타고 위스콘신을 찾아갔다. 고향을 다시 찾을 때마다 우리는 원대한 꿈을 키워 갔던 젊은 날의 추억들을 새록새록 떠올리곤 했다. 중서부 주민에서 이제는 새내기 캘리포니아 주민이 된 우리 부부에게 이 같은 귀향은 고향의 가족들과 친구들을 오래간만에 만나볼 수 있는 좋은 기회였다.

그러나 뒤에 상황이 바뀌면서 우리 부부는 6개월에 한 번 꼴로 보다 자주 고향을 찾아가게 되었다.

어머니는 심장비대증을 앓고 있었다. 그래서 어머니의 심장은 혈액을 충분히 펌프질하지 못할 정도로 약해졌고, 이로 인해 폐에 물이 차는 증상이 일어났다. 어머니는 호흡을 제대로 하지 못해 헐떡거리는 상태에서 수많은 차들과 정신 없는 신호등들을 뚫고 병원으로 실려 가기 일쑤였다. (어머니는 요란한 앰뷸런스 경보음을 싫어했기 때문에 앰뷸런스 대신 어머니를 병원에 모시고 가는 일은 친정집에서 다섯 블록 떨어진 곳에 사는 언니나 부모님과 함께 살던 오빠의 몫이었다.) 어머니에게는 위기의 순간이 여러 차례 있었고 그때마다 남편과 나는 이번이 어머니를 보게 되는 마지막 순간이 아닐까 불안해하며 돌아서곤 했다.

어머니는 우리 모두에게 늘 커다란 영향을 미쳤다. 테레사 수녀에 곧잘 비유되곤 했던 어머니는 작고 여린 외모와는 달리 굳건한 의지를 지닌 외유내강형의 인물이었고, 근면과 인내의 본보기가 되는 분이었다.

10여 년이 넘게 꿋꿋하게 병과 사투를 벌이며 이겨 왔던 어머니는 1993년 4월 1일 밀워키에서 마침내 숨을 거두었다.

내게 그 소식을 전해 온 이는 아버지였다. 처음에 그 소식을 들었을 때 나는 도무지 믿어지지가 않았다. 어머니가 우리 곁을 떠나다니, 그것도 하고많은 날 중에서 하필이면 만우절에 돌아가시다니! 아버지는 내게 이렇게 말했다.

"브렌다야, 잘 지내냐? 혹시 방해된 건 아닌지 모르겠구나. 엄마가 돌아가셨다는 걸 네게 알려 주려고 전화했다."

아버지는 내게 전화하는 일이 없었다. 시외통화료가 비싸기 때문에 매달 내가 아버지에게 전화를 드리곤 했었다. 혹시 아버지가 장난을 하는 건 아닐까? 하필 만우절에 전화한 적도 석연치 않았다. 나는 아버지의 장난에 넘어가지 않으리라 마음먹고 이렇게 물었다.

"아버지, 지금 장난하시는 거죠?"

"아니다."

아버지의 목소리는 진지하고 또렷했다.

"아버지도 참, 오늘 만우절인 거 알아요. 그렇게 딸을 골탕먹이고 싶으셨어요?"

"나도 네 엄마 있는 곳에 다녀온 지 한 시간 만에 간호사한테 전화를 받았는데, 처음엔 믿어지지가 않더구나."

나는 그때그때 집이나 병원으로 전화를 걸어 어머니의 병세와 호전 정도를 점검해 왔고, 우리 모녀가 통화하는 동안 간호사도 수화기를 귀에 대고 우리 모녀의 대화를 듣곤 했다. 때문에 어머니가 입원해 있었던 집중치료병동으로 얼마 전에 전화를 걸었을 때 어머니가 퇴원한 지 2주일이 다 되어간다는 간호사의 말에 나는 깜짝 놀랐다. 어머니가 다른 병동으로 옮겨진 거냐고 내가 묻자 간호사는 아니라고 대답했다. 어머니에게 달리 더 취할 수 있는 조치가 없다고 의사들이 말했다고 간호사는 설명했다. 그 말을 듣는 순간 나는 어머니가 돌아가셨을 거라는 생각이 들었다. 그런데 아무도 내게 소식을 전해 오지 않았다니! 나중에 알고 보니 어머니는 24시간 간호가 이루어지는 시설로 보내졌던 거였다.

아버지는 말을 계속 이어 나갔다.

"실은 나도 간호사가 내게 장난하는 걸로 생각하고 간호사한테 장난하지 말라고 했지. 하지만 간호사가 그러더구나. 네 엄마 방에 들어가 보니 엄마가 이미 돌아가셨더라고."

"어어."

내가 할 수 있는 대답이란 그것뿐이었다. 그런 줄도 모르고…. 이런 바보 같으니!

"아버지, 좀 어떠세요?"

"뭐, 상황은 이렇지만 난 괜찮아. 그저 좀 놀랐지."

아버지는 감정을 함부로 드러내는 분이 아니었다.

"제가 곧 그리로 갈게요. 뭘 챙겨 갈까요?"

"아니다, 됐어. 오지 마. 넌 일해야 되잖니. 직장 결근하면 못 써."

아버지는 제너럴 일렉트릭 사에서 32년 간을 근무하는 동안 단 하루도 결근한 적이 없었고, 이 때문에 회사에서 주는 특별 표창장을 받은 바 있다.

"아버지, 제가 그리로 갈게요. 이 일은 아버지 혼자 결정할 문제가 아니예요. 제가 가서 거들어 드릴게요. 더욱이 이런 때일수록 가족이 한데 모여야 하는 게 아닌가요."

"아니, 올 필요 없어. 내가 다 처리해 놨어."

"네? 뭘 어떻게 해놓으셨는데요?"

언성까지 높여 가며 어렵게 어렵게 설득한 끝에 아버지는 내가 찾아가 아버지를 돕고 아버지와 함께 시간을 보내는 데 동의했다. 그런데 막상 친정집에 도착하여 살펴보니 처리된 건 아무것도 없었다.

하루인가 이틀인가 뒤에 남편 데이빗도 비행기를 타고 날아와 아버지를 거들어 장례 절차를 밟을 준비를 해나갔다. 우리 부부는 언니, 오빠와도 함께 의논하려 했으나 그들은 무심하기만 했다. 결국 아버지와 나, 그리고 남편 이렇게 셋이서 일을 처리해 나가야 했는데, 우리는 고인이 평소 원했던 대로 장례를 치르기 위해 나름대로 최선을 다했다. 어머니는 화장을 원했고, 아버지는 화장한 유골을 안치해 둘 납골당을 이미 확보해 둔 상태였다. 그러나 아버지는 어머니의 유골을 납골당에 안치하기 전에 한동안 집에 두길 원했다.

남편과 나는 가족이 다 함께 모여 어머니가 생전에 심고 정성껏 돌보았던 마당의 나무에 뼛가루를 뿌리는 것이 좋을 거라는 생각이 들었다. 하지만 그것은 실현되지 못했다. 장례식도, 가족이 모이는 일도 이루어지지 못했다. 남편과 내가 친정집에 와 있는 동안 언니와 오빠도 찾아오지 않았다. 아버지는 실망했지만 그 일에 대해 곰곰 되짚지는 않았다.

우리 또한 그런 일에 얽매이지 않기로 했다. 남편과 나는 오래도록 아버지와 함께 지내며 아버지가 살아온 인생역정을 들었고 아버지가 가 보고 싶어하는 곳에 대한 얘기를 들었다. 아버지가 원한다면 10월에 함께 해외여행을 갈 계획이었다. 우리는 아버지의 조국인 아르메니아, 우리 세 사람 모두가 구경하고 싶어하는 모스크바, 10월에 맥주축제가 벌어지는 독일을 가 보기로 했다. 아버지는 술은 드시지 않았지만 예전부터 독일이라는 나라를 동경해 왔고, 우리 부부는 독일의 국민음료 맥주를 아주 좋아했던 것이다.

이 흥미진진한 모험을 떠날 날짜가 하루하루 다가오는데도 아버지는 여행갈 채비를 하는 기미를 도무지 보이지 않았다. 아버지가 여행을 떠나지 못할 특별한 문제는 없었다. 오히려 아버지는 당신보다 마흔아홉 해나 젊은 나보다도 더 건강했다. 그런데도 아버지는 여행을 떠날 수 없는 이런저런 구실을 댔다.

"아이고, 내가 해야 할 일이 얼마나 많은지 아니? 너희 엄마 청구서도 지불해야 돼. 네 엄마 앞으로 청구서가 아직까지도 날아오고 있단 말이다. 또 나는 집안일들을 처리해야 해. 정리해야 할 서류들은 사방에 널브러져 있고, 세금도 계속 내야 한단다. 게다가 지하실은 완전 아수라장이야. 바닥에 온통 연장들이 굴러다니는 통에 그리로 내려가기가 겁날 지경이라니까. 집안일 다 처리되고, 정리되고 나서 그때 가면 되지. 급할 게 뭐 있냐? 나는 앞으로도 한참을 더 살 건데." (당시 아버지의 나이는 여든셋이었다.)

우리 부부는 잘 알고 있었다. 아버지는 이 모든 일들을 결코 끝내지 못하리라는 것을. 그 같은 일들이 아버지를 심란하게 하고 있는 이 시점에서 아버지가 심경의 변화를 일으키기를 기대하기

란 무리였다. 우리는 대안책으로 아버지를 위한 전세비행기를 빌렸다.

아버지는 그때까지 한 번도 비행기를 타 본 적이 없었고, 우리 부부는 바로 지금이야말로 아버지에게 항공여행을 경험하게 해 드릴 기회라고 생각했다. 아버지는 언제나 새로운 경험을 하는 일에 적극적이었기 때문에 비행기를 타면 무척 즐거워할 게 분명했다. 비행기 조종사인 시아주버니가 아버지와 우리 부부를 전세 비행기에 태우고 친정집 주변 일대와 멋진 경관으로 유명한 쓰리돔 원예농원, 브루어스 스타디움, 성(聖) 조사파 바실리카 교회당을 구경시켜 주었다. 예상했던 대로 아버지는 무척 즐거워했고, 우리가 아버지를 위해 '모든 어려움을 뚫고' 이런 일을 계획했다는 사실에 특히 더 감격했다.

동유럽 여행에 대해서도 우리 부부는 낙관적인 자세를 유지하면서 아버지를 지속적으로 설득하면 아버지도 여행을 떠날 거라고 생각했다. 하지만 오래도록 그 같은 변화는 일어나지 않았고, 아버지의 핑계만 더 늘어갔다.

사람들은 조건을 달며 삶을 살아가고 있다. "만일 네가 이걸 하면, 나는 저렇게 하겠어." 하는 식으로 사람들은 자신과 타인과의 관계에 이런저런 조건들을 세운다. 이는 자기 자신을 위해 어떤 일을 할 때도 마찬가지다. 멋진 레스토랑에서 식사를 한다든가, 특별한 곳을 여행한다든가, 자신이 정말로 원하는 것을 하기 위한 시간을 쓰는 데도 "만일 내게 1억 원이 생긴다면, 한번 시간을 내 보지." 하는 식이다.

우리들의 미래는 보장되어 있지 않다. 만일 우리가 무언가를 해야 한다면 지금 당장 그 일을 해치워야 한다. 사실 지하실에 널브러진 연장이니, 고장난 집안 설비니, 서류더미니, 심지어 세금까지도 조금 더 미뤄 둘 수 있는 것들이다. 말이 나왔으니 하는 말인데 우리는 아버지 앞으로 1993년도에 발부된 세금고지서를 1997년에 처리해야 했다.

우리 부부는 아버지에 대한 접근 방식을 바꿔 보기로 했다. 우리는 캘리포니아의 우리 집으로 아버지를 초대했다. 우리 집으로 초대하기 위해 우리는 3년 간이나 아버지를 설득해야 했다. 나는 매달 아버지에게 전화를 걸어 캘리포니아에서의 생활이 얼마나 재미있는지를 설명했다. 그리고 내 미야타 컨버터블 자가용에 아버지를 태우고 캘리포니아 도로를 달릴 계획을 세웠다.

아버지에게 새 옷을 사 주고 싶다는 얘기도 언니에게 했다. 아버지에게 옷을 사 주는 거야 어렵지 않지만, 문제는 아버지가 새 옷을 입으려 하지 않는다는 데 있었다. 아버지의 옷들은 적어도

산 지 20년이나 되었고, 40년 된 옷들도 부지기수였다. 그런 아버지가 새 바지와 새 티셔츠로 갈아입었을 때 그 모습은 얼마나 훤했던가! 마침내 아버지는 우리 집에 왔고 한동안 떨어져 살았던 부녀는 오랜만에 해후하게 되었다.

어머니가 돌아가신 뒤로 많은 것이 바뀌었다. 아버지는 당신 자신을 돌보는 데 더 이상 신경을 쓰지 않았다. 아버지는 위생과 영양을 무시하며 지내고 있었다. (오빠가 아버지와 함께 살기는 했지만 아버지의 상태에 신경을 쓰는 것 같지는 않았다.)

사실 아버지는 평생 음식의 영양 같은 것에는 신경을 쓰지 않고 살아온 분이다. 아버지는 밥상에 무엇이 올라오든간에 올라온 대로, 차려진 대로 그냥 드시는 분이었다. 또한 아버지는 스스로를 위해 음식을 만드는 수고를 하는 일도 절대 없었다. 아버지는 간단히 만들어 먹을 수 있는 음식을 선호했다. 다른 사람이 아버지를 근사한 먹거리들이 즐비한 곳으로 모셔가도 아버지는 핫도그나 소시지를 넣은 샌드위치 정도로 만족했다.

반면에 아버지는 차림새를 단정히 하는 데에는 항상 신경을 썼다. 적어도 직장에 다녔던 시절에는 그랬다. 어머니가 항상 세심하게 신경을 써 준 덕분에 아버지의 옷들은 언제나 깔끔하고 단정하게 손질되어 있었다. 아버지는 샤워도 매일 했고 어떨 때는 하루에 두 번이나 했다. 또 항상 말끔하게 면도를 했기 때문에 다박나룻이 삐죽 자라 있는 경우도 결코 없었다. 이도 아주 오래도록 닦았다. 치과의사들이 권장하는 3분보다 훨씬 더 길게.

몇 달이 지나면서 우리 부부는 아버지가 점점 예전과는 다르게 변해 가고 있다는 것을 깨닫게 되었다. 마침 일 때문에 위스콘신에 가게 된 남편이 얼마간 아버지를 돌봐 드리게 되었는데, 1995년 10월 내게 다음과 같은 이메일을 보내 왔다.

> 여보,
>
> 난 지금 회사에 있어. 장인 어른에 대해 생각해 보고 있던 참이야. 내 생각에 장인 어른은 당신 몸을 더 이상 혼자서 추스를 수 없는 시점에 거의 다다른 것 같아. 하지만 처형과 처남은 이런 사실을 깨닫지 못하는 것 같고. 하기야 장인 어른은 처형, 처남과는 별로 얘기를 나누지 않고, 처형과 처남 역시 장인 어른에게 별로 신경을 쓰지 않으니.
>
> 장인 어른은 이번 주에 600달러를 잃어버린 것 같아. 누군가가 훔쳐 간 모양인데 장인 어른은 이를 전혀 알아채지 못하는 것 같아. 더 걱정인 것은 곧 겨울이 오는데, 장인 어른이 쓰레기 소각장치를 다루다가 지하실에 불이라도 낼까 하는 것이야. 장인 어른은 지하실에 벌써 장작더미들을 쟁여 놓았더라고. 왜 그런 짓을 하는 건지 모를 노릇이야.
>
> 장인 어른은 함께 지낼 사람이 필요해. 만일 장인 어른이 엉뚱한 짓을

저질러 끔찍한 사태가 발생할 경우 처형, 처남은 그제서야 기절초풍할 거야. 내가 보기에 처형과 처남은 장인 어른과 제대로 충분한 대화를 나누지도 않거니와 장인 어른의 말을 들어 줄 인내심도 없는 것 같아. 만일 처형과 처남이 장인 어른을 조금이라도 신경 써서 들여다본다면 아마 장인 어른을 망령든 노인네 취급을 하려 들 테지만 말이야.

이런 상황에서 내가 뭘 어찌해야 좋을지 모르겠어. 나는 중간에 끼여 옴짝달싹 못하는 처지에 있는 느낌이 들어. 내가 장인 어른을 위해 뭔가를 하려 하면 처형과 처남은 장인 어른에게 무엇이 잘못되어 가고 있는지를 전혀 모르기 때문에 부정적인 태도로 나올 거야. 처형과 처남에게는 장인 어른과 정상적인 대화를 나눌 인내심도 시간도 없는 것 같아. 장인 어른은 청력에만 문제가 있는 것이 아니라 뇌에도 문제가 있어.

정말이지 장인 어른에게는 돌봐 드릴 손길이 필요하다고 보여져. 나는 그 일을 해낼 수 있어. 나는 토요일, 일요일, 그리고 오늘까지 내내 장인 어른에 대해 생각하고 있어. 장인 어른의 상태는 처형과 처남이 짐작하는 것보다 훨씬 더 심각해. 장인 어른을 저대로 방치해 뒀다가는 스스로 불귀의 객이 되거나 남의 생명을 앗아가는 끔찍한 결말이 이루어질지도 모르겠어. 장인 어른에게 더 이상 운전대를 잡게 해서는 안 돼.

어떨 때는 정말 심하게 오락가락하는데 계속 저러다가는 사는 집도 기억하지 못하게 될 것 같아.

이런 소식 전하게 되어 미안해. 하지만 알리지 않을 수 없는 노릇 아니겠어.

사랑해.

데이빗

아버지는 노망기를 보이기 시작했다. 아버지는 어머니를 보았다는 말도 했고, 오빠가 집에 데리고 왔다는 친구에 대한 얘기도 했다. 아버지는 오빠 친구라는 사람의 이름은 알지 못했다. 다만 그가 오빠와 비슷하게 생겼으며 물건들을 집 밖으로 내놓는 일을 거들었고, 오빠가 출장 갔을 때 오빠 대신 우리 집에서 자고 갔다는 것이었다. 아버지가 얘기하는 내용과 묘사는 정말 생생하고 그럴듯했다.

남편과 내가 아버지를 다시 찾아갔을 때 아버지는 우리 부부에게 조금 전 아버지가 앉아 있던 일광욕실에 꼬마 여자애와 그 친구들이 있었다고 얘기했다. 그러면 그 애들은 지금 어디에 있느냐고 묻자 아버지는 모르겠다고 대답했다. 아버지는 그 애들이 초인종 소리를 듣고 집 안 어딘가 다른 곳으로 숨어 버렸을 거라고 했다. (실제로 친정집 뒤편 골목에는 꼬마 여자애가 사는 집이 한 집 있기는 했다.) 아버지가 하도 그럴듯하게 상황 묘사를 하는 바람에 남편과 나는 꼬마 여자애를 찾아 지하실에서 다락방에 이르기까지 집 안 구석구석을 살펴보았지만 집에는 아무도 없었다.

아버지의 특이한 버릇은 계속됐다. 아버지는 남들이 당연히 여기는 많은 것들을 하지 않게 되었다. 몸을 씻지도 않았고 옷도 빨아 입지 않았다. 1996년 3월에 아버지를 찾아갔을 때는 아버지에

게서 풍기는 냄새가 하도 지독하여 제대로 숨을 쉴 수가 없을 지경이었다. 나는 아버지에게 옷을 빨아 입으라고 말했지만 아버지는 "뭐 하러 그러냐? 어차피 집구석 굴러다니다 보면 다시 더러워질 텐데." 하고 대답했고, 샤워를 하라고 하면 "야, 추워 죽겠다. 샤워하다 얼어 죽겠어." 하고 말했다. 이것은 "안 해."라고 하는 대신에 아버지 특유의 유머를 담은 거절법이었다.

2

# 선택

1997년 여름에 나는 2주일 간 아버지 집에 가 있기로 마음먹었다. 그나마 덜 추운 여름이 내가 밀워키에서 쾌적한 시간을 보낼 수 있는 유일한 시기였다. 나는 아버지에게 전화를 걸어 내가 찾아가도 되는지를 물어 보았다. 아버지가 여행을 간다거나 집을 비우는 경우는 거의 없었지만 나는 아버지를 으레 집이나 지키고 있는 분으로 여기고 싶지는 않았다.

그때가 5월이었는데 나는 아버지에게 7월에 찾아가면 어떻겠느냐고 물어 보았다. 아버지는 당신 같은 노인네 때문에 쓸데없이 시간 낭비할 필요 없다며 내게 오지 말라고 했다. 내가 지금 하는 일이나 열심히 하여 출세하라고 했다. 그렇게 하는 게 당신한테 효도하는 거라고 아버지는 말했다. 내가 당신과 함께 있으면 내 시간을 낭비하는 것밖에 안 되기 때문에 아버지는 내가 당신을 찾아오는 걸 바라지 않았다. 아버지 세대의 노인분들 중에는 이런 사고방식을 지닌 분들이 많다. 자녀들은 그들의 일에 전념하여 성공하고 출세해야 한다. 중요한 것은 자녀의 미래니, 늙은 부모에게는 신경 쓸 필요가 없다는 것이다.

아버지의 말도 틀린 건 아니었다. 당시 내가 하고 있는 컨설팅 계약건은 7월에나 마무리가 지어질 것 같았다.

나는 6월에 다시 전화를 걸어 8월에 찾아가면 어떻겠느냐고 물어 보았다. 우리 부녀의 생일은 8월 22일로 같은 날이었으므로 친정집에서 합동 생일파티를 하는 것도 좋을 것 같았다. 나는 일들을 마무리 지어 놓고 나서 8월 말에서 9월 초에 걸쳐 2주일 간 아버지와 함께 지내기로 마음먹었다.

---

위스콘신 행 비행기에 오르기 앞서 남편과 나는 아버지를 위해 우리가 해드릴 수 있는 일들에 대해 긴 이야기를 나눴다. 우리 부부는 여러 가지 방안들을 생각해 보았다. 시부모님에게도 의견을 물어 보았고, 친한 친구 사이인 샐리와 켄 부부와도 의논을 했다. 이들 부부는 여든 살이 넘은 샐리의 친정아버지를 모시고 살고 있었다. 또한 당시 막 정년퇴직을 하고 미시시피에 땅을 구입하

여 전원생활을 즐길 구상을 하고 있던 루와 조 부부, 원형 F-22기를 최초로 몰아 세계적으로 화제를 모은 바 있는 데이브와 위스콘신 출신의 아내 잰 부부와도 의논을 했다. 시부모님과 친구 부부들은 우리의 처지를 잘 이해해 주었다.

아버지를 찾아갈 때 미리 방침을 세워 놓고 가야 할 필요가 있었다. 아버지를 위해 우리는 어떤 조치들을 취해야 할 것인가?

처음에 우리 부부는 친구 샐리더러 우리 아버지를 돌봐 드리도록 하면 어떨까를 심각하게 고려했었다. 샐리는 자신의 연로한 친정아버지를 지극정성으로 모셨다. 물론 그 일이 결코 쉬운 것은 아니었지만 샐리와 켄 부부는 샐리의 친정아버지가 자신들의 집에서 편안하게 지낼 수 있도록 정성을 쏟았다. 샐리는 노인들에 대한 배려의 마음이 각별한 사람이었다. 그렇긴 하지만 우리는 여러 가지 경우를 생각해 보지 않을 수 없었다. 가령 샐리가 우리 아버지를 돌봐 드리기 위해 지금 하고 있던 일을 그만뒀는데 아버지가 두 달 만에 돌아가신다면 샐리는 졸지에 실업자가 되어 버리지 않겠는가. 혹은 샐리와 켄 부부가 어디 여행이라도 가야겠다고 한다면? 아버지에게는 부단히 신경을 써 주고 지속적으로 돌봐 줄 손길이 필요했다.

샐리와 켄 부부에게 그런 역할을 해주기를 요구하는 것은 무리라는 생각이 들었다.

집안 어른, 친지, 사회복지사, 시 보건과 담당자, 노인전문 요양원 관리자 등과 대화를 나눈 끝에 우리는 다음과 같은 네 가지 방안을 세워 보았다.

1. 아무 조치도 하지 않는다. 밀워키에 가면 이번이 아버지와 함께하는 마지막 시간이라는 생각으로 아버지와 함께 있는 시간 그 자체를 즐긴다. 밀워키의 겨울은 특히 춥기 때문에 아버지는 까딱하면 겨울에 어떻게 될 수도 있다. 그러니 아버지와 함께 알차게 시간을 보내며 추억거리를 만들고서 아버지를 떠나 보내는 거다. 언니와 오빠도 아버지에 대해 염려하도록 만들자. 오빠는 아버지와 함께 살고 있고, 언니는 친정집에서 불과 다섯 블록 떨어진 곳에 살고 있는데, 어째서 3000킬로미터나 떨어진 곳에 사는 막내 혼자서 염려해야 하는가 말이다!

2. 아버지를 집 가까운 곳에 있는 노인복지시설에 옮겨가 지내도록 한다. 살던 곳에 있는 시설이면 아버지도 낯설어하지 않을 것이다. 아니면 캘리포니아에 있는 시설에서 지내게 할

수도 있겠다. 예전에 부모님은 캘리포니아에서 사는 꿈을 가진 적이 있었다.

3. 아버지를 설득하여 우리와 함께 살도록 한다. 하지만 이것은 절대 합리적이지 못한 방안이라는 게 우리 모두의 견해였다. 우리 부부에게는 아이가 없었다. 우리는 둘 다 바쁘게 사회활동을 하는 사람들이었고, 결혼하면 반드시 아이를 낳아 대를 이어야 한다는 사고방식은 구태의연하다고 생각하고 있었다. 우리 부부는 우리의 아이를 남의 손으로 키우고 싶지는 않았기 때문에 만일 아이를 키운다면 우리 중 누군가는 반드시 집에 있어야만 할 것이다. 우리 부부는 19년을 함께 살아왔지만 아이를 가져야겠다는 생각은 해본 적이 없었다.

4. 아버지가 당국에 의해 수용시설로 보내지도록 방치한다. 행여 아버지가 오래된 히터를 켠 채로 놔 두어 불이라도 난다면 그래서 아버지 본인이나 혹은 남에게 중대한 위험을 초래한다면 아버지는 당국에 의해 수용시설에 보내질지도 모른다. 만일 정말 그렇게 된다면 그만한 비극이 또 있겠는가. 심지어 길거리 도둑고양이도 건사하는데 자기 아버지를 나 몰라라 한다면 그건 자식된 도리가 아니다.

우리는 이 네 가지 방안에 우선순위를 매겼다. 복지시설로 옮겨

가 지내는 데 아버지도 동의하는지를 일단 알아본다. 만일 아버지가 이를 내켜하지 않을 경우 아버지와 함께 좋은 시간을 보내다가 집으로 돌아온다. 아버지의 건강이 심하게 나빠질 경우 정부가 관여할 것이다. 이 모든 계획안은 언니와 오빠가 아버지에게 거의 관심을 기울이지 않는 상황에서 짜 본 것이었다. 언니와 오빠는 우리 부부가 전화를 해도 받지 않았고, 아버지에 대한 어떤 얘기를 꺼내도 지원해 주지 않았으며, 도와 주겠다는 말조차 꺼내는 법이 없었다.

## 3

# 마지막 방문

일단 결정이 내려지자 우리 부부는 우리의 계획을 서둘러 실행해 나가야 했다. 두 사람이 그토록 짧은 시간 동안 그토록 많은 감정 경험을 그토록 진지하게 겪어 나갈 수 있다는 사실을 우리 부부는 비로소 깨달았다. 새벽이 밝기도 전인 이른 시간에도 우리는 우리가 과연 '제대로 된' 결정을 내린 것일까 고민하며 갈등했다.

불과 14일 사이에 우리 부부의 생활은 극적으로 바뀌었다. 보통 수개월 내지 1년 동안 이루어질 일들을 우리 부부는 2주일 동안 해냈다. 이것이 우리 부부를 안도케 해줄지, 정말 제대로 해낸 것인지는 알 수가 없었지만 우리는 자신감을 가지려 했다.

8월에 친정집에 내려가 보니 아버지는 여전히 몸을 씻지도 옷을 갈아입지도 않은 채 지내고 있었다. 아버지에게서 풍기는 냄새가 하도 고약해 아버지 옆에 다가가는 것조차 고역으로 느껴질 지경이었다. 이럴 때는 대체 어떤 조치를 취해야 하는 것일까?

아버지의 노망기는 여전했다. 아버지는 당신의 존재가 내게 짐이 되고 싶지 않다는 말과 더불어 몇 달 전부터 '가스 회사 사람과 전기 회사 사람들'이 당신을 '따라다니며' 성가시게 한다는 얘기를 내게 털어놓았다. 알고 보니 아버지는 몇 달째 공과금을 내지 않았고 집에 들어 놓았던 가옥 보험은 무효가 되어 있었다.

아버지는 시간 관념도 상실한 상태였다. 아버지의 의식 세계 속에서는 과거, 현재, 미래가 혼재되어 있었다. 할머니가 살아 있었고, 어린아이인 아버지는 할머니와 함께 살고 있었으며, 아버지가 염려하는 대상인 나는 아직 초등학교도 들어가기 전의 어린애였다. 아버지는 40여 년의 시간차를 동일시간대에 놓고 있었던 것이다.

나는 밀워키 사회복지국 노인복지 담당 부서에 자주 장거리 전화를 걸어 담당 직원들과 대화를 나누곤 했다. 나는 노인 돌보기에 대해서는 아무것도 아는 게 없었으므로 많은 조언이 필요했다. 사실 이런 상황에서 어떻게 대처해야 되는지를 제대로 아는

사람이 얼마나 되겠는가?

“아버지가 헛것을 볼 땐 제가 어떤 식으로 대처해야 할까요?”

“아버지에게 실제 상황을 친절하게 설명해 드리세요. 인내심을 가지고 아버지 편에 서 드리세요.”

“아버지는 어떤 반응을 보일까요?”

나는 그들에게 나의 견해를 밝히고, 아버지를 보살피는 것과 관련하여 자문을 구했다. 밀워키에 가야 할 날이 가까워지면서 나는 그들의 사무실을 찾아가 우리 부부가 세운 네 가지 방안에 대해 얘기를 나눠 보기로 하고 약속을 잡았다. 나는 그들로부터 나의 인생을 바꾸어 놓을 조언 하나를 받게 된다.

이런 부담감들을 안은 채 내가 밀워키에 가야 한다는 사실을 잘 알고 있던 샐리는 내게 해리엇 샤노프 쉬프가 쓴 《부모에게 부모가 된 자식》이라는 책을 빌려 주었다. 목마른 사슴이 물을 만난 듯 나는 그 책을 열심히 읽어 내려갔다. 내게는 정말이지 무엇보다 정보가 절실했다. 나는 밀워키에서 단 2주일만 거무를 예정이었고, 이 기간 동안에 아버지를 노인복지시설로 옮겨 드린다면 아버지는 삶을 이어 나갈 수 있을 것이다.

나는 언니에게 전화를 걸어 우리 부부가 생각해 본 네 가지 방안에 대해 얘기를 나눴다. 뜻밖에도 언니는 내 견해를 지지해 주었다. 내가 언니에게 도와 줄 수 있냐고 묻자 언니는 "어떻게 말이니?" 하고 물었다. 나는 언니에게 아버지가 보호시설로 옮겨가도록 설득하는 일을 도와 달라고 부탁했다. 그런 다음 우리 자매는 아버지가 근 반세기를 살아오던 집을 떠나면서 받게 될 스트레스를 우선 고려해야 되는지 혹은 생활의 안전이 우선인지에 대해 얘기를 나눴다. 아버지의 거취 문제에 대해 오빠는 전혀 관심을 보이지 않았지만 언니라도 관심을 보이는 듯하니 그나마 다행이라는 생각이 들었다.

나는 친정집으로 전화를 걸었고, 오빠가 전화를 받았다. 나는 오빠에게 아버지를 노인보호시설로 모셔 가는 문제에 대해 말을 꺼냈다. 내 말에 오빠는 "아버진 양로원 같은 곳에는 들어가고 싶어하지 않으셔!" 하고 응수했다. 그때 마침 아버지는 부엌에 있었는데, 오빠가 아버지에게 이렇게 말하는 소리가 수화기를 타고 들려 왔다.

"저기요, 아버지! 브렌다가 아버질 양로원에 보내고 싶어해요. 아버진 그런 데 가고 싶어요?"

오빠 나름의 유머였다.

밀워키에 갈 날이 다가왔다. 남편과 나는 내 생일을 축하하는 자리를 가졌다. 우리는 아버지에게도 전화를 걸어 화음을 맞춰 생일축하 노래를 불러 드렸다.

그 다음 날인 8월 23일 새벽 5시 39분, 나는 요란한 전화벨 소리에 눈을 떴다. 가족 중에 연로하거나 아픈 사람이 있을 경우에는 전화벨 소리가 울릴 때마다 혹시 '그 소식'을 알리는 전화가 아닐까 싶어 가슴이 덜컥 내려앉곤 한다.

"우리 얘기 좀 하자!"

다급한 목소리가 내 잠을 깨웠다.

"너 깨어 있니?"

"어, 음… 응… 그래. 깼어."

나는 간신히 대답을 했다. 나는 상대방의 말귀를 알아들으려 애를 썼다. 나는 비즈니스 파트너들과의 브레인스토밍 전략 방향을 짜느라 전날 한밤중까지 잠자리에 들지 못했다. 장차 벌어질 일들에 대해 생각하다 보니 쉽게 잠이 오지 않았고, 새벽 1시 45분까지 깨어 있었다. 그리고 그로부터 네 시간 후에 전화벨이 울린 것이다.

"아버지가 새벽 1시부터 지금까지 밤새 깨어 있어. 아침 7시에 여길 온 거야. 나는 아버지한테 집으로 가라고 했지. 아버지가 여기 오는 거 싫단 말야! 이틀 전에는 경찰이 와서 아버질 데려갔어."

내게 큰 소리로 떠들어대는 이 목소리의 주인공은 바로 우리 언니였다.

나는 잠을 떨쳐 버리려 애쓰는 한편 아버지에게 무슨 일이 생긴 건 아닐까 걱정이 되었다. 대체 언니는 왜 이 시간에 전화를 걸어오는 걸까?

언니는 화가 나 있었고, 나는 지쳐 있었다. 언니는 매번 일이 잘못 되어 갔다고 설명했다. 사람들이 — 당국, 아버지, 사회복지사들— 자꾸 그녀에게 전화를 걸어 온다는 것이었다. 언니가 오빠에게 연락하면 오빠는 난 모르니 네가 알아서 하라는 반응을 보일 뿐이었다. 언니는 한 어절 한 어절 힘을 주어 외쳤다.

"나는, 아버지가, 그냥, 집에나, 들어앉아, 있었으면, 좋겠어."

나도 더 이상 참을 수가 없었다. 내가 언니에게 함께 아버지 일을 처리하자고 할 때마다 언니는 너무 바쁘다며 거절하곤 했다. 그런데 지금 당장 자기 앞에 골칫거리가 생기니까 내게 전화를 걸어 온 것이다. 나도 지쳤다. 나는 언니에게 왜 내게 전화를 걸었느냐고 물었다.

바로 그때 형부가 언니에게 아버지가 또다시 현관문을 두드리고 있다고 소리치는 게 들렸다. 마침내 언니도 뚜껑이 열렸다. 언니는 소리쳤다. "나는 아버지가 이 집에 와 있는 거 싫단 말야! 자기 집에 가라고 해!"

사실대로 말하자면 언니는 승산 없는 상황에 놓여 있다고 할 수 있었다. 언니는 아버지가 위급한 상황에 처해질 경우에 쉽게 도울 수 있도록 아버지에게 집 열쇠를 달라고 했으나 아버지는 열쇠를 내주지 않았다. 아버지가 열쇠를 잃어버리거나 문이 잠겼을 경우 아버지는 언니를 찾아갔고, 언니는 오빠가 집에 없을 땐 창문을 깨는 등의 방법으로 문을 열어야 했다.

언니의 사정이 이랬기 때문에 언니가 처한 문제에 대해 내가 돕겠다고 나선다면 언니 역시 기꺼이 나와 함께 아버지 일을 처리해 나갈 거라는 생각이 들었다. 그래서 나는 언니에게 내가 어떻게 하면 도움이 되겠느냐고 물었다. 언니는 아버지 일에 관여하고 싶지 않다고 했다. 아버지가 돌아가신다 해도 상관하지 않겠다는 말도 했다. 언니는 아버지를 돌보는 일에 넌더리를 느끼고 있었다. 언니는 언니 자신의 문제들로도 시달리고 있었다. 언니는 어머니를 돌봐 드렸지만 그로 인해 언니에게 돌아온 건 아무것도 없었다. 역시 어머니 돌보는 일을 도왔던 오빠의 계좌에는 어떻게 수단을 부렸는지 상당한 돈이 들어온 반면, 언니는 한 일에 대해 주목받지 못했고, 남이 알아주거나 보상을 받지도 못했다.

통화가 끝난 뒤 완전히 잠에서 깨어난 나는 왜 일이 이렇게 되어 가야만 하는지 알 수 없었고 기가 막힐 뿐이었다.

밀워키에 도착하여 며칠 간 나는 언니에게 전화도 걸고 이메일도 보냈으나 언니는 어떤 답도 보내 오지 않았다. 나는 노인복지과 담당자와 만나기로 한 자리에 언니와 함께 가고 싶었으나 언니는 너무 바쁘다며 딱 잘라 거절했다.

이젠 나 혼자밖에 없었다. 언니나 오빠한테서는 내가 필요로 하는 도움을 받을 수가 없게 된 것이다. 차라리 잘 된 일일지도 모른다는 생각이 들었다. 어떠한 간섭도 받지 않을 테니 말이다.

밀워키에 와 있는 동안 나는 시아주버님 댁에서 지내기로 했다. 시아주버님과 형님은 핀이라는 이름의 스프링어스패니얼 종 개와 함께 살고 있었다.

밀워키에 도착한 뒤 나는 아버지 집을 찾아갔다. 아버지 집은 후텁지근했고, 곰팡이 냄새가 풍겼다. 집 안은 커튼이 쳐져 있어 불을 켜야 사방을 분간할 수 있었다. 나는 밖에 나가 앉자고 제안했다. 아버지와 나는 집 뒤 시멘트 계단 위에 앉았다. 아버지는 계단 위에 깔고 앉을 깔개를 찾으러 차고로 갔다.

나는 주변을 둘러보았다. 집은 여전했다. 너저분하고, 낡고, 헐

어 있었다. 한때는 은행장의 집으로 위관을 뽐냈던 이곳이 이렇게 바뀌었다는 사실에 서글퍼졌다. 아버지는 이 집의 두 번째 주인이었다. 마당은 한참 손을 봐야 할 상태였다. 온갖 잡초와 날것, 들것들이 이 도심 속 생태계에서 활개를 치고 있었다.

어릴 때 나는 이 집 뒷마당에 앉아 있기를 얼마나 좋아했던가! 예전에 어머니가 정원에 물을 줄 때면 나는 바로 이 계단 위에 앉아 물을 머금은 화초의 향기를 맡곤 했었다. 그럴 때면 가볍고 상쾌한 산들바람이 기분 좋게 내 코를 간질였다.

정원은 오랫동안 관리하는 손길 없이 방치되어 있었다. 잡초들이 무성한 가운데 네 그루의 나무가 서 있었다. 아버지의 사과나무, 어머니의 배나무, 그리고 어머니가 돌아가시기 직전에 심었던 상록수 묘목 두 그루. 어머니가 상록수 묘목을 심을 당시에는 그 키가 한 자 정도였는데, 이제는 어느덧 팔척 장신으로 자라 있었다.

아버지와 나는 나란히 계단에 앉아 떠오르는 대로 이 얘기 저 얘기를 나눴다. 우리는 일가 친척들의 이름, 촌수 관계, 아직 살아 있는지 죽었는지에 대해 이야기를 하기 시작했다. 아버지가 어머니와 할머니에 대해 얘기할 때에 이르러 나는 헷갈리기 시작했다. 아버지는 두 사람을 모두 '엄마'로 지칭했기 때문에 나는 아버지가 지금 할머니에 대해서 얘기하는 건지 아니면 우리 엄마에 대해 얘기하는 건지 분간하기가 어려웠다.

아버지 앞으로 1시에 급식이 배달돼 오기로 되어 있었기 때문에 아버지는 집 앞 계단에서 대화를 계속 하자고 말했다. 아버지는 점심 급식을 놓치고 싶지 않았던 것이다. 이 급식 서비스는 사회복지국에서 아버지를 찾아와 집에 먹을 것도 제대로 갖춰져 있지 않고, 아버지가 제대로 영양 섭취를 못하고 있다는 사실을 파악한 뒤 제공하기 시작한 서비스였다.

급식이 배달되어 오자 아버지가 식사할 수 있게 우리는 안으로 들어갔다. 집에는 먹을 것이 없었으므로 아버지는 내게 급식을 나눠먹자고 했다. 아버지가 하루 동안 먹는 거라곤 이게 전부일 텐데 이 적은 양을 어떻게 나까지 뺏어 먹으랴 싶어 내키지 않았다. 차라리 차 안에 둔 먹을 것들을 가져오는 편이 더 나을 성싶었다. 하지만 그렇게 하면 아버지의 심기가 상할 것이다.

결국, 나는 아버지의 뜻을 받아들여 아버지의 급식을 나눠 먹으며 대화를 계속했다.

냉장고를 열어 보니 안에 들어 있는 거라곤 우유 한 병과 오렌지 주스 두 병이 전부였다. 그나마 한 병에는 오빠의 이름이 씌어진 라벨이 붙어 있었다. 그렇다면 다른 한 병의 주스는 아버지의 것이리라. 주스 병을 들어 유통기한을 살펴보니 날짜가 이미 지나 있었다. 아버지는 펄쩍 뛰었지만 나는 주스 병을 열고 남아 있는 주스를 싱크대 하수구에 쏟은 뒤 빈 병을 쓰레기통에 버렸다.

아버지가 오래된 음식들을 먹고 병이나 나지 않을까 걱정이 되었다. 나는 아버지에게 집에 먹을 게 아무것도 없으니 장보러 다녀오겠다고 말했다. 아버지는 당신도 따라가겠다고 했다. 나를

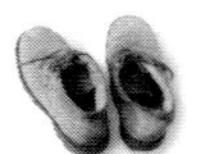

편하게 해주고 싶다면서 말이다. 아버지는 내가 편하기를 바랐고, 나는 아버지가 음식을 드시기를 바랐다. 아버지는 당신이 계산할 테니 당신 지갑을 가져가겠다고 했다. 나는 아버지에게 그럴 필요 없다고 했으나 아버지는 내가 당신 집에 온 손님이니 당신이 나를 접대해야 한다고 고집을 부렸다. 하는 수 없이 아버지가 지갑을 찾을 때까지 기다린 뒤 함께 가게로 갔다. 나는 아버지가 먹기 편하도록 간편하게 해먹을 수 있는 음식들을 골랐다. 볼로냐 소시지, 막 구워낸 빵, 초콜릿 푸딩, 과자, 우유, 주스, 바나나, 포도, 토마토, 사이다, 내가 마실 맥주 등등. 계산할 때 보니 아버지가 가지고 있는 돈은 11달러에 불과했다. 나는 아버지에게서 10달러를 받지 않을 수 없었다. 아버지는 비상금으로 1달러는 남겨 두기를 원했다.

아버지가 언니네 집에 가 보자고 했다. 아버지는 딸들을 함께 보고 싶었던 것이다. 나는 우리가 언니네 집으로 찾아가는 것보다는 언니에게 전화를 걸어 이리로 오게 하는 편이 낫겠다고 했다. 그간의 경험으로 미루어 보건대, 우리가 언니네 집에 찾아가 문을 두드렸을 때 언니는 절대 문을 열어 주지 않을 사람이었다. 내 전화나 편지, 이메일에 응답을 보내 오지 않는 것은 물론, 내가 수천 킬로미터 떨어진 캘리포니아에서 오랜만에 찾아와도 남대하듯 하는 사람이었다. 아버지는 나더러 언니에게 전화를 걸라고 했으나 나는 싫다고 했다. 면박당할 마음의 준비가 아직 안 된 상태였기 때문이었다. 또한 아버지와 둘만의 시간을 좀더 즐기고 싶은 마음도 있었다.

결국 아버지가 언니에게 전화를 했다. 아버지는 잘 듣지를 못했기 때문에 언니네 집 자동응답기에서 나오는 언니의 녹음된 인사말을 언니가 실제로 얘기하는 것으로 착각했다. 음성이 계속 이어지는 것을 이상하게 여기던 아버지는 뚜 하는 신호음을 듣고서야 그럭저럭 메시지를 남겼다.

그런 다음 우리는 아버지 방으로 들어갔다. 아버지는 그 방 책상에서 일하는 것을 좋아했다.

전화벨이 울렸다. 나는 아버지더러 받으라고 했다. 복지국, 노인복지과와 친구들에게 아버지 집 전화번호를 알려 주었기 때문에 혹시 나를 찾는 전화일지도 몰라 나도 통화 내용을 들어 보려고 다른 방에 있는 수화기를 들었다.

목소리의 주인공은 언니였다. 언니가 기분이 좋은 상태라면 나도 언니와 통화를 해보기로 마음먹었다.

"아버지, 별 일 없어요?"

"응."

"뭐해요?"

쾌활한 어조였다.

"누구랑 같이 있어."

"누구랑요?"

나는 내가 와 있다는 사실을 언니에게 얘기하지 말라는 신호를 아버지에게 보냈다.

"와서 보면 알지."

"아버지, 그게 누군데요?"

언니의 어조는 걱정스런 어조로 바뀌어 있었다.

"와서 보면 안다니까!"

아버지의 장난기 어린 말에 언니가 쌀쌀맞게 대답했다.

"아버지, 난 할일이 있어요."

아버지가 애원하듯 말했다.

"잠깐만 왔다 가렴. 몇 분이면 돼."

(언니네 집은 불과 다섯 블록 떨어져 있었다.)

"아버지, 난 지금 남편을 직장에 태워다 줘야 돼요."

부질없는 짓이었다. 언니와 얘기 나누지 않기를 다행이라고 생각했다. 이런 식의 핑계들을 그간 얼마나 숱하게 들어왔던가. 지금 이 글을 쓰고 있는 순간에도 나는 분노가 치밀어 오르고 근육이 경직되어 오는 것을 느낀다. 핑계, 핑계, 핑계— 죽을 때까지 말도 안 되는 핑계나 늘어놓으며 살라지!

아버지와 나는 대화를 다시 이어 나갔다. 나는 아버지를 돌봐 드릴 수 있는 대안책들을 알아보겠다고 했다. 아버지를 도와 줄 수 있는 사람들이 있는 곳에서 사는 것에 대해 생각해 볼 것을 권했다. 다른 사람들과 함께 사는 것에 대해 생각해 보라는 말도 했다. 아버지를 염려해서 하는 말이고, 아버지 혼자서 생활을 꾸려 나가는 것은 갈수록 더 힘들어질 거라는 얘기도 했다. 아버지가 길을 잃고 헤매다가 경찰이 집에 데려다 준 일화도 끄집어냈다. 보건복지국과 노인복지과에서 아버지를 보호 대상자 명단에 올려 놓았다는 얘기도 덧붙였다.

이 말에 아버지는 웃음을 터뜨리며 물었다.

"나를? 왜? 그 사람들이 왜 내 걱정을 한단 말이냐?"

나는 아버지가 예전 같지 않기 때문에 각별히 유의할 필요가 있다고 설명해 드렸다. 아버지 거동이 편치 않은 걸 보고 거리의 불량 청소년들이 아버지에게 해코지를 할 수도 있다고 말했다. 나는 좀 망설이다가, 겨울 동안에 아버지가 변을 당할 수도 있다는 말도 하지 않을 수 없었다. 이런 상황이라면 동사(凍死)하지 말라는 법도 없었다.

우리의 대화 주제는 죽음에 대한 것으로 이어졌다. 아버지는 죽음에 대한 당신의 견해를 밝혔다.

"매년 수백만 명의 사람들이 죽는단다. 우리도 동물과 다를 바 없어. 멈출 때까지 꿈틀거리며 살아가는 거지."

나는 아버지의 견해에 동조할 수 없었다. 나는 당신이 우리 아버지이기 때문에 아버지의 그 같은 견해를 받아들일 수 없다고 설명했다.

아버지는 말했다.

"내가 죽으면 다 부질없는 짓이 되고 마는 거야."

틀린 말은 아니었기에 나는 뭐라 더 반박할 수가 없었다.

나는 뭘 어찌 해야 할 것인가? 만일 우리가 아버지를 억지로 집에서 끌어내어 다른 곳으로 모셔 간다면 아버지는 삶의 방향을 잃고 금방 돌아가시고 말 것 같았다. 아버지가 집에 있을 경우 모든 것이 아버지에게 익숙하고 친근하다는 장점은 분명 있었다. 아버지는 연장들을 휘두르며 이리 뚝딱 저리 뚝딱 할 수도 있고, 오랫동안 해온 일들을 계속 해나가며 소일거리를 할 수 있을 것이다. 사람들은 자신들에게 목표가 있고 자신들이 할일이 있다고 믿기 때문에 오랜 세월을 살아갈 수 있는 것이다. 사람들에게서 목표와 할일을 앗아가 버리면 그들은 살아가야 할 이유 역시 상실하고 만다. 아버지가 겨울을 무사히 넘기도록 아버지가 오랜 세월 내 집이라고 칭해 오던 장소로부터 아버지를 떼어 놓는 위험한 일을 과연 내가 해야만 할까? 그 충격이 아버지가 감수하기에는 너무도 커서 몇 달 만에 돌아가시게 된다면 어찌 할까? 내가 그런 상황에서 버텨 나갈 수 있을까?

이 문제는 나에 대한 문제가 아님을 나는 내 자신에게 상기시켰다. 나의 편의를 위주로 판단을 내릴 문제가 아니었다. 이것은 아버지에게 무엇이 최선책인지를, 무엇이 아버지에게 맞는지를 살펴야 하는 문제였다.

이틀 뒤에 나는 노인복지과 담당 직원과 면담하기로 되어 있었다. 나는 답변을 들어야 했으므로 이날을 손꼽아 기다려 왔다. 나는 미리 A4용지 한 장 반 분량의 질문지까지 준비해 놓았다. 24시간 뒤에는 이 질문들에 대한 답을 들을 수 있으리라는 생각에 마음이 설레기까지 했다. 나는 면담 때 오갈 얘기들을 미리 그려 보았다.

그날 가진 면담의 결과로 우리 부부의 생활은 변화를 맞이하게 된다.

노인복지과 담당 직원과 면담을 하기 전날 저녁 나는 언니에게 전화를 걸었다. 나는 자동응답기에 다음과 같이 메시지를 남겼다. "금요일에 우리가 통화했을 때 언니가 그랬었지, 나한테 다시 전화하겠다고. 나 지금 밀워키에 와 있거든. 나한테 전화 좀 해

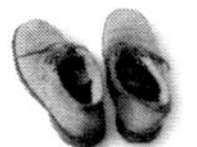

줘….” 하지만 그날 밤에도 그 다음 날에도 전화는 오지 않았다. 그래도 나는 행여 언니가 노인복지과 사무실로 나오지 않을까 하는 일말의 희망을 버리지 않았다.

하지만 나는 결국 혼자서 노인복지과 담당 직원을 만나야 했다. 정황 설명을 들은 담당 직원은 아버지를 보호시설로 모시는 게 어떻겠느냐는 의견을 내놓았다. 물론 나도 아버지가 보호시설에 들어가 살게 될 경우의 이점을 누누이 설명한 바 있지만 아버지에겐 그 얘기가 먹히지 않았다. 내가 아무리 설명해도 아버지를 납득시킬 수 있을 것 같지가 않았다. 하지만 노인복지과 담당 직원은 더 잘 알고 있을지도 모른다는 생각이 들어 어떻게 하면 아버지를 설득할 수 있겠는지 요령을 물어 보았다. 담당 직원은 아버지가 시설로 들어갈 경우의 이점들, 즉 아버지를 보살펴 드릴 수 있는 직원들이 24시간 대기하고 있고, 함께 어울릴 수 있는 노인 친구들이 있다는 점 등을 부각시키라고 했다. 환경이 바뀌게 되어 아버지가 정신적 스트레스를 받게 될 가능성에 대해 묻자 담당 직원도 그 점이 가장 우려되는 부분이라고 했다. 나는 다른 대안책들에 대해 물었다.

담당 직원은 아버지가 어쨌든 거동하는 게 가능하고 기본적인 일들은 아직 스스로 처리해 갈 수 있는 상태니 아버지를 옆에서 보살필 효(孝)도우미를 붙여드리는 방법은 어떠냐고 했다. 아버지와 함께 생활할 도우미를 찾아보는 것도 좋은 방법이라고 했다. 그것에 대해서는 남편과 나도 생각해 본 적이 있었지만 그런 방법으로 노인들을 등쳐먹는 재택 도우미들의 사례를 들은 적이 있었으므로 이 방법은 최후의 방안으로 보류해 두는 편이 나을 것 같았다. 나는 또 다른 대안책들은 없는지 물었다.

담당 직원은 법원의 재판을 통해 후견인이 되는 방법이 있다고 했다. 그게 뭐냐고 묻자 직원은 금치산자(禁治産者)로 선고가 내려진 사람을 돌보고 그의 행위 일체를 대리하는 제도라고 설명했다. 나는 아버지를 금치산자라고 생각해 본 적이 없었다. 아니, 그러한 사실을 인정할 마음의 준비가 되어 있지 않았다고 해야 옳을 것이다. 나는 아버지의 자주성과 위엄을 최대한 살려 드리고 싶었다. 나는 담당 직원에게 우리 아버지가 금치산자로 생각되냐고 물었다. 그녀는 대답했다.

"아니오, 그분은 지금 '경계선 상'에 있어요. 하지만 증세가 진행되어 가면서 결국에는 자기 몸을 추스르지도 못하게 될 테고 판단력도 상실하게 될 거예요."

"저는 캘리포니아에 사는데, 그래도 후견인으로 지정될 수 있을까요?" 라고 묻자 직원은 그것은 불가능하다고 대답했다.

그렇다면 언니나 오빠가 후견인이 되어야 하는데, 그들은 이제까지도 아버지 일에 나 몰라라 하지 않았던가. 나는 다시 물었다.

"혹시 다른 방법은 없을까요?"

아버지가 나를 당신의 대리인으로 지명하는 방법이 있다고 직원은 대답했다. 이게 대체 무슨 말인가?

직원은 내가 아버지의 행위 일체를 대리하고 아버지를 보호, 요

양할 대리인이 될 자격을 위임받을 수 있다고 말했다.

나는 직원에게 내가 아버지의 은행 계좌 관리를 대신 맡아하는 역할을 맡으면 되는 거냐고 묻자 "아니오, 아버지를 보호, 요양하고, 아버지의 행위 일체를 대리해야 되는 거예요."라고 설명했다.

이건 또 무슨 말인가? 내가 우리 아버지를 대리해야 한다는 뜻이 아닌가?

대리인이 되면 권리를 위임한 자의 행위 일체를 관리할 책임이 대리인에게 부여되며, 이는 서류로 작성된다고 직원은 덧붙여 설명했다.

나는 더럭 겁이 나는 한편 막중한 책임을 지닌 '대리인'이라는 지위를 부여받게 된다는 사실에 어린아이 같은 흥분도 느꼈다. 나는 막내였기 때문에 가족 내에서 존중받는 위치에 서 본 적이 없었다. 아, 그런데 이제 나도 막중한 일을 처리하게 되려나 보다. 그것은 처음으로 운전대를 잡을 때의 심정, 처음으로 내 집을 장만했을 때의 심정과 비슷했다. 나는 한결 어른이 된 느낌이 들었다. 그런 한편 걷잡을 수 없는 중압감도 몰려왔다.

나는 언니, 오빠와 함께 이 일을 처리해 나가고 싶었다. 나는 그들과 연락하지도, 그들을 참여시키지도 못했지만 노인복지과 직원은 도움을 줄 수 있을 것 같았다. 그녀 역시 우리 삼남매가 합심하여 아버지 문제를 처리해 나가는 게 좋을 거라고 생각했으므로, 그녀는 우리 언니와 오빠에게 전화를 걸어 내게 협조해 주라고 얘기하겠다고 했다. 그녀는 덧붙이기를 우리 삼남매 모두가 아버지의 대리인이 될 수도 있다고 했다.

좋은 생각 같았다. 그렇게 된다면 우리 삼남매 모두가 참여하게 되는 것 아닌가. 하지만 나중에 얘기들을 들어보니 여러 사람이 대리인 책임을 나눠 지게 되는 것이 반드시 좋은 것만은 아니었다. 대리인이 되면 조정하고 조화하고 동의를 얻어내야 할 일이 많이 생기는데, 나는 언니, 오빠에게 전화조차 받지 못하고 있지 않은가. 그들은 노인복지과에서 전화를 걸어도 답을 보내 오지 않는다고 했다.

다음 날 나는 언니에게 다시 전화를 걸었다. 나는 포기하지 않았다. 희망을 버릴 수 없었다. 언니네 집에 전화를 걸면 대개는 자동응답기가 전화를 받는데, 이날은 뜻밖에도 언니가 전화를 받아 깜짝 놀랐다. 나는 언니에게 내가 밀워키에 와 있는 동안에 아버지 문제를 처리하려 하니 도와 달라고 부탁했다. 언니는 자신이 해야 할 일들을 열거했다. 언니는 건물 검사원 때문에 시달리고 있다고 했다. 그 얘기라면 어머니가 살아있을 때부터 지난 3년 반 동안 지겹게 들어왔다. 밀워키의 건물 검사원이 어지간히도 끈질긴 사람이든가 언니가 지지리도 운이 없는 거겠지. 나는 언니에게 함께 일을 처리해 나가자고 애원했다. 캘리포니아에서부터 언니에게 도와 달라고 부탁해 온 사실을 상기시키며, 내가 이

렇게 밀워키에 와 있을 때 나를 써먹으라고 제안했다. 그러나 언니는 계속 핑계만 늘어놓을 뿐이었다. 언니가 그럴수록 나는 맥이 빠졌다. 그간 언니는 자신도 힘들다, 너무 바쁘다는 푸념만 늘어놓았고, 그런 언니에 대한 나의 인내심도 한계를 보이고 있었다. 나는 언니에게 언니는 아무것도 할 수 없는 것 같다고 말했다. 언니가 늘어놓는 핑계를 들을수록 화만 치밀어 오를 뿐이어서 나는 결국 수화기를 내려놓고 말았다. 물론 나도 그런 식으로 하고 싶지는 않았다. 통화를 끝내겠다고 알리지도 않고 전화를 끊다니, 이 얼마나 유치한 행동이란 말인가.

조언! 내게는 조언이 필요했다! 나는 샐리에게 이메일을 보냈다. 샐리는 변호사를 고용하여 언니에게 참여를 요청하는 편지를 써 보내는 방법을 제시했다. 하지만 그런 식으로 편지를 쓴다면 언니의 태만한 태도가 들추어져 기록될 것이다. 그러나 나중에 언니, 오빠가 어떻게 나올지 모르니 사전방책이 될 수도 있을 것이다.

전에 언니는 오빠가 아버지를 시설에 수용시키는 문제에 대해 생각하고 있다는 말을 한 적이 있었다. 아버지와 오빠는 사이가 좋지 못했기 때문에 나는 이 얘기가 영 꺼림칙했다. 그간의 경험으로 미루어 보건대 일이 진행될 때는 언니와 오빠는 자취를 감추고 있다가 일이 끝나면 기다렸다는 듯이 나타나 이러쿵저러쿵

잔소리를 해댈 게 분명했다. 그러니 나중에 엉뚱한 소릴 듣느니 미리 안전책을 세워 놓는 편이 나을 것 같았다. 그런데 당장 변호사는 어떻게 구한다지?

나는 노인복지과 담당 직원에게 전화를 걸어 변호사를 구하는 일을 도와 달라고 메시지를 남겼다. 나는 남편에게도 노동절 휴가 주말에 밀워키로 와서 나를 도와 달라고 했다. 나는 이 참에 뭔가를 해내고 싶었다. 남편이라면 아버지와 얘기가 통할지도 몰랐다. 같은 남자라는 이유로 딸보다도 사위를 더 존중하는 우리 아버지였으니 말이다.

남편이 비행기를 타고 밀워키에 도착했다. 공항에서 그를 맞아 아버지 집으로 향했다. 아버지는 사위를 반겨 맞아 주었다. 두 사람은 날씨에 대해 이야기를 나눴다. 사실 아버지는 사위가 외지에서 왔다는 사실조차 깨닫지 못하고 있었다. 두 사람이 이야기를 나누고 있는 사이 나는 지하실에 내려가 보았다. 지하실에서 풍겨 나오는 이상한 냄새의 원인이 곰팡이나 혹은 다른 어떤 위험한 것이 아닐까 싶었다. 뒤에 나는 남편에게 지하실에서 나는 냄새에 대해 얘기를 했고 우리는 함께 지하실에 내려가 이곳저곳을 살펴보았다. 남편은 이상한 냄새가 풍겨 나온다는 사실을 느끼지 못했다. 나는 가스 냄새인 것 같다고 말했다. 여자는 남자보다 후각이 예민한 법이다. 남편은 가스 회사에 신고하라고 했다.

가스 회사에서는 사람을 곧 보내겠다고 했다. 잠시 뒤 가스 회사 직원이 왔고, 그는 가스가 샌다는 사실을 발견했다. 생각해 보

니 지난 3월 친정집에 왔을 때도 같은 냄새가 났었다. 그렇게 오랫동안 가스가 새어 나왔단 말인가?

아버지가 담배를 피우지 않는 게 천만다행이었다. 자칫 작은 불꽃으로 인해 집 전체를 날려보낼 뻔하지 않았는가! 더욱이 아버지는 가옥 보험료도 체납한 상태였으니! 결국 하루 날을 잡아 일꾼 다섯 명을 불러 벽돌을 깨고 새는 가스관을 땜질하는 작업을 했다. 도대체 오빠는 이 집에서 뭘하는 건가?

남편과 나는 우리가 아버지를 돌보는 책임을 지기로 결심했다. 새는 가스관과 텅 빈 냉장고는 아버지가 방치되어 있음을 보여주는 단적인 증거였다. 우리 부부는 그런 아버지를 나 몰라라 등 돌릴 수 없었다. 우리는 아버지를 위해 무언가를 해야만 했다. 우리는 아버지를 깔끔하게 해드리는 등의 간단한 일부터 하기로 했다. 다음 날 저녁, 아버지가 피곤하다며 자리에 눕기 위해 옷을 벗었을 때 나는 3월부터 빨지 않은 아버지의 옷들을 얼른 집어들고 세탁기로 달려가 세탁을 했다.

우리 부부는 오빠와도 연락을 하기 위해 애를 썼다. 사무실로 전화를 하고 팩스를 보내도 오빠는 답을 보내 오지 않았다. 오빠가 통 집에 들어오지 않기 때문에 오빠와 연락을 취할 길은 달리 없었다.

종이 다발들을 치우던 중 어떤 잡지에 여자 이름이 써 있는 것을 발견했다. 오빠에게 여자친구가 있다는 얘기를 들은 적이 있어서 이름으로 주소를 추적하여 오빠를 찾아 나섰으나 이 역시

실패했다.

그날 저녁, 아버지의 서류들을 정리하던 중 회사 봉투에 담긴 채 책들 사이에 끼워져 숨겨져 있던 저축 채권을 찾아냈다. 채권들을 묶었던 고무줄은 말라비틀어져 채권 용지에 달라붙어 있었다. 우리 부부는 고무줄을 떼어낸 뒤 아버지에게 저축 채권에 대해 알렸다. 아버지는 나중에 볼 테니 그것들을 그냥 한쪽에 놓아 두라고 했다. 아버지와 1년 반을 함께 살았던 남편은 아버지의 말뜻을 이해했다. 남편은 저축 채권을 어디엔가 그냥 놓아 두었고 그것들은 다시 사라져 버릴 것이다. 나중에 살펴보자. 나중에 결정하자. 그래서 우리는 그것을 그냥 놓아 두었다. 사실 위험한 일이었다. 우리가 그것을 잃어버리면 어떻게 되나? 우리는 대수롭지 않게 그냥 넘기지 못하고, 우리가 한 일에 대해 신경을 곤두세우기 시작했다.

우리 부부는 아버지의 삶에 본격적으로 개입하는 중요한 첫걸음을 떼었다.

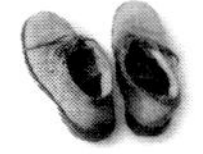

4

# 우리의 삶은 바뀌어 가고

그 뒤 며칠 간 남편과 나는 아버지의 서류들을 정리하는 일에 시간을 할애했다. 우리는 이 심각한 상황에 대한 바람직한 전개도를 궁리해 나가기 시작했다. 한편 아버지는 우리 부부가 당신에게 기울이는 관심에 기뻐하며 당신의 지난 세월을 회고하기 시작했다. 나는 외가쪽 일들은 비교적 자세히 알고 있었지만 아버지의 지난 세월에 대해서는 아는 바가 거의 없었다. 아버지는 친가쪽과 별다른 교류 없이 살아왔다. 한때의 오해로 말미암아 친가 가족들은 서로 등 돌리고 살아가게 된 것이다. 몰랐던 과거의 세월들을 발견해 나가는 것은 고고학 탐사와 같은 기분이 들게 했다. 나는 우리 가문사의 중요한 부분들을 배워 나가는 장정에 오른 것이다.

남편은 주말에만 밀워키에 머물 예정이었으므로 우리 부부에게 주어진 시간은 한정되어 있었다. 그렇기는 하지만 우리 부부는 밀워키의 명물인 맥주를 즐길 시간을 짜내었다. 마침 밀워키에 소재한 소규모 양조업체 스프리처 브루어리가 독일의 옥토버페스트(독일 뮌헨에서 매년 9월 말에서 10월 초에 걸쳐 행해지는 맥주 축제)를 본 따 스프리처페스트라는 연례 행사를 벌이던 중이었다. 우리는 시아주버님 부부와 함께 행사장을 찾아 시음용 맥주들을 모조리 맛보고 우리가 제일 좋아하는 맥주 두 종류를 시켰다. 그날 저녁 우리는 무수히 많은 맥주잔을 들이켜며 아버지에 대해 생각했다.

술은 사람들에게 예기치 않은 일을 하도록 만든다. 스프리처페스트와 끝내주는 맥주들로 인해 우리 부부는 아버지를 우리가 모시기로 결정을 내려 버렸다.

아, 그 놈의 술이 뭔지…. 알코올에 들어있는 자제력 감소 효과로 많은 커플들은 몇 달 뒤 자신들이 부모가 되어 있다는 사실을 깨닫고 깜짝 놀란다. 우리 역시 술로 인해 부모가 되었다. 우리는 여든여섯 살 난 남자, 바로 우리 아버지를 식구로 맞이하기로 결심한 것이다.

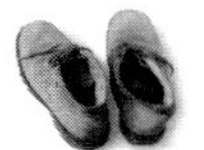

우리 부부는 아버지에게 우리의 의도를 납득시켜야 했다. 쉬운 일은 아니었다. 우리는 이 일을 시간을 두고 천천히 해나가기로 했다. "만약에 아버지가 캘리포니아로 옮겨 가 사신다면 어떻겠어요?" 하는 식으로 우리는 아버지에게 '만약에'로 시작되는 질문들을 많이 던졌다.

아버지는 그러려면 돈이 많이 필요할 것 같으니 그리 신통한 생각 같지는 않다고 말했다. 아버지는 우리에게 물었다.

"난 그럼 어디서 사는데?"

"그야 우리랑 같이 살면 되죠."

아버지는 별로 좋아하는 것 같지 않았다. 아버지는 남에게 의지하는 것을 아주 싫어하는 성격인지라 자기 몸은 자기 스스로 책임지고 싶어했다. 우리는 아버지에게 우리가 찾아냈던 액면가 2만 8000달러의 저축 채권을 상기시켜 드렸다. 우리는 30년 지난 채권이 얼마만큼의 가치를 지니고 있는지는 전혀 알지 못했다. 우리는 또 아버지가 제너럴 일렉트릭 사의 주식도 가지고 있다는 사실을 상기시켜 드렸다. 물론 이 역시 몇 주나 되는지는 알지 못했지만 말이다. 또한 아버지는 예금 증서도 몇 개 가지고 있었다. 그만하면 상당한 금액일 거라고 아버지에게 말하자 아버지는 웃었다.

주말은 금방 지나갔고, 남편은 캘리포니아로 다시 돌아가야만 했다. 나는 밀워키에 남아 아버지 서류를 정리하는 작업을 계속했다. 아버지 앞으로 온 은행 계좌 통지서, 소득명세서, 저축 채권 등이 발견될 때마다 이를 아버지에게 보였다. 아버지는 그간 잊고 있던 금융 재산들을 다시 찾아내면서 캘리포니아 이주건에 대해서도 점차 긍정적으로 생각하기 시작했다. 아버지는 당신이 모은 재산이 이 정도로 많다는 사실에 놀랐다. 놀라기는 나도 마찬가지였다. 어린 시절 우리 가족은 아주 절약하며 검소하게 살았다.

나는 아버지와 협상을 맺었다. 아버지가 정말 이 정도의 재산을 가지고 있다면 캘리포니아로 옮겨 와서 우리와 함께 살자고 했다. 지금 와서 생각해 보면 논리가 맞지 않는 얘기 같지만, 아무튼 아버지는 남에게 의지하는 것을 아주 싫어하는 분인지라 만일 당신 수중에 돈이 없으면 어찌 될 것인가를 끊임없이 염려할 것이다. 그래서 나 역시 이런 식으로밖에 아버지를 설득하지 않을 수 없었다. 내가 아무리 아버지를 안심시키려 해도 아버지는 워낙에 남에게 신세 지기를 싫어하는 분이라서 내 제안이 제대로 먹혀들지 않을까 봐 걱정이었는데, 다행히도 아버지는 마침내 내 제안을 받아들였고 나는 안도의 숨을 내쉬었다. 나는 흥분된 마

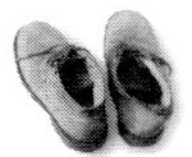

음으로 남편과 샐리, 켄 부부에게 이메일을 보냈다.

샐리가 제일 먼저 답장을 보내 왔다. 이미 샐리와는 이전부터 여러 가지 대안을 놓고 의논한 적이 있었는데, 우리의 최종 결정에 샐리는 뜻밖이라는 반응을 보였다. 다음은 샐리가 내게 보낸 이메일 전문이다.

> 어머나!!! 이런 결정이 내려질 줄은 미처 예상 못했는데.
>
> 그래, 좋아. 너, 정말 네가 제대로 해낼 수 있을 것 같니? 이제부터 넌 네가 하는 행동 하나하나마다 이 질문을 떠올리게 될 거야. 너는 이제 네 아버지의 부모가 됐으니까. 네가 해야 할 일은 참으로 많아질 거야. 나 솔직히 무척 충격받았다. 이렇게 되리라곤 예상하지 못했거든. 내가 네 메시지 읽었다는 것, 그리고 우리 부부가 너희 부부 편에 설 것이라는 점을 네게 알려 주고 싶었어. 신은 자비를 베푸시지. 공항에 마중 나와 줄 사람이 필요하면 우리에게 연락해. 너를 믿는다. 너는 잘 할 수 있을 거야.
>
> 사랑을 보내며.
>
> 샐리

예전에는 밀워키에 올 때마다 으레 고향 친구들을 만나곤 했다. 또 이번에는 내 일도 좀 볼 생각이었는데, 모든 것이 바뀌었다. 친구들을 만나거나 내 일을 볼 시간이 없었다. 오빠와는 아직까지도 연락이 닿지 않고, 언니와는 더 이상 연락을 하지 않게 되었다. 나 혼자였다. 나 혼자서 모든 일들을 처리하고, 아버지를 캘리포니아로 모셔 갈 채비를 해야 하는 것이다. 비행기에는 뭘 신고 가야 되나? 아버지가 아끼는 물건들이 많은데. 아버지가 쓰는 연장, 즐겨 입는 옷, 각종 서류들. 무슨 일부터 해야 하지? 어느 정도가 충분한 건가? 이 집은 앞으로 어찌 될까?

책임감이 나를 무겁게 짓눌렀다. 매듭지어야 할 일들이 많이 있었다. 그 중 하나, 아버지는 아직까지도 나를 따라 캘리포니아로 가야 할지 말아야 할지 망설이고 있었다. 아, 맞아! 비행기 표도 사야 한다. 대리권 획득 절차도 밟아야 한다. 그러려면 어디에 전화를 해야 하나? 나는 이런 종류의 일을 하는 변호사들에 대해서는 전혀 알지 못했다. 나는 금요일에 노인복지과에 전화를 걸어 메시지를 남겨 놓았다. 담당 직원은 노동절 휴가가 끝난 뒤 내게 전화를 걸어 왔다. 노인 관련 문제를 전문으로 하는 변호사 명단이 사무실에 있으니 이를 주겠단다. 나는 사무실에 가서 명단을 가져왔다. 그리고 다음 날 그 중 변호사 사무실 몇 군데에 전화를 걸었다. 마침내 적당한 변호사를 찾아낸 것은 목요일이었다. 내가 집으로 돌아갈 날까지는 나흘밖에 남지 않았다.

나는 내가 해야 할 일, 즉 아버지를 캘리포니아로 모시고 갈 일이 걱정스러웠다. 내가 혹시 잘못하고 있는 건 아닌가 하는 느낌을 떨쳐 버릴 수가 없었다. 이렇게 두려움을 느끼는 데에는 내가 막내인 탓도 있었다. 언니, 오빠와 왕래를 안 하고 지내는 사이가

되었다 할지라도 내가 지금 다른 데로 모셔 가려고 하는 나의 아버지는 언니와 오빠의 아버지이기도 하지 않은가.

나는 법적 절차를 통해 아버지를 도우려는 나의 노력을 아버지로부터 인정받고 승인받아야 할 필요가 있었다. 언니와 오빠가 어떤 반응을 보일지 알 수 없었고, 언니, 오빠가 나를 고소하는 사태가 일어나는 건 원치 않았다. 만일 내가 아버지와 관계된 일들을 관할하게 된다면 제대로 해내야 하는 것이다.

여태까지 아버지는 샤워를 하지 않고 있었다. 이런 식으로 남들 앞에 나가게 할 수는 없다. 아버지는 몰골이 꾀죄죄했고, 냄새까지 풍겼다. 추측컨대 아버지는 3월부터 지금까지 샤워를 하지 않고 지낸 게 분명했다. 어떻게 해야 아버지가 샤워할 마음이 생기려나?

나는 내가 할 수 있는 가장 바람직한 방법으로 아버지를 설득했다. 아버지는 내가 당신 곁에서 당신을 돕는 것을 고마워하고 있었으므로, 나는 아버지에게 내가 아버지의 일들을 살펴 주기를 바란다면 여기에 대한 법적 절차를 밟아야 하고, 그러려면 변호사를 만나러 가야 한다고 설명했다. 또 아버지가 변호사를 만나러 갔을 때 아버지 몸에서 나쁜 냄새가 나면 내 마음이 불편할 거라고 말했다. 아버지는 내게 당신 몸에서 정말 나쁜 냄새가 나냐고 물었다. 나는 그렇다고 대답했다. 나는 아버지와 허심탄회하게 대화하기를 좋아했다. 아버지는 이성적인 분이라 내가 당신을 위해 하는 얘기에 대해서는 화를 내지 않았다.

아버지는 "너를 위해서라면 그렇게 하마. 그래, 그럼 깨끗한 옷 좀 찾아다 주렴." 하고 말해서 나를 놀라게 했다. 나는 아버지가 새로 갈아입을 옷들을 찾아 꺼냈다. 아버지는 "좋아." 하고 외치고는 샤워를 하기 위해 위층으로 올라갔다. 바로 그때 전화벨이 울렸다. 대리권 획득 절차와 관련하여 마지막으로 몇 가지 질문을 하기 위해 변호사가 걸어 온 전화였다. 그는 서류의 초안을 미리 짜 두어 우리가 그의 사무실에 갔을 때 이를 살펴볼 수 있게 하려는 생각이었다. 통화를 끝냈을 때 아버지가 바지도 속옷도 벗은 채 달랑 셔츠 한 장만 걸친 차림으로 거실에 들어왔다. 나는 시선을 돌리며 물었다.

"아버지, 위층에서 샤워하지 않고요?"

"네가 갈아입을 옷 가져다 준다고 했었잖냐."

"가져다 드릴 거예요. 그러니 얼른 올라가서 샤워하고 계세요."

벌거벗은 아버지를 보니 느낌이 묘했다. 나는 그때까지 전라(全裸)든 반라(半裸)든 아버지의 벗은 몸을 본 적이 없었다. 나는 아버지에게 위층으로 올라가라고 다시 말했다. 아버지는 내 쪽으로 다가오더니 내 앞에 섰다. 아버지는 내게 아주 친밀감을 느끼며 내가 아버지에게 신경 쓰려고 애쓴다는 사실을 잘 알고 있으며 나를 사랑한다고 말했다.

내 마음은 불편해졌다. 만일 아버지가 옷을 입고서 그런 말을 했더라면 나도 사심 없이 받아들일 수 있겠지만 중요한 부분도 가려 주지 못하는 셔츠 한 장만 달랑 걸친 채 그런 얘기를 하니 이

를 어떻게 해석해야 할지 알 수 없었다. 나는 거북하고 어색한 심정으로 아버지의 손을 잡은 뒤, 될 수 있는 한 아버지 쪽을 보지 않으려고 하면서 같이 위층으로 올라가자고 말했다. 나는 아버지에게 아버지가 샤워하기를 바란다고 다시 말했다. 아버지는 내게 도와 달라고 했다. 나는 잠시 머뭇거렸다. 내 속에서 다음과 같은 소리가 들려왔다. '아버지가 샤워하기를 바란다면 아버질 도와드려. 이 단계까지 아버지를 끌고 오는 데 6개월이나 걸렸잖아!' 아버지가 옷을 벗는 동안 나는 물을 틀었다. 나는 수도꼭지와 물에만 시선을 두려고 애썼다. 따뜻한 물이 나오기 시작하자 나는 아버지의 알몸을 보지 않으려고 애쓰면서 아버지가 욕조 안으로 들어갈 수 있도록 부축해 드렸다. 나는 샤워커튼을 친 뒤, 이제 그만 목욕탕에서 나가겠다고 아버지에게 말했다. 휴! 정말 오늘 욕봤다! 이 일은 정말 이제껏 겪어 보지 못한 경험이었다.

나는 아버지의 옷을 찾기 위해 아래로 내려갔다. 아버지는 입지는 않는 좋은 옷들을 많이 가지고 있었다. 나는 아버지가 아직 샤워 중인 욕실 안으로 조용히 들어가 안에 옷을 놓아 두었다. 아버지는 샤워를 마친 뒤 내 이름을 불렀다. 나는 욕실 문 앞에 서서 머뭇머뭇 "네?" 하고 대답했다.

아버지가 물었다.

"나 어떠냐?"

무슨 일이 벌어질지 알 수 없었다. 나는 천천히 욕실 문을 열었다. 아버지는 러닝셔츠와 사각팬티 차림으로 변기 위에 앉아서

양말을 신고 있었다. 나는 아버지를 바라보았다. 와! 아버지는 너무도 말끔하고 깔끔했다. 아버지가 자랑스러웠다. 지금도 내 머릿속에 그 순간이 생생하게 떠오른다.

변호사 사무실은 집에서 불과 1.6킬로미터 거리였는데, 막상 그곳을 찾아가려니 덜컥 겁이 났다. 뭔지 모를 두려움이 느껴졌다. 이 일은 성인(成人)의 일이었다. 나는 아버지의 일들을 내가 대신하기 위해 법적 서류에 서명하러 아버지와 함께 가고 있는 것이다. 아버지는 당신의 일들을 남들에게 알리지 않고 혼자서 해온 분이다. 나는 최근 몇 년의 일들 말고는 전혀 알지 못했다.

변호사 사무실은 밀워키 남쪽 지구에 있는 한 은행 건물 2층에 위치해 있었다. 사무실에 도착하니 안내 직원이 우리를 맞았다. 사무실은 밀워키의 오래된 빌딩들이 그렇듯 벽면은 민짜 목조였고, 천장은 높았다. 잠시 뒤 우리 일을 담당할 데이빗 콘 변호사가 나오더니 자신의 방으로 우리를 안내했다. 그는 자신을 소개하고 악수를 나눈 뒤 우리에게 자리를 권했다. 아버지가 옆에 앉아 있는데도 나는 여전히 긴장되었다. 어쨌거나 이 일은 엄청난 책임감을 요하는 일이 아닌가.

서류더미, 파일, 책들이 사무실 사방에 널려 있었다. 이 변호사는 이 모든 서류 작업들을 어떻게 다 처리해 나가나 문득 딱하다

는 생각이 들면서 나의 긴장도 다소 누그러졌다. 어쨌든 콘 변호사는 관련 서류들을 척척 처리해 나가는 능력을 지니고 있지 않은가. 이제 세부 사항들만 훑어보면 된다. 나는 그를 믿기로 했다. 물론 불안감을 완전히 떨쳐 낼 수는 없었다. 이런 종류의 법률 절차는 나로서는 생전 처음 밟아 보는 것이었기에 무얼 어떻게 해야 하는 건지 전혀 알지 못했다.

콘 변호사는 내가 긴장하고 있음을 알아채고는 그 특유의 썰렁한 유머로 나를 긴장에서 풀어 주려 애썼다.

40대 후반의 그는 곱슬머리에 무테 안경을 끼고 있었고, 현란한 색상의 멜빵과 넥타이를 매고 있었다. 현란한 액세서리와는 대조적으로 차분한 색상의 풀먹인 셔츠는 전문직 종사자다운 분위기를 풍겼다. 마치 한 발은 1960년대에, 나머지 한 발은 1990년대에 탄탄하게 딛고 서 있는 모습이라고나 할까. 그의 편안한 스타일은 다소나마 나의 긴장을 풀어 주었다.

콘 변호사는 아버지 쪽으로 몸을 돌려 아버지의 뜻을 파악하기 위한 몇 가지 질문을 던졌다.

"왜 어르신이 여기 오셨는지 아십니까?"

"알죠, 우리 딸이 내 일을 대신 볼 수 있게 하려고 온 거 아니오."

"이쪽이 어르신 따님 되세요?"

"그렇소, 얘가 우리 딸이라오."

나를 바라보는 아버지의 눈이 빛났다.

"따님 이름이 뭐지요?"

"브렌다."

"이 서류들 좀 살펴보시겠어요. 궁금한 부분이 있으면 말씀하세요. 제가 어르신에게 설명해 드릴 테니."

그 많은 서류들을 일일이 살펴보고 싶은 마음이 없었던 아버지는 내게 서류를 건네며, "이제부터 내 일은 네가 관리하게 되니까." 하고 농담을 덧붙였다.

혹시 내가 판단 착오를 일으키고 있는 건 아닐까? 나의 머리는 내게 '너도 더 의젓해져야지. 헤쳐 나가 봐.' 라고 말했지만, 내 몸은 '그냥 다 집어치워! 이 일은 네가 생각했던 것보다 훨씬 더 고생스러운 일이 될 거란 말이야. 네 생활은 완전히 뒤죽박죽 엉망진창이 되고 말 거야! 사서 고생하지 마! 네 삶이 완전히 뒤바뀌어 버리게 된다고!' 라고 말하고 있었다. 나는 몸이 하는 말을 무시해 버렸다.

나는 대리권 획득 신청을 위한 서류들을 아버지도 함께 살펴보아야 한다고 고집했다. 나 역시도 서류에 적혀 있는 내용들을 일일이 다 이해하고 파악하고 있지는 못했다. 사실 서류를 첫 장부터 마지막 장까지 빠짐없이 읽어 보지도 못했다. 나는 몇 가지 사항들을 물어 보았고, 콘 변호사는 서류에서 중요한 부분들을 설명해 주었다. 우리는 대리인의 보호 및 요양 책임에 대해 특별히 더 많은 시간을 할애하여 이야기를 나눴다. 아버지는 내게 서류에 적힌 내용들이 적합하다고 여겨지냐고 물어 보았다. 나는 그렇다고 대답한 뒤, 서류에 서명을 했고, 아버지도 서류에 서명을

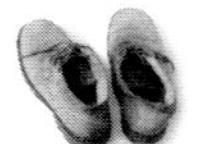

했다. 어쨌든 콘 변호사는 노인복지과에서 준 명단에 올라 있던 변호사 아닌가. 잘 돼야 할 텐데.

콘 변호사가 아버지에게 방금 서명한 서류의 내용을 이해하느냐고 물었다.

아버지는 나를 바라보고 내 무릎을 어루만지며 대답했다.

"그럼요, 우리 딸이 내 대리인이 된다는 내용 아니오!"

이제 고개 하나는 넘었다. 변호사 사무실에서 처리해야 할 일은 다 처리됐다. 그럼 다음은? 또 다시 압박감이 나를 엄습해 오기 시작했다.

아버지와 나는 다시 장을 보러 나갔다. 전에 산 먹거리들이 다 떨어진 것이다. 슈퍼마켓 통로를 돌던 나는 아버지가 유난히 기운차 보인다는 사실을 깨달았다. 아버지는 어린아이 같았고, 쾌활해 보였다. 아버지에게 기분이 어떠냐고 묻자 아버지는 정말 행복하다고 말했다. 아버지는 내가 앞으로 당신을 도울 것이고 당신을 진심으로 걱정하고 있음을 알 수 있다고 덧붙였다. 이 말을 들으니 나는 가슴이 뭉클해졌다. 아버지는 나를 사랑한다고 말했다. 아버지로부터 이런 얘기를 듣는 것은 정말 기쁜 일이었다. 하지만 바로 그 순간 '벌거벗은 아버지' 사건이 떠오르면서 기분이 이상해졌다. 아버지는 말했다. "나는 널 몹시 사랑해, 널

먹어 버리고 싶어!" 아버지의 목소리가 유난히 크게 들렸다. 나는 민망했다. 아버지가 이 말을 자꾸만 계속 했고, 마침내 나는 민망하니 그런 말은 그만하라고 말해야 했고, 아버지는 알았다고 했다.

아버지를 짓누르던 짐을 벗은 것 같았다. 아버지는 홀가분함을 느끼고 있는 것이다. 이를 바라보는 나의 심정은 딱히 뭐라 표현할 수가 없었다. 한편으로는 내 자신이 대견하면서도 다른 한편으로는 막중한 책임감이 느껴졌고, 그것이 나를 두렵게 했다.

나는 샐리에게 전화를 걸어 '아버지의 알몸 사건'에 대해 얘기했다. 샐리는 자신이 아버지를 모시면서 일어났던 사건들을 얘기해 주었다. 그로부터 45분 뒤, 나는 힘이 솟아나는 것을 느꼈고, 나도 잘 해나갈 수 있을 거라는 생각이 들었다. 나는 먼저 아버지의 진료 기록들을 챙겨야 했다. 아버지의 담당 의사부터 찾는 게 우선이었다.

며칠 뒤 나는 샐리에게 진전 상황을 알리는 이메일을 보냈다.

여기서 아버지와 함께 있는 건 여간 힘들지가 않았어. 최대한 빨리 모셔 가려고 해. 내가 그리로 돌아가는 다음 주 화요일, 10일에 아버지도 함께 모시고 가려고 해.

데이빗과 나는 지금 한 걸음을 내딛으려 하고 있어. 마치 아이를 입양하는 것 같아. 우리 생활은 모든 게 바뀔 거야. 앞으로는 전처럼 마음대로 나다닐 수도 없을 테고, 아버지가 규칙적이고 균형 잡힌 식사를 할 수 있게 우리도 제대로 된 식습관을 들여야겠지. 말이 났으니 얘긴데, 남편과 나는 너무 바빠서 하루에 한 끼씩만 먹고 살았거든. 남편과 내가 나가 있을 때면 아버지를 돌봐 드릴 사람도 구해야 할 거야. 낯선 곳으로 이주해 와서 길이라도 잃어버리면 큰일 아니야! 아아, 이제 한 걸음 시작이야!

9월 10일 아침, 밀워키에서의 마지막 날 나는 동료에게 미팅에 참석하지 못하는 사유를 이메일로 보냈다. 다음은 그 내용 중 일부다.

(…) 45년 간을 한 곳에서 살아온 분을 갑자기 로스앤젤레스로 모셔 온다는 게 어떤 건지 한번 상상해 보세요. 바로 내가 그 일을 해야 했어요. 불과 1주일 사이에 변호사를 구하고, 대리인 자격을 얻고, 아버지 담당 의사를 찾아가고, 진료 기록 사본을 챙기고, 아버지를 매일매일 돌봐 드리고…. 하루에 기껏해야 너덧 시간 눈을 붙이고 나머지 시간에는 진종일 아버지와 관계된 일들을 이것저것 챙기느라 정신이 없어요.

저녁 7시, 밀워키에서는 해가 저물고 있었고, 아버지와 나는 로스앤젤레스행 미드웨스트 익스프레스 항공기에 탑승하고 있었다. 이것은 아버지에게는 최초의 정식 항공여행이었다. 아버지는 몇십 킬로미터 상공 위를 나는 기분이 어떤 것인지 전혀 알지 못했고, 기내식으로 그렇게 좋은 음식들이 제공된다는 사실도 전혀 모르고 있었다. (미드웨스트 익스프레스 항공의 기내식과 서비스 수준은 정말 최고다.) 사실 아버지는 당신이 비행기를 타고 날아가고 있다는 사실 자체도 믿지 못했다.

우리가 얼마나 높이 날아가고 있는지를 아버지에게 알려 드리자 이를 믿지 못한 아버지는 승무원에게 물어 보기 위해 자리에서 일어났다. 아버지는 비행기 앞쪽으로 가서 승무원들과 이야기를 나눴다. 승무원들은 아버지가 순진하고 정 많은 분이라는 사실을 알고 거의 한 시간 가까이 아버지를 상대해 주었고, 아버지에게 선물로 기념 배지를 달아 주었다.

바야흐로 우리 부부는 부모가 되었다.

2부

# 빙산의 일각

무엇인가를 하고자 결심하면 그것을 끝까지 해내야 한다. 몇 피처의 맥주를 들이켠 끝에 우리 부부는 아버지를 우리 집으로 모셔 와 함께 살기로 결심했다. 그렇게 결심을 한 이상 우리는 아버지에 대해 끝까지 책임을 져야 했다. 중간에 마음을 바꾸어서는 안 될 일이었다. 우리가 이제부터 부딪히게 되는 책임감을 회피해서는 안 될 일이었다. 그리하여 우리 부부는 아버지를 돌봐 드릴 준비를 해나갔다. 남편은 아버지가 지낼 방을 세심하게 정돈했고, 아버지가 쓸 세면도구며 로션이며 옷이며 건강식품 등을 사다 놓았다.

우리 부부는 남들로부터 계획성이 철저한 사람들이라는 평을 듣곤 한다. 우리 부부는 이번 일도 미리미리 세부 계획을 세워 두었기 때문에 허둥대지 않고 처리해 나갈 수 있었다. 하지만 그 때문에 밤잠도 못 자면서 일을 해나가야 했다. 그랬음에도 불구하고 우리는 우리가 떠맡은 책임의 크기가 어느 정도인지를 미처 알지 못했다.

아버지를 돌보는 일은 우리가 책임져야 할 일들 가운데 빙산의 일각일 뿐이었다. 그 외에도 우리가 처리해야 할 여러 가지 일들이 있었다. 아버지에게 사회보장카드를 새로 만들어 드리는 일도 그 중의 하나였다. (아버지는 이 카드를 비롯해 일체의 신분증을 분실한 상태였다.) 구청의 사회보장과 직원은 아버지에게 캘리포니아 신분증을 만들어 드리라고 했다. 하지만 아버지에게는 출생증명서도 시민권 증서(외국 태생 미국인 또는 미국 거주 외국인에게 주는 증서—역주)

도 사회보장카드도 없었으므로 우리는 아버지의 신분증 발급 신청을 할 수가 없었다.

아버지의 의료문제도 처리해야 했다. 우리는 지역 의사들 중에서 노인성 치매를 전문으로 진료하는 의사를 찾아내야 했다.

동네 은행에 아버지 명의로 계좌를 개설하려고도 했으나 아버지에게는 캘리포니아 신분증도 사회보장카드도 없기 때문에 이 역시 불가능했다.

한편 우리 집으로 보내진 엄청난 양의 아버지 서류들도 살펴보아야 했다. 밀워키 친정집을 빈번하게 드나드는 동안 우리는 중요한 서류들을 모아 항공 등기우편으로 캘리포니아 우리 집으로 보냈다. 아버지가 보관해 두고 있었던 서류들이 하도 많아서 밀워키 친정집에서는 일일이 살펴볼 수가 없었기 때문이었다.

서류를 검토하고 분류하고 정리하는 일은 여간 성가신 일이 아니었다. 그런데 그런 작업들을 거쳐 우리가 찾아낸 결과는 참으로 충격적이었다. 그 결과에 우리는 눈이 부셨다. 데이빗 콘 변호사는 이를 다음과 같은 말로 압축하여 표현했다. "한 알의 도토리를 줍겠다고 했는데 손에 넣게 된 것은 우뚝 선 참나무였다! 한 알의 모래를 줍겠다고 했는데 손에 넣게 된 것은 드넓은 모래사장이었다!"

5

# 예기치 못한 전환을 이룬 우리의 생활

로스앤젤레스에 도착한 아버지는 사위를 보자 기뻐했다. 아버지와 남편은 집으로 가는 길 내내 몇 시간이나 이야기를 나눴다. 나는 차 뒷좌석에 앉아 눈을 감고 단잠에 빠졌다. 나는 너무도 피곤했다.

밤 11시, 여섯 시간의 여행(기내에서 네 시간, 공항에서 집까지 자동차로 두 시간) 끝에 마침내 우리 집에 다다를 무렵, 아버지는 갑자기 이상한 태도를 보이며 집으로 돌아가고 싶다고 했다. 아버지는 오늘 밤에는 당신 집으로 일단 돌아갔다가 우리 집에는 내일 찾아오겠다고 고집을 부렸다. 이럴 땐 어떻게 해야 하나? 우리는 이곳이 아버지 집에서 얼마나 멀리 떨어진 곳인지를 설명해 드렸다.

아버지를 설득하는 데 꼬박 한 시간 반이 걸렸다. 우리 부부는 내일 아침에 아버지를 댁까지 모셔다 드리겠다고 말했다. 우리가 아버지에게 잘 해드리면 아버지 집으로 돌아가고 싶은 마음도 차차 사라질 거라고 기대했다. 한편으론 그래도 아버지가 꼭 밀워키로 돌아가고 싶어한다면 다음 날이라도 다시 밀워키 집으로 모셔다 드려야겠다는 생각도 했다.

그날 밤 아버지는 편히 잠들었다. 다음 날 아침 아버지가 자리에서 일어나자 우리는 아침상을 차려 내왔다. 이때까지 제대로 된 식사는 하루 한 끼 급식을 먹는 게 전부였던 아버지는 계란, 빵, 치즈, 자몽 등으로 푸짐하게 차려진 아침상을 보고 좋아했다. 좋아하기는 우리도 마찬가지였다. 우리는 아침을 먹는 경우가 거의 없었다. 하지만 이제 우리는 우리의 일상 생활을 바꾸어야만 한다. 이제부터는 아버지를 챙겨 드려야 하니까.

나는 아버지를 차에 태우고 동네를 한 바퀴 돌았다. 우리는 어제 밤에 도착했으므로 나는 아버지에게 이곳의 낮 모습을 보여 드리고 싶었다. 아버지는 아직 당신이 어떤 곳에 있는지를 제대로 파악하지 못한 것 같았다. 아버지는 우리가 사는 동네를 마음에 들어했다. 아버지는 힘이 펄펄 넘치는 것 같았다. 지난 2주일간 밀워키에서 잠도 제대로 못 자면서 많은 일들을 급하게 처리해야 했던 나는 일단 휴식을 좀 취한 뒤 그간 밀린 내 일들을 해치워야겠다는 생각뿐이었다. 이런 나의 마음을 알아차린 남편은 아버지에게 같이 산책하고 오지 않겠느냐고 물었다.

아버지는 “그거 좋지.” 하고 대답했다.

아버지는 걷는 걸 좋아하기도 했지만, 산책은 아버지가 새 환경에 적응하는 데에도 도움이 될 것 같았다. 남편과 아버지는 신발을 갈아 신고 최소 40~50분 걸리는 산책길을 나섰다. 아, 평화, 고요, 휴식.

나는 밀워키를 떠날 때까지도 언니로부터 전혀 소식을 듣지 못했으므로 캘리포니아로 돌아온 다음 날 아침, 언니네 집에 전화를 걸어 메시지를 남겼다. 나는 이 일을 언니가 모른 척하는 점과 내 전화에 답을 해오지 않는 점이 마음에 걸렸다. 나는 언니에게 이번에는 이메일을 보내 보기로 했다. 어쨌거나 읽어 보기는 할 테니까. 나는 가능한 한 명랑한 분위기가 풍겨 나도록 쓰려고 애를 썼다.

**제목 : 아버지**

언니, 안녕!

오늘 아침에 언니네 집 전화기에 메시지 남겨 놨어. 그쪽 시간으로 오후 1시 조금 못 됐을 때.

아버지를 설득해서 캘리포니아의 우리 집으로 모셔 왔어. 사실 쉬운 일은 아니었지! 45년이나 살아온 곳을 떠나 비행기를 타는 일이니. (아버지가 정식으로 비행기를 탄 건 이번이 처음이지. 그런데 말이야, 아버진 승무원들한테서 기념 배지까지 얻었어.)

아버지한테 새 옷도 사 드렸어. (언니도 알다시피 그간 아버지 차림새가 얼마나 꾀죄죄했어.) 바지, 셔츠, 잠옷, 속옷, 양말 등등. 그리고 샤워도 하게 했고. (5개월 만에 말이야.) 언니가 아버지 모습을 봤어야 하는데, 아버지가 얼마나 멋있어졌다고.

그렇게 해서 아버지는 여기에 오게 됐고, 나는 지친 강아지 꼴이 됐지! 아버지에게 신경 써 드려야 할 부분이 한두 가지가 아니야. 아버지는 이곳을 잘 알지 못하니까 특히 더 그렇지. 나는 아버지를 차에 태워 동네를 구경시켜 드렸고, 데이빗은 지금 아버지를 모시고 산책 나갔어.

오늘 언니에게 들려줄 얘기는 여기까지야. 아버지가 떠나왔으니까 이제 언니도 한숨 돌리게 됐으면 좋겠어. 그런데 난 아직까지도 (오빠와는) 연락이 안 되네. 오빠가 어떤 반응을 보일지 궁금한데 말이야.

아버지에게 잘 해드리려고 나름대로 노력 중이야.

브렌다

나는 남편과 내가 우리 언니나 오빠의 아무런 지원 없이 이 여정을 밟아 가야 한다는 사실을 알고 있었기 때문에 친구와 동료들에게 조언을 부탁했다. 나는 대개 이메일을 활용했다. 사람들은 자신들이 편한 시간에 메시지를 읽을 수 있기 때문에 나는 이메일이 매우 유용하고 편리한 통신 수단이라고 생각한다. 이메일을 이용하면 충고, 이해, 동정 등을 애걸하는 장황한 전화 메시지를 듣고 있을 필요가 없다. 다음 이메일은 샌디에고로 이주한 동료에게 보낸 것이다. 나는 밀워키에서 돌아오는 대로 그의 새 집을 방문하겠다고 약속한 적이 있었다.

**제목 : 캘리포니아에서 보내는 인사**

로저, 안녕!

나 돌아왔어요!

업데이트 : 친정아버지를 우리 집으로 모시고 왔어요. 이로 인해 생활이 조금 달라지게 될 거예요. 예전처럼 자유로이 나다니지도 못할 테고 잠자는 것만 해도 그래요. 아버지가 밤에 깨기 때문에 남편과 내가 교대로 일어나 아버지가 다시 주무실 때까지 말 상대를 해드려야 해요. 이건 완전히 갓난아기 키우는 것 같다니까요!

우리 집 일이 좀 자리잡히면 당신 집을 방문할 시간을 내보도록 할게요. 담배 사 가지고 갈게요.

지금 당신은 멋지게 꾸민 새 보금자리에서 시원하게 맥주 들이켜고 있겠죠!

브렌다 애버디언

강사, 저술가, 인간개발 컨설턴트

어느 주말 아침, 아침밥을 먹는데 아버지는 우리 부부가 당신을 돌보아 주어서 고맙다고 말한 뒤 우리도 힘들 텐데 당신을 위해 이렇게 하는 이유가 뭐냐고 물었다. 나는 아버지에게 내 아버지이기 때문이라고 말하고 아버지가 내게 행위 대리권을 부여한 사실을 상기시켰다. 단지 아버지라는 이유만으로 우리 부부가 당신을 모신다는 말에 아버지는 미소를 지었다. 그런 다음 아버지는 내게 대리권 획득 서류를 가지고 있느냐고 물었다. 나는 그렇다고 대답한 뒤 아버지 방으로 가서 서류들을 찾아 아버지에게 보여 드렸다. 30분 정도 아버지는 서류들을 읽은 뒤 "그럼 내가 네게 모든 걸 위임한 거란 말이지?" 라고 '모든' 을 강조하여 물었다.

아버지의 의중을 알 수 없었으므로 나는 머뭇머뭇 대답했다.

"…네."

"좋아. 그럼 이제부터 난 아무것도 걱정할 게 없구나."

나는 데이빗 콘 변호사에게 아버지의 캘리포니아 생활과 그가 작성한 대리권 획득 서류에 대한 아버지의 반응을 적어 이메일로 보냈다. 또한 언니와 오빠에게서 아직도 연락이 없다는 사실을 알리고, 아버지가 살던 집의 소유권 문제 등 아직 처리되지 못한 문제들을 살펴봐 줄 것을 요청했다. 오빠는 언니에게 아버지 집은 자기 집이라고 말해 왔다는데, 이는 확실하게 따져 봐야 할 문제였다.

얼마 뒤 아버지는 오마하에 은행 계좌가 있는데, 그 돈을 찾아야 한다며 돈 문제에 대한 얘기를 꺼냈다. 나는 알겠다고, 그러겠다고 대답했다. 시간은 바쁘게 흘러가고 있었다. 대체 내 일은 언제나 다시 시작할 수 있을까?

그 뒤 몇 주일 간 나는 수많은 전화통화를 했고, 수십 통의 이메일을 주고받았다. 처음에는 이웃들과 통화를 했다. 내 처지에 버겁게 친정아버지를 모신다는 사실을 남들에게 알리는 것은 창피

하게 여길 수도 있는 일이지만 나는 있는 사실 그대로 남들에게 알렸다. 남편과 나는 치매기가 있는 여든여섯 살의 친정아버지를 모셔 와 함께 살게 되었다. 친정아버지는 150센티미터가 조금 넘는 단신에 체중은 50킬로그램(우리와 함께 산 뒤로 몸무게가 많이 늘었다.)이며 검은색 뿔테 안경과 야구모자를 즐겨 쓰고 갈색 재킷을 즐겨 입는다는 사실을 알리고, 아버지는 이곳 길을 아직 잘 몰라서 자칫 길을 잃어버릴 수도 있으니 거리에서 이런 노인분을 보게 되면 우리 집에 전화해 달라고 부탁했다.

이것은 효과가 있었다. 이틀 뒤 동네 여자가 전화를 걸어 와 자신의 집 쪽으로 아버지가 막 걸어오는 것을 보았다고 알려 줬다.

생활에 변화가 생기면 다른 사람들과의 관계에도 큰 영향을 미친다. 우리 부부의 경우 사생활뿐만 아니라 사회 생활에도 그 영향이 미쳤다.

동료 한 사람이 이메일을 통해 우리 부부가 대단한 일을 한다고 격려하고 삼촌을 모시고 살았던 자신의 경험을 들려주면서, 노인 모시기는 아이 키우기와 매한가지라고 얘기했다. 나는 그녀에게 이렇게 답장을 써 보냈다.

다정한 글 고마워요. 맞아요, 우리 부부는 여든여섯 살 난 아들을 키우고 있는 셈이에요. 우리는 아버지가 존엄한 삶을 누릴 수 있도록 안락한 거처를 마련해 드려야 해요.

요새 우리 부부는 갓난아기 키울 때처럼 밤새 잠도 제대로 못 자고, 수시로 깨어 아버지를 재워 드리곤 해요.

아버지를 밖으로 모시고 나갔다가 돌아오면 아버지는 무척이나 혼란스러워하세요. 왜 그토록 많은 노인분들이 양로원에 보내지거나 약물을 투여받는지 알 수 있을 것 같아요. 내 친아버지가 아니었다면 과연 남편과 내가 이렇게 인내심을 가지고 모실 수 있을까 싶어요. 짐작하다시피 아버지를 모시고 살게 된 뒤로 우리 부부의 생활 속도는 엄청나게 떨어지고 있어요.

당시에는 미처 깨닫지 못했으나 아버지를 모시기로 한 나의 결정은 나의 삶을 크게 변화시켰다. 나는 이 이메일을 보낸 동료를 이후 1년 넘게 만나지 못했다. 더욱 중요한 것은 내가 이메일을 보낼 때 붙이던 '강사, 저술가, 컨설턴트'라는 타이틀을 붙이지 않게 된 것이었다. 아버지를 돌봐 드려야 했기 때문에 나는 더 이상 강연회나 컨설팅 업무를 위해 출장을 다닐 수가 없었다.

예전 동료가 이메일을 보내 왔다.

당신 부부는 정말 대단한 사람들이에요. 설사 자기 친부모라 해도 치매 노인을 보살피기 위해 일을 마다하는 사람들은 흔하지 않거든요. 당신 부부의 효심에 경의를 표합니다.

내가 아는 사람들 중 가장 경우 바른 커플인, 또 다른 동료와 그의 아내는 우리에게 다음과 같은 이메일을 보냈다.

> 노인을 모시고 보살펴 드리는 일은 절대 녹록치 않습니다. 신념과 마음가짐을 다잡으셔야 합니다. …요새 사람들은 그런 고생을 원치도 않거니와 그럴 마음 자체를 지니고 있질 못하지요.

이들의 말은 절대 농담이 아니었다!

6

# 탁노소

이때쯤 되어 우리 부부는 책임감을 실감하기 시작했다. 우리는 하루 종일 아버지에게 신경 써야 했다. 아버지가 밀워키에서 살 적에야 이웃들하고 잘 알고, 동네 사정도 훤하니 혼자서도 잘 돌아다니고, 장도 보고, 은행 업무도 스스로 처리했지만 이곳 캘리포니아는 아버지에게는 물 설고 낯설은 곳이었다. 아버지는 읽는 것을 좋아했기 때문에 우리는 아버지를 위해 신문 구독 신청을 했다. 아버지는 배달된 신문을 읽고, 잡지와 책도 읽었다. 그러기를 며칠, 아버지는 따분함으로 인해 머리가 거의 돌 지경에 이른 것 같았다. 아버지는 무언가를 하고 싶어했다.

나는 아버지가 할 만한 일을 찾아 보았다. 우리가 사는 집은 지은 지 얼마 안 된 새 집이었으므로 아버지가 좋아하는 수리를 할 만한 일거리는 별로 없었다. 실외의 전기 콘센트에 문제가 좀 있어서 아버지에게 그걸 고쳐달라고 했더니 아버지는 뚝딱 해치웠다. 아버지의 욕구를 충족시키기에는 어림도 없었다. 아버지는 그 이상을 필요로 했다.

아버지는 신문 구인광고란을 뒤적이기 시작했다. 나는 아버지가 일거리를 찾는 걸 도와 드리겠다고 약속했다. 나는 은퇴한 노인들을 고용하는 월마트에서 아버지가 일하면 어떨까를 진지하게 생각해 보았다. 아버지는 다정하고, 붙임성 있고, 인물도 좋았다. 아버지도 그런 일을 좋아할 것이다. 아버지에게 일자리를 구해 드려야겠다는 데에만 정신을 몰두하다 보니 나는 아버지가 행위능력 상실자라는 사실을 미처 생각하지 못했다. 아직은 그리 심각하지 않지만 아버지는 가끔씩 정신이 오락가락했고, 이는 진짜 직업을 얻는 데 문제가 될 수 있었다.

나는 다른 방법을 찾아 보았다. 샐리는 자신의 친정아버지를 지역 순회보건원협회(VNA)에서 운영하는 탁노소(託老所)에 데려다 드리곤 했는데, 내게도 그곳을 강력히 추천했다. 샐리는 아버지가 그곳에서 남들과 어울리면서 활기를 유지한다고 했다. 하지만 나는 아버지를 그런 곳에 보낸다는 게 영 내키지 않았다. 부모들이 자녀들을 탁아소에 보내는 것은 말이 되지만, 부모들을 탁노소에 보내는 것은 말이 안 된다. 적어도 당시의 내 생각은 그랬다.

그렇지만 샐리가 내게 잘 생각해 보라고 누누이 얘기하기에 일

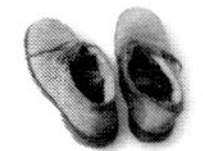

단 문의나 해보기로 하고 전화를 걸었다. 순회보건원협회의 관리자인 로버타라는 여자가 전화를 받았다. 내가 처한 상황에 대해 설명을 하자 로버타는 탁노소에 한 번 와 보라고 했다.

다음 날 나는 사전연락 없이 탁노소를 찾아갔다. 내가 그날 올지 몰랐던 로버타는 건강이 악화되어 탁노소에 더 다닐 수 없게 된 한 할머니의 가족을 만나고 있던 참이었다. 할머니의 아들과 며느리는 로버타의 사무실에서 퇴소 절차를 밟고 작별인사를 하고 있었다.

이런 와중에도 로버타는 고맙게도 나를 위해 시간을 내 주었다. 그녀는 탁노소에 오는 노인분들은 자신의 가족처럼 느껴진다며 할머니와 헤어지게 된 것을 무척 서운해하는 기색이었다. 그녀는 할머니에게 작별인사를 하면서 눈물을 흘리기까지 했다. 그녀는 내 앞에서 눈물을 보인 것에 대해 사과했지만 나는 노인들을 대하는 로버타의 진심 어린 태도에 감동을 받았다. 아직 아버지는 이곳에 다니지 않지만 장차 아버지에게도 그녀가 이런 태도를 보일 것임을 짐작해 볼 수 있었다.

로버타가 할머니의 가족들과 이야기를 나누는 동안 나는 그곳에 다니는 다른 노인분들을 살펴보았다. 나로서는 낯선 광경들이었다. 늙으면 애가 된다고 하지만 나는 그런 노인들의 모습을 접한 적이 별로 없었다. 노인들은 아이들처럼 따뜻한 다독임을 받고 있었다. 내게는 새로운 경험이었기에 나는 이를 받아들이려 노력했다. 그날 저녁 나는 샐리에게 이 일에 대해 얘기했다. 나는 내가 보고 느낀 것에 대해 생각해 보았다. 사실 달리 뾰족한 방안은 없었다.

하지만 나는 한편으로 당혹감을 느꼈다. 브렌다의 아버지가 탁노소에 다니다니. 남들이 뭐라고 생각할까? 도대체 어떤 집 딸이 자기 아버지를 그런 곳에 보낸단 말인가? 왜 그 집 딸은 자기 아버지를 집에서 직접 돌봐 드리지 못한단 말인가? 왜 남에게 그 책임을 떠넘기려 한단 말인가? 어린아이를 가진 부모들이 부닥치는 딜레마를 나도 느끼고 있었다.

이어서 또 다른 생각도 들었다. 아버지가 그런 곳에 적응할 수 있을까?

그곳에 온 노인분들을 보고 로버타와 이야기를 나눈 뒤 내가 느꼈던 당혹감은 사라지기 시작했다. 그곳을 찾아오는 노인분들에게 직원들이 따뜻한 마음을 기울이는 것을 본 나는 내 마음 속에 일었던 걱정들도 풀어지는 것을 느꼈다. 그곳에서 아버지는 친절한 대접을 받을 것이다. 아버지가 필요로 하는 관심도 받을 것이다. 나 한 사람이 줄 수 있는 것보다는 더 많은 관심을.

하지만 그곳에서 제공되는 보살핌은 일률적이지 않은가? 아버지는 탁노소에 다닐 수 없다. 아버지가 원하는 건 일이다!

나는 로버타에게 원생들 개개인의 욕구와 특성에 맞춰 보살펴 주는 게 가능한지를 물어 보았다. 아버지는 당신이 쓸모 있는 존재인 것을 느끼고 싶어한다는 사실을 설명했다. 아버지가 원하는 것은 그저 도우미나 자원봉사자 같은 차원이 아니라 실제로 일을 해서 돈을 버는 거였다. 아버지는 아직 뒷방 늙은이 취급을 받을 준비가 되어 있지 않았다.

로버타는 아버지의 나이를 물었다. 여든여섯이라고 말하자 로버타는 미소를 지으며 웃었다. 이곳 탁노소에서는 원생들 개개인의 취향과 희망에 맞춰 특별한 신경을 기울인다고 그녀는 설명했다. 만일 원생이 일을 하고 싶어한다면 실제로 일거리를 제공해주며 학교에 다니고 싶어하는 원생이 있으면 수업을 실시하기도 한다는 것이었다.

나는 놀라서 "정말이요?" 하고 되물었다. 이것은 그들이 해내는 일들 가운데 빙산의 일각이었다. 알고 보니 아버지에 대해 내가 요구한 사항은 다른 노인 원생들의 경우와 비교하면 그리 힘든 것도 아니었다. 이곳 직원들은 거동을 못하는 노인들의 속옷을 갈아 입히는 일이며 번거로운 투약에 이르기까지 원생들의 요구에 맞춰 따르고 있었다.

내 물음에 로버타는 "예, 물론이죠! 안 그러면 어르신들이 행복을 느낄 수 없으니까요." 라고 대답했다.

"그러니까 각 개인의 욕구와 필요를 알아서 거기에 맞게 맞춰준다는 말인가요?"

"네. 학교에 다니고 싶어하는 어르신이 계시면 학교에 다닐 수 있어요. 선생님 아버님은 일을 하고 싶어하니까 일을 할 수 있어요. 저희 직원들은 선생님 아버님에 대해서는 '일' 이라는 부분에 특별히 신경을 기울이게 될 거예요."

이것은 단순한 호의 이상의 봉사였다. 나는 거기에 인간적인 정이 배어 있음을 느꼈고 그 점이 마음에 들었다. 우리는 45분 정도 이야기를 나눴고, 엘리, 티, 데이빗, 캐시 등 다른 직원들과도 인사를 나누고 몇 명의 원생들도 보았다.

아버지의 외관은 그들 원생들보다는 훨씬 더 나아 보였지만 아버지에게도 활동이 중요하다는 생각이 들었다. 게다가 아버지가 탁노소에 다니면 나도 일을 할 수가 있다. 나도 하루 24시간 내내 아버지에게만 신경 쓸 수는 없는 노릇이다.

나는 로버타에게 아버지를 이곳에 다니게 하는 문제를 생각해 보겠다고 말했다. 그녀는 내게 기입해야 할 서류들을 주면서 아버지를 모시고 올 때 가지고 오라고 했다.

나는 집으로 돌아가 아버지에게 말했다. 그곳(나는 탁노소라는 이름을 언급하지 않도록 신경을 썼다.)에 가는 것은 직장에 나가는 것과 비슷할 거라고 설명했다. 이를테면 그곳은 아버지가 좀더 높은 수준의 책임이 주어지는 자리로 올라가기 전에 수습 과정을 밟는 곳이라고 말했다. 아버지는 설레는 기색을 보이며 한번 해보겠다고 했다. 나는 로버타가 준 서류를 작성했다.

양심의 가책이 느껴졌다. 나는 아버지에게 거짓말을 한 것이다. 아버지는 바보가 아니다. 아버지는 탁노소가 어떤 곳인지를 보게 될 테고 공작이나 하고 휴식 시간도 너무 많은 그런 곳에 왜 당신을 데려갔느냐고 내게 물을 것이다.

아버지가 오전에 아르바이트를 하던 동네 공장으로 아버지를

보러 갔던 일이 떠올랐다. 당시 나는 열 살 남짓이었다. 여름이었다. 아이들은 방학 때면 평소 안 하던 것들을 찾아 나서곤 한다. 어떨 때는 나 혼자서 어떨 때는 언니랑 같이 1킬로미터 반을 걸어서 아버지가 일하는 곳을 찾아가곤 했다. 그곳에 도착하면 나는 휴식 시간을 알리는 종이 울리기를 기다렸다. 아버지가 보이지 않으면 침침한 등이 켜진 공장 안을 들여다보다가 그 안에서 계속 일을 하고 있는 아버지를 발견하고 놀라곤 했다. 대개의 경우 아버지의 공장 동료 아저씨들이 나를 발견하고 내게 아빠 보고 싶으냐고 묻곤 했다. 내가 고개를 끄덕이며 그렇다고 대답하면 아저씨는 "네 아빠는 아직도 일하고 있단다. 쉬는 시간이니까 쉬어야 하는데도 너희 아빠는 계속 일만 하셔. 기다려라. 아저씨가 아빠 데리고 나올게." 라고 말해 주었다.

아버지가 나오길 기다리면서 나는 내가 아버지의 일을 방해했기 때문에 아버지가 어떤 반응을 보일지 조금 겁이 났다. 때로는 아버지가 일하고 있는 기계 옆으로 그냥 다가가 서 있기도 했다. 그러면 아버지는 환하게 미소를 지으며 "아빠가 이 일을 끝내게 해다오. 밖에서 기다리렴. 좀 있다가 아빠도 나갈 테니. 그때 같이 얘기하자." 라고 말했다. 이윽고 아버지는 밖으로 나왔고 나와 이야기를 나눴다. 5분 정도 그러다가 종이 울려 사람들이 다시 공장 안으로 들어가기 전에 "아빤 다시 일하러 들어가야 돼. 와 줘서 고맙다. 바로 집에 갈 거니?" 라고 말한 뒤 공장 안으로 들어갔다. 딸들이 찾아왔는데도 휴식 시간이 채 끝나기도 전에 일터로 돌아가는 아버지를 보며 나는 좀 실망스러웠다. 하지만 그것이 바로 우리 아버지의 모습이었다.

아버지에게 거짓말을 한 것에 대해 나는 남편과 얘기를 나눴다. 당신이 다니게 될 곳이 진짜 직장이 아니라 단순히 사람들을 사귀고 활력을 얻기 위한 장소라는 사실을 아버지가 깨닫게 된다면 아버지는 어떤 반응을 보일까? 아버지는 집에서도 일을 해왔다. 아버지는 기계 부속을 분해하고 닦고 다시 조립하는 등 항상 무언가를 해왔다. 서류들을 정리하고, 은행 업무를 보고, 연장들을 분류해 놓고, 마당에서 일을 했다. 남편과 나는 아버지에게 일단 기회를 드려 보기로 결정했다.

탁노소에 다닌다면 남들과 어울리고 활동을 할 수 있다는 이점이 있었다. 아버지는 오랫동안 고립된 생활을 해왔다. 밀워키에서의 최근 몇 개월 간은 잠깐 먹을 것을 사러 나가거나 은행에 갈 때 외에는 종일 집 안에 틀어박힌 채 이것저것 고치거나 서류들을 정리하며 지내 왔다. 그래도 우리 부부는 여전히 아버지에게 거짓말을 한 것이 마음에 걸렸다. 우리 부부는 그날 밤잠을 이루지 못했다. 아버지가 어떤 반응을 보일지 걱정되었다. 나는 아버지의 심기를 거스르고 싶지 않았고, 무엇보다도 아버지로부터 신뢰를 잃고 싶지 않았다.

다음 날 아침 "첫 출근 날인데 깔끔한 모습을 보여 드려야죠." 라며 아버지를 구슬려 샤워를 하게 하고 내가 특별히 고른 옷을 입게 했다. 내가 당신에게 이토록 신경을 기울이는 것에 아버지

는 기뻐했다. 아버지는 "네 엄마도 나한테 이렇게 신경을 써 주진 않았어!" 라고 말했다. 글쎄, 어머니가 말년의 몇 해는 그랬을지 모르지만 아버지가 직장에 다니던 시절에는 아버지의 차림새에 세심하게 신경을 써 주었다. 아버지는 의심할 여지없이 제너럴 일렉트릭 사의 가장 깔끔하고 옷 잘 입는 기계공이었다. 당시 아버지는 샤워를 하루에 두 번씩 했고, 어머니는 아버지가 매일 갈아입을 옷들을 빨고 다림질하고 손질해 놓았다.

우리는 아침식사를 하며 아버지의 새 직장으로 첫 출근하는 것에 대해 농담을 나눴다. 나는 아버지 상사들이 집으로 전화 걸어오지 않게 처신 잘 하라고 당부 드렸다. 아버지는 내 덕분에 취직이 된 것이니 내게 누를 끼치지 않도록 잘 하겠다고 다짐했다. 아버지가 새 직장에 대해 저렇게 의욕을 보이는 것은 나로서도 기쁜 일이었지만 내가 거짓말을 했다는 사실이 계속 마음에 걸렸다.

나는 아버지를 차에 태워 일터로 모시고 갔고, 직원들은 아버지를 반갑게 맞아 주었다. 한 직원은 아버지에게 커피를 어떻게 타다 드리냐고 물은 뒤 크림과 설탕을 수북이 탄 커피를 아버지에게 갖다 드렸다. 아버지는 원래 커피를 잘 드시지 않지만 달고 크림이 들어간 것을 좋아했다. 아버지는 따뜻한 환영을 받았다. 나는 로버타에게 서류를 건넸다. 로버타는 내게 걱정하지 말라고 했다. 다른 직원들도 "저희가 아버님을 잘 돌봐 드릴게요." 라고 말했다.

나는 평화롭고 조용한 집으로 돌아갔다. 그리고 즉시 일을 시작했다. 하지만 얼마 못 가 심란해지기 시작했다. 걱정이 되어 한 시간 반도 채 일하지 못하고 탁노소에 전화를 걸어 아버지가 어떻게 하고 있는지 물어 보았다. 직원은 아버지는 잘 있다며 나를 안심시켰다. 그러면서 덧붙여 말하기를 아버지가 할머니들한테 인기폭발이라는 것이었다. 그것은 내가 미처 알지 못했던 아버지의 또 다른 모습이었다! 아버지가 적응해 간다는 것을 알고 나니 내 마음도 한결 안정이 되었다. 아버지가 대견하게 여겨졌다. 그러나 오후에 아버지를 모시고 올 때 아버지가 무슨 말을 할지 여전히 걱정스러웠다. 아버지는 경솔한 분이 아니어서 직장 사람들에게 이 얘기 저 얘기 떠들어대지는 않을 것이다. 아버지는 내가 올 때까지 기다릴 것이다.

그날 오후 나는 아버지를 집으로 모셔 오기 위해 차를 몰고 탁노소로 갔다. 아버지는 기분이 좋아 보였다. 직원들은 아버지와 즐거운 시간을 보냈다며 내일도 모시고 오라고 했다. 나는 그러겠다고 대답하긴 했지만 먼저 아버지의 반응부터 알아보기로 했다.

집으로 돌아오는 길에 아버지는 오늘 일이 아주 즐거웠다고 말했다. 아버지는 요새 직장은 예전에 당신이 제너럴 일렉트릭 사에서 일하던 시절과는 많이 달라진 것 같다고 말했다. 아버지는 눈치를 못 채고 있었다!

얼마 뒤 남편이 퇴근하자 아버지는 사위에게도 똑같은 얘기를 했다. 우리는 안도감을 느꼈다. 아버지는 직원들의 보호를 받으며 다른 사람들과 다양한 활동에 참여할 수 있고, 내게는 내 일을

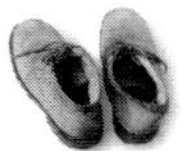

할 수 있는 여섯 시간이 확보되는 것이다.

일상은 대체로 순조롭게 돌아갔다. 아버지는 탁노소에서 제공하는 활동을 즐겁게 해나갔다. 아버지는 할머니들과 춤추기를 특히 좋아한다는 얘기를 들었다. 탁노소에는 할아버지들보다 할머니들이 더 많았으므로, 아버지는 매번 파트너를 바꿔가며 춤을 출 수 있었다. 아버지는 건강이 비교적 좋은 편이었으므로 춤도 무리 없이 출 수 있었고, 아버지보다 훨씬 연하인 할머니들을 기진맥진하게 만들곤 했다. 나는 흐뭇했다.

오후에 아버지를 모시러 갈 때마다 탁노소의 직원들은 아버지가 그날 어떤 일들을 했는지 내게 알려 주었다. 때로 아버지는 탁노소에서 만든 공작품을 집으로 가져오기도 했다. 아버지는 당신의 공작품에 별로 관심을 두지 않고 그냥 한쪽에 놓아 두었지만 나는 자녀가 만든 공작품을 자랑스럽게 전시해 두는 부모들처럼 아버지가 만든 공작품들을 소중히 다뤘다. 우리 아버지가 만든 공작품이었기 때문에!

아버지는 집에서 그랬던 것처럼 탁노소에 가 있을 때도 건물 밖으로 나가 주변을 어슬렁거리며 돌아다니곤 했다. 어떨 때는 너무 멀리까지 나가서 탁노소로 다시 들어오지 않아 직원들을 곤란하게 했다. 한번은 내가 집을 비우고 있을 때 그런 일이 일어나서 직원들은 직장에 있는 남편에게 전화를 걸어 아버지를 달래서 도로 모셔 오라고 했다. 남편은 즉시 사무실에서 나와 차를 몰고 두 시간을 달려 탁노소로 가 아버지를 집으로 모시고 왔다.

어려운 점들도 있었지만 탁노소는 아버지가 사회성을 회복하고, 활력을 유지하고, 생각하고, 미소짓고, 웃고, 아버지가 마땅히 해야 할 일들을 할 수 있는 많은 기회를 아버지에게 제공해 주었다.

아버지를 탁노소에 보내게 된 이후, 나는 아버지의 스케줄에 맞춰 나의 일상도 새롭게 맞춰 나가기로 했다. 아버지는 탁노소에서 집으로 돌아오면 남편이 퇴근하는 6시까지 우편물들을 살펴보고 잡지를 읽었다. 남편이 오면 셋이 함께 저녁을 먹은 뒤 이야기를 나누고, 책을 읽고, 텔레비전을 보았다. 아버지는 일찍 잠자리에 드는 편이었기 때문에, 대개 8시 30분쯤이면 주무시러 들어갔다. 그 뒤 남편과 나는 집안일을 하거나 우편물들을 살폈다.

나는 아버지의 스케줄에 맞춰 나가기 시작했다. 남편은 직장이 멀어 새벽 4시 15분에 기상했다. 나는 그로부터 한 시간쯤 뒤에 일어나 아버지가 깨기 전에 몇 가지 일들을 처리했다. 때로 아버지도 그 시간에 깨어 내가 일하는 방으로 얘기하러 들어오기도 했다. 그럴 때면 나는 아버지에게 도로 들어가 주무시라고, 오늘 또 일해야 되니 좀더 쉬라고 했다. 그러면 아버지는 대개 내 말대로 했다. 그러면 나는 6시 30분까지 일을 계속하다가 아버지 방으로 가서 아버지를 깨웠다.

그렇게 몇 주일이 지나면서 아버지는 일찍 일어났고, 도로 들어가 더 주무시라는 내 말에 그러기 싫다고 고집을 부렸다. 아버지는 옷을 완전히 다 챙겨 입고 출근 준비를 다 마친 차림으로 내가 일하는 방으로 들어왔다. 그럴 때마다 나는 아버지를 더 주무시게 하려고 했지만 아버지는 내 말을 듣지 않았다. 나는 어찌해야 좋을지 몰랐다.

어느 날 아침, 나는 아버지가 나를 보지 못하게 일하는 방의 문을 닫아 놓았다. 그날 아침 아버지는 방에 들어오지 않았다. 아버지의 발소리가 들리더니 곧이어 냉장고 문 여는 소리가 들렸고 이어서 방으로 들어가는 소리가 났다. 나는 의자에서 일어나 살그머니 방문을 열고, 아버지 방 쪽을 살펴보았다. 나는 까치발을 하고 부엌으로 가서 아버지가 혹시 냉장고 문을 열어 두지는 않았는지 확인했다. 문은 잘 닫혀 있었다. 사탕통 안의 사탕 몇 개가 없어졌고, 사탕 껍질들이 싱크대 위에 놓여 있었다.

나는 까치발을 하고 아버지 방 앞에 갔다. 방문은 살짝 열려 있었다. 열려진 틈새로 안을 들여다보니 아버지는 등을 돌린 자세로 흔들의자에 앉아 있었다. 아버지가 자고 있는지 깨어 있는지는 알 수 없었다. 궁금해진 나는 천천히 문을 열었다. 삐걱 소리에 내가 온 걸 아버지가 알지 않을까 걱정했는데 아버지는 청력이 좋지 않았기 때문에 문 열리는 소리를 듣지 못했다. 나는 아버지 옆으로 다가가 아버지를 살펴보았다. 아버지의 눈은 감겨 있었다. 바닥에는 사탕껍질 세 개가 떨어져 있었고, 아버지의 무릎 위에는 남편이 보는 공학 관련 책이 놓여 있었고, 옆에 있는 책장 위에는 우유가 조금 채워진 유리컵이 놓여 있었다. 아버지를 깨워 침대 위에 눕게 하면 아버지가 좀더 편하게 잘 수 있겠지만, 나는 아버지를 그냥 놓아 둔 채 내 방으로 들어가 문을 닫았다.

의자에서 자려면 목이며 등이 쑤실 테지만 아버지는 거기에 대해서는 아무런 얘기도 하지 않았다. 그로부터 두 시간쯤 지나서 아버지가 내 방 문을 두드렸다. 나는 일을 멈추고 아침을 차렸다. 아버지의 출근 시간이 될 때까지 우리는 이야기를 나눴다.

나는 그 다음 날 아침에도 이 방법을 써 보았다. 확실히 효과가 있었다. 그 뒤 나는 계속 이 방법을 써 나갔다.

아버지가 내 방 문을 노크할 때까지 나는 새벽에 한 시간 반 정도 일을 할 수가 있었다. 아버지는 예의가 바른 분이라 들어오기 전에 대개는 노크를 했다.

이틀에 한 번씩 아침에 아버지가 샤워를 하도록 하는 일도 처음에는 꽤 힘들었다. 아버지가 샤워를 마치면 나는 아침을 차려 함께 식사를 한 뒤 아버지를 탁노소로 모셔다 드렸다.

하지만 우리의 아침 일상이 마냥 순조롭게 진행되어 간 것은 아니었다.

7

# 내 신발 어딨냐?

다른 사람과 한 지붕 아래 살아간다는 것은 쉬운 일이 아니다. 우리 집에서는 카펫을 깨끗이 하기 위해 실내에서는 신발을 벗고 지냈다. 집에 손님이 찾아오면 현관에서 신발을 벗어 달라고 부탁했다. 그런데 아버지는 사람은 모름지기 신발을 신고 있어야 한다고 생각하는 분이었다.

우리는 아버지가 실내에서 신을 스웨이드 가죽 슬리퍼를 사다 드렸지만 두꺼운 가죽창이 붙은 무거운 가죽구두를 늘 신어 버릇한 아버지는 계속 실내에서 신발 신기를 고집했다.

"아버지, 집 안에서는 신발 신지 마세요."

"왜?"

"우리 집에서는 실내에 있을 때 신발을 신지 않아요. 카펫을 깨끗하게 유지하려고요."

"내 신발은 더럽지 않아. 볼래?"

아버지는 당신의 신발이 더럽지 않다는 걸 증명해 보이기 위해 발을 들어올려 신발창을 보여 주었다.

"예, 저도 알아요. 하지만 눈에 안 보이는 세균 같은 게 신발 바닥에 묻어 있을지도 모르잖아요. 세균 걱정 없이 바닥에 눕거나 앉을 수 있으면 좋잖아요."

아버지는 세균 같은 것에 대해서는 신경 쓰는 분이 아니었다. 어머니가 아버지에게 손을 씻으라고 하면 아버지는 "조그만 세균들이 좀 있다고 해서 병나진 않아."라고 대꾸하곤 했다.

남편과 내가 아무리 얘기해도 소용 없었다.

뭐가 문제인가? 우리가 원하는 것은 카펫을 깨끗하게 유지하는 거다. 하지만 그러기 위해 하루 종일 누군가에게 계속 잔소리를 해대고, 여기저기 수시로 닦아내고, 가구를 옮기고, 테이블이며, 서랍장이며, 소파 밑에 은박지를 깔아 놓고, 카펫이 마르기를 기다리고 하는 짓을 할 수는 없다. 아버지가 협조해 주기만 하면 간단히 해결될 일인데 말이다!

우리는 한 가지 꾀를 냈다. 아버지가 침대로 들어가기 위해 신발을 벗을 때까지 기다렸다가 숨겨 두기로 한 것이다. 우리는 아버지가 밖에 나갈 때만 신발을 내 드리기로 했다.

아버지가 침대에 누웠을 때 우리 부부는 안녕히 주무시라고 인

사를 한 뒤 아버지가 침대 밑에 가지런히 놓아 둔 신발을 몰래 집어 들고 방을 나왔다.

그날 밤, 잠에서 깬 아버지는 옷을 입은 뒤 신발을 찾았으나 신발은 나오지 않았다. 아버지는 우리 부부의 침실에 들어왔다. 그리고 그것은 시작되었다. …우리 마음을 섬뜩하게 울리는 그 세 마디.

"내 신발 어딨냐?"

"예…? 신발이 필요하세요?"

"그래, 난 일 나가야 돼."

"이 시간에 말이에요?"

"지각하면 안 돼."

"지각할 리 없어요. 출근 시간까지는 아직 여섯 시간이나 남아 있어요."

"그러냐?"

"네, 8시나 되어야 일은 시작할 텐데요."

"지금 몇 시냐?"

"새벽 1시 30분이에요."

"음, 알았다. 그런데 내 신발 어딨냐? 직장에 늦으면 안 돼."

남편은 세 시간 뒤에 일어나 두 시간을 운전하여 출근해야 했으므로 내가 자리에서 일어나 아버지를 아버지 방으로 모시고 가 30분 동안 아버지를 다독이며 직장에 늦지 않게 제 시간에 맞춰 깨워 드리겠다고 약속한 뒤에야 아버지는 옷을 벗고 다시 잠자리에 누웠다.

휴우, 우리가 신발을 어디다 숨겨 뒀는지는 말하지 않고 그냥 넘어갔으니 그나마 다행이다.

다음 날 아침 새벽 3시, 그 소리가 또 들려 왔다.

"내 신발 어딨냐?"

이번에는 남편이 우리 방에서 아버지를 달래야 했다.

이제 이 일은 한밤중마다 겪는 새로운 의례가 되고 있었다. 아버지는 한밤중에 깨어나 사람을 찾으며 집 안을 누볐다. 그러다가 결국 우리 방으로 들어왔고, 우리는 아버지의 발소리에 잠에서 깨어났다. 부모들은 자식들이 내는 아주 작은 소리도 들을 수 있다. 우리 역시 마찬가지였다. 우리는 우리 아버지를 입양했고, 아버지에게 부모의 역할을 하고 있었다.

어느 날 새벽에는 아버지가 우리 방으로 들어와서 전등 스위치를 찾아 벽을 더듬었다. 이런 식으로 신새벽에 느닷없이 불이 켜지는 소동을 몇 차례 겪은 뒤 우리 부부는 전등과 스위치 사이의 연결선을 끊어 두었다.

전에 아버지는 손전등을 갖고 있었는데, 그것을 여러 차례 떨어뜨려서 부속들을 잃어버리는 바람에 더 이상 사용할 수 없게 되어 우리로서는 참으로 다행이었다. 깜깜한 밤중에 손전등 불빛이

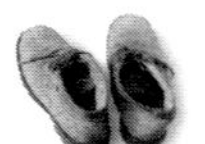

얼굴에 비춰진다면 누군들 기분이 좋겠는가.

손전등을 사용할 수 없게 된 아버지는 손으로 벽과 가구를 더듬으며 우리 부부가 아직 누워 있는 침대까지 와서 침대와 우리 부부의 몸을 더듬거렸다. 참으로 난감한 순간이었다. 딸과 사위의 몸 위를 더듬거리는 아버지. 우리는 아버지가 아무것도 찾아내지 못하고 당신 침대로 돌아가기를 바랐으나 일은 그렇게 조용히 넘어가지 않았다. 아버지는 놀라며 우리 부부의 이름을 불렀다. 그러면 마음이 약해진 우리 부부는 자리에서 일어나 아버지를 달래어 도로 잠자리에 들게 했다. 놀란 아이를 달랠 때와 조금도 다르지 않았다.

이런 일이 몇 주일 간 계속되면서 우리는 지쳐 갔다. 나는 샐리에게 우리가 겪고 있는 문제를 털어놓았다. 샐리의 아버지는 우리 아버지처럼 집 안을 돌아다니지는 않는다고 했다. 샐리는 우리 방 문을 잠가 놓으라고 했다. 평소 우리 부부는 문을 열어 놓고 자곤 했지만 이제부터는 문을 닫고 밖에서 열 수 없게 잠금쇠를 걸어 놓기로 했다. 하지만 아버지의 입장에서 볼 때 이건 너무 잔인한 짓이 아닐까? 내가 이 점을 지적하자 샐리는 우리 부부가 밤에 제대로 못 자 기진맥진하는 것보다는 나을 거라고 했다. 그리고 이렇게 해야 아버지가 밤에 깨어 돌아다니지 않게 될 거라고 말했다.

우리는 그녀가 말한 대로 했다. 첫날은 아버지가 걱정되어 잠을 이룰 수가 없었다. 아버지는 그날 밤 화장실을 갔다 온 것 말고는 중간에 깨지 않고 잘 잤다.

다음 날 밤에는 아버지가 우리 방으로 들어오려고 했다. 방문 손잡이를 돌려도 열리지 않자 아버지는 발길을 돌리는 듯했으나 우리 부부가 설잠이 들었을 때 방문 손잡이가 다시 딸깍거렸다. 방 안 침대에 숨을 죽인 채 누워 그 소리를 듣고 있으려니 아버지로부터 몸을 숨긴 채 아버지를 불편하게 하고 있다는 느낌이 들었고, 떳떳하지 못한 짓을 하고 있다는 생각에 마음이 괴로웠다.

서글프게도 우리 부부의 평안과 안정을 위해 그런 짓을 해야만 했지만 정작 우리 부부는 제대로 안정을 취했던가? 아버지가 거실 쪽으로 걸어가는 소리가 들렸다. 다음 날 아침 일어나 보니 아버지는 거실 안락의자에 앉아 잠들어 있었다. 슬리퍼에 파자마 차림의 아버지는 어린아이처럼 너무도 천진하고 평화로워 보였다. 시간 감각을 상실한 아버지가 가여웠다.

어느 날 밤엔가는 아버지가 집 밖으로 나가기 위해 현관문 손잡이를 잡고 흔드는 소리가 들린 적도 있다. 현관문에는 자바라 셔터가 내려지고 자물쇠가 채워져 있었기 때문에 아버지는 밖으로 나갈 수 없었다. 몇 번을 시도해도 문이 열리지 않자 아버지는 이번에는 우리 방문 손잡이를 돌렸다.

또 어느 밤엔가는 다용도실에서 수상한 소리가 들려 왔다. 그냥 들어서는 정확히 무슨 소리인지 알 수가 없었으므로 나는 몹시 피곤했지만 몸을 일으켜 방문을 살짝 열어 밖을 살폈다. 내 눈에 들어온 광경에 나는 충격을 받았다. 아버지는 차고 쪽으로 난 문

의 경첩을 떼어 내려 하고 있었다. 아버지가 어떤 연장들을 사용하는지를 보기 위해 나는 좀더 가까이 다가갔다. 아버지의 손에 들려 있는 것은 가위와 손톱깎이, 나뭇조각이었다.

밤마다 일어나는 이런 소동들로 인해 우리 부부는 진이 다 빠졌다. 또한 양심에 가책이 느껴져 잠을 제대로 이룰 수도 없었다. 우리가 지금 취하는 방식은 한 인간을 대하는 제대로 된 방식이 아니었다. 아이들은 밤이면 잠을 자고 성장하지만 치매 노인은 자라지 않으며 영락해 갈 뿐이다. 우리는 우리의 행동에 당위성을 부여해 보려 했지만 소용 없었다. 우리의 자세는 남을 돌보는 온전한 자세가 아님을 우리도 알고 있었다. 부모라면 아이가 한밤중에 깨어나 헤매고 방문을 두드릴 때 자리에서 일어나 아이를 달래 준다. 그런데 우리는 아버지가 한밤중에 깨어나 방문을 두드려도 못들은 척하고 있다.

남편은 되물었다.

"무슨 말씀이세요?"

아버지가 말했다.

"누가 내 신발을 가져갔다니까."

나는 솔직하게 털어놓기로 했다.

"저희가 그랬어요."

"왜?"

"아버지가 집 안에서 신발을 신지 않았으면 해서요."

아버지가 다시 물었다.

"왜 내 신발을 가져갔어?"

남편이 단호한 어조로 대답했다.

"장인 어른이 집 안에서도 신발을 신고 있어서 그랬어요."

"내 신발 어딨냐?"

내가 대답했다.

"저희가 가지고 있어요."

아버지는 힘주어 말했다.

"그건 내 신발이야."

"예, 아버지 신발이라는 거 저도 알아요. 아버지가 밖에 나갈 때 신발 내어 드릴게요."

"난 지금 나갈 거야!"

남편이 물었다.

"새벽 3시에 말씀이세요?"

"그런 건 중요치 않아. 난 내 신발을 원해."

그날 저녁, 식사를 마친 뒤 아버지가 보인 행동은 우리를 놀라게 했다. 아버지는 혼란스럽다는 표정으로 천천히 입을 열었다.

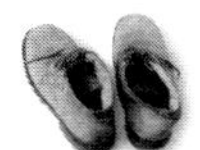

"내가 신발을 벗어서 침대 밑에 놓아 두면 사라져 버린단 말이다. 신발이 어디 갔는지 넌 알고 있냐?"

"네, 저희가 가지고 있어요."

"너희가 그걸 가지고 있다고?"

"예."

아버지는 웃더니 다시 물었다.

"너희가 왜 내 신발이 필요하냐?"

아버지가 당신 특유의 유머 감각을 보인 건지 아니면 그저 궁금해서 물은 건지 우리로서는 갈피를 잡을 수가 없었다. 아버지가 온전한 정신으로 말한 건지 정신이 오락가락하는 상황에서 말하는 건지 판단하기가 어려웠다.

아침이고 저녁이고 날이면 날마다 아버지는 물었다.

"내 신발 어딨냐?"

이 세 마디는 시도 때도 없이 불쑥불쑥 들려 왔고, 남편과 나는 거의 노이로제에 걸릴 지경이었다.

아버지의 성화에 못 이겨 신발을 찾아 드려야 할 때도 있었다. 그럴 때면 아버지는 재빨리 우리에게서 신발을 낚아채 숨겨 두었다. 아버지와 우리는 아버지 신발 숨기기 경연이라도 벌이고 있는 것 같았다. 아버지는 처음에는 침대 밑에 신발을 숨겨 두었지만 우리가 그걸 찾아내 치워 두자 다음에는 책장 옆 흔들의자 뒤에 숨겼다. 우리가 거기서도 찾아내 치워 두자 다음에는 벽장 속에 감춰 두었다. 이번에는 신발을 찾아내는 데 좀더 시간이 걸렸다. 신발은 벽장 속 상자 뒤에 꽁꽁 숨겨져 있었다. 그리고 그 다음 번에는 책장 문 뒤에서 신발을 찾았다. (이때는 아버지 방을 여러 차례 드나들며 한 사람이 아버지의 신경을 딴 데로 돌리는 사이에 다른 사람이 찾아 보는 식으로 하여 간신히 찾아냈다.) 그런가 하면 아버지가 건물 사이 연결통로에 신발을 벗어 놓은 걸 모르고 몇 시간을 신발 찾아 삼만 리를 하며 집 안 구석구석을 뒤진 일도 있다. 또 아버지가 남편의 신발을 숨겨 놓는 장난을 한 적도 있다.

우리처럼 누군가를 돌보는 역할을 맡은 이들과 이야기를 나눠 보니 피보호자들의 괴벽들이 한 가지씩은 있었다.

아버지는 사용한 이쑤시개를 아무 곳에나 놓아 두는 버릇이 있었다. 욕실 세면대 위, 책장 선반 위, 책갈피 사이, 오디오 위, 부엌 싱크대 위, 오디오 뒤, 컴퓨터 디스크 드라이브 슬롯 안, 흔들의자 위(그 위에 누가 모르고 앉은 적도 있다.) 등등…. 이런 건 참을 수 있었다. 침실용 스탠드나 디스크 드라이브 속에 껌을 붙여 두는 것도 참을 수 있었다. 우리를 견딜 수 없게 했던 것은 끊임없이 들려 오는 "내 신발 어딨냐?", 바로 이 말이었다.

우리는 뭔가 조치를 취해야만 했다. 그리고 그 일에는 후회가 없어야 했다.

8

# 약물 임상 실험

무엇보다도 시급한 일은 아버지에게 건강 검진을 받게 하는 일이었다. 탁노소의 로버타와 또 다른 직원은 내게 그라나다 힐스 지역 병원의 노화연구 검진센터를 강력하게 추천했다. 나는 그곳에 전화를 걸어 메시지를 남겼다. 그곳의 버트라는 여직원이 내게 전화를 걸어 왔다. 나는 지방 출장을 가기 전에 아버지에게 전문의의 검사를 받아 보게 하고 싶다고 밝혔다. 당시 우리는 아버지를 캘리포니아로 막 모시고 온 직후라서 시급히 치료를 받아야 할 건강상의 문제가 아버지에게 있는지 알아야 할 필요가 있었다. 버트는 일주일 뒤에 기본 검진을 받도록 날짜를 잡아 주었다.

며칠 뒤 노화연구 검진센터의 말린 해리슨 팀장이 사전 조사의 일환으로 몇 가지 질문을 전화로 물어 보았다. 건강과 관련한 질문들에 아버지를 대신하여 내가 대답하려니 조금 불편하고 어색했다. 타인을 그것도 어른을 책임지는 것에 익숙해지기란 쉽지가 않았다. 내가 책임져야 하는 어른의 진료 여정이 이제 막 내 눈앞에 펼쳐지기 시작했다.

한 시간을 차를 몰아 로스앤젤레스 북쪽 샌 페르난도 밸리에 있는 병원에 도착하여 엄청난 서류들에 서명해 나갔다. 노화연구 검진센터의 직원들은 아버지를 따뜻하고 사려 깊게 대했다. 아버지는 당신에게 이렇게 관심이 주어지자 좋아했다. 그곳 직원들은 아버지가 편한 마음으로 검사를 받을 수 있게 신경을 써 주었다.

아버지는 두 시간 반 동안 혈압, 맥박, 체온, 신장, 체중을 쟀고, 혈액과 소변을 채취했고, 지각 및 기억 능력을 측정하는 검사를 받았다. 노인성 치매를 전문으로 하는 신경과 전문의 와인버그 박사의 검진도 받았다. 이어서 아버지는 흉부 엑스레이 검사와 뇌파 검사, 심전도 검사를 받았다.

또한 아버지는 언어 표현/인지/기억력 검사도 받았다. 이 검사를 실시한 언어 병리 생리학자 말리스 멕클러는 아버지를 돌보는 것과 관련하여 많은 유익한 제안을 했다.

그 중 몇 가지를 꼽아 보자면 그녀는 우리 부부에게 집에 있는 각각의 문마다 이름을 써 붙여 아버지가 당신이 있는 지점을 쉽게 파악할 수 있게 하라고 했다. 컴퓨터를 이용해 '바깥', '아버지 방', '브렌다의 사무실', '데이빗과 브렌다의 침실', '차고문' 등을 각 글자들의 크기가 8센티미터 되게 큼직하게 타이핑하여 라벨로 뽑아 문마다 붙였다. 그녀는 또 아버지에게 보청기를 해드리라며 보청기 사용법을 알려 주었다. 그리고 가족들의 사진을 보면 기억을 되살리는 데 좋다고 하여 가족 앨범도 꾸몄다. 그녀는 또 아버지가 외출할 일이 있을 경우 나갈 준비를 하기 직전에 말해 드리라고 귀띔했다. 또한 모든 동작은 하나씩 하나씩 차근차근 하도록 유도하라고 조언했다. 가령 옷을 입어야 된다면 "셔츠 입으세요.", "바지 여기 있어요.", "재킷 입으세요.", "안경 쓰는 것 잊지 마세요."라는 식으로 말이다.

아버지는 당신에게 쏟아진 관심에 즐거워했다. 집으로 돌아오는 길에 아버지는 아버질 위해 이렇게 애써 주는 딸이 있으니 당신은 얼마나 복이 많은 사람인지 모른다고 말했다.

와인버그 박사는 아버지를 발 전문의에게 데려가 발가락과 발톱의 균들을 살펴보고, 치매가 더 진행되어 의사 표현을 제대로 하지 못하기 전에 시력 검사를 받게 하고, 아버지가 다리를 긁적이는 데 대한 피부과 검진을 받아 볼 것을 권했다. 나는 출장을 다녀온 즉시 이 모든 진료들을 예약해 놓았다. 여기에 더해 치과 진료도 예약을 했다. 한 달 사이에 아버지는 거의 모든 과에서 진료를 받았다.

병원에 검진 결과에 대해 물으니 센터는 간호사, 의사, 심리학자, 약사 및 기타 전문가들이 한 팀을 이루어 각 환자에 대해 토의하는 과정을 거치게 되어 있다고 했다. 이러한 회의를 통해 한 환자에 대한 종합 보고서가 작성되어 나온다는 것이었다. 두 시간 대기 1분 진료하는 요즘 시대에 그렇게 환자 한 사람에 대해 많은 시간을 기울이는 곳이 있다는 사실이 놀라웠다.

마침내 20여 페이지가 빽빽하게 타이핑된 종합 보고서가 내 손에 쥐어졌다. 그 보고서에는 아버지의 사회 생활 및 가정 생활에 대한 그간의 역사와 각종 검사 결과, 전문가들의 평가 등이 빠짐없이 기록, 정리되어 있었다. 나는 깊은 인상을 받았다. 아버지의 건강은 좋은 편이었고 당장 치료를 받아야 할 질환도 없었다.

아버지를 차에 태우고 90킬로미터 떨어진 센터로 갈 때면 나는 아이를 둔 엄마의 기분을 실감할 수가 있었다. 그것은 참으로 경이로운 기분이었다. 내 일 때문에 병원에 가는 경우보다 아버지 일 때문에 병원에 가는 경우가 훨씬 많았다. 나는 아버지의 진료 및 건강 관리에 대한 부분을 세세히 기록해 나갔다.

아버지가 캘리포니아에 온 지 막 석 달이 지난 1996년 12월, 우리는 아버지를 약물 임상 실험 대상자로 신청했다. '아리셉트

(Aricept)'라고 상품명이 붙은 도네피질 성분의 신약이 미국식품의약국(FDA)에 의해 이제 막 승인을 받은 상태였고, 그 약의 효능에 대해 추가적인 데이터를 얻어내기 위한 실험이 아직 진행 중이었다. 임상 실험에 참가하는 이들에게는 아리셉트 5밀리그램 내지 10밀리그램씩이 주어졌다.

우리 부부는 이 연구를 지휘하는 제이콥스 박사와 아버지를 진찰했던 와인버그 박사와 상담을 했다. 우리는 이들에게 아리셉트라는 약에 대해 여러 가지를 물어 보았고 이 약과 관련된 각종 문헌들을 찾아 읽었다.

이 실험에 참여할 자격을 얻기 위해 거쳐야 할 단계들도 많았다. 아버지는 예비 검사(맥박, 호흡, 체온, 혈압 검사 및 멘탈테스트)와 신체 검사를 받았다. 아버지는 이 모든 검사에서 적격 판정을 받았고, 우리는 다시 기준선 시험 날짜를 잡았다.

우리가 임상 실험에 아버지를 참여토록 한 데에는 두 가지 이유가 있었다. 첫 번째는 이 약이 실제로 아버지의 상태를 개선시킬지도 모른다는 점이었다. 지난 몇 주 동안 아버지의 상태는 더 안 좋아졌다. 우리는 아버지가 당신의 용무를 스스로 볼 수 있을 정도로 상태가 호전되기를 바랐다. 아버지를 대신하여 재테크 관리를 하는 일은 우리가 생각했던 것 이상으로 훨씬 더 많은 시간을 필요로 했다. 어쩌면 아버지는 다시 밀워키 집으로 돌아갈 수 있을지도 모른다! 사실 이것이야말로 우리의 환상에 불과했다. 약물 실험 진행자인 킴 윔스는 그 정도의 개선 효과는 보고된 바가 없음을 우리에게 분명히 알렸다.

두 번째는 아리셉트 임상 실험에 참여함으로써 아버지는 의사들로부터 더 세심한 관심과 보살핌을 얻어낼 수 있을 것이기 때문이었다. 유명 제약회사인 화이자(Pfszer) 사와 에자이(Eisai) 사가 아리셉트 임상 실험을 후원해 주게 되면서 임상 실험 참여자들은 더 향상된 의료 서비스 혜택을 기대할 수 있게 된 것이다.

나는 아버지를 대신하여 결정을 내려야 하는 처지에 있는 만큼 아버지를 위해 올바른 결정을 내리고 싶었다. 그래서 제이콥스 박사에게 많은 질문을 했다. 제이콥스 박사는 보통 의사들과는 스타일이 확연히 다른 이색적인 존재였다. 윗단추를 채우지 않은 헐렁한 데님셔츠와 딱 달라붙는 청바지, 요란한 장식이 달린 허리벨트에 카우보이 부츠를 신고 다니는 의사 선생님의 모습이 처음엔 무척 낯설었다. 제이콥스 박사는 출퇴근 때도 모터사이클을 몰고 다녔다. 아버지의 약물 임상 실험 담당자가 모터사이클을 몰고 다니는 카우보이라니!

아버지는 제이콥스 박사의 차림새에 개의치 않는 것 같았다. 거기에 대해 별 말이 없었다. 나는 임상 실험 참여 동의서에 서명을 하고, 노화연구 검진센터 측에 아버지의 상태에 대해 정기적으로 보고서를 작성하여 보내 주기로 했다.

12월 18일, 나는 아버지의 상태를 적는 일지를 쓰기 시작했다. 이를 위해 나는 그때그때 메모를 했다. 일지 작성은 한 달 간 계속됐다.

다음은 그 당시 내가 작성했던 일지를 따로 편집하지 않고 그대로 실은 것이다.

**1996년 12월 18일 수요일**

아버지를 노화센터로 모시고 갔다. 아버지가 멘탈테스트를 받을 때 재미있는 일이 있었다. 검사자가 아버지에게 's'로 시작하는 단어들을 얘기해 보라고 하자 아버지는 대뜸 '섹스'라고 말했다. 현재 아버지의 상태는 그 단어와는 전혀 무관한 상태지만 그간 이것저것 읽어 왔던 게 이렇게 반영되어 나오나 보다. 아버지는 약물 임상 실험 대상자로 받아들여졌다. 센터에 있던 오후 5시 10분에 첫 복용을 했다. (5밀리그램 한 정)

이 일도 기념하고 교통이 혼잡한 시간도 피할 겸 노스 할리우드에 가서 저녁을 먹었다. '할리우드'라고 씌어진 거리 표지판을 본 아버지는 할리우드가 시카고에 있다는 사실이 납득이 안 가는 기색이었다. 아버지는 오늘밤은 호텔에서 자자고 했다. 저녁을 먹은 뒤 오랜 시간 차를 타고 가고 싶지 않다고 했다. (아버지는 우리가 집에서 아주 멀리 나와 있는 것으로 생각하나 보다.) 밤 10시에 집에 도착했다. …집에 당신 물건들이 그대로 있는 걸 보고 놀라는 것 같았다. …나가고 싶어했다. …심통을 부리고 …정나미 떨어지는 말을 했다.

**1996년 12월 19일 목요일**

아침 8시. 아버지는 지난 밤에 꾼 악몽에 대해 얘기했다.

**1996년 12월 20일 금요일**

초조해한다. …5분 사이 두 번이나 내가 일하는 방으로 들어와서 머리를 자르려면 어디로 가야 하느냐고 물었다. 내가 대답해 드려도 듣지를 못한다. 보청기 끼는 걸 꺼린다. 구두를 내달라고 한다.

**1996년 12월 21일 토요일**

안절부절못한다. 집 안에서 신발을 신고 있다. 벗으라고 하면 싫다고 한다.

마당으로 나갔다. …뭘 둘러보는 건가? 안으로 들어오는가 싶더니 다시 밖으로 나가서는 사라져 버렸다. 남편이 휴대전화를 들고 아버지를 찾아 나갔다. 남편은 거리를 두고 40분 간 아버지의 뒤를 좇았다. …아버지는 모르는 사람에게 당신이 어디에 사는지를 물었다. …남편을 따돌리려고 했다.

얼마 뒤 내가 차를 몰고 나와 남편을 태웠다. 걸어가는 아버지 옆에서 차를 몰며 따라갔다. 아버지에게 차에 타라고 말했으나 아버지는 싫다고 했다. 우리는 잠시 물러서 있다가 다시 거리를 두고 아버지를 따라갔다. 짜증이 나기 시작했다. 아버지는 혼잡한 거리로 들어섰다. 우리는 강제로라도 아버지를 차에 태우기로 했다. 복잡한 거리를 아버지가

혼자서 걷는 건 위험하다. 내 몸에서 아드레날린이 뿜어져 나오는 느낌이다. 나는 6차선 도로의 가장 오른쪽 차선에 차를 세우고 고장표시등을 켰다. 나는 남편에게 어떻게든 아버지를 차에 태우라고 했다. 이건 영락없는 유괴 범죄의 현장이다. 언젠가 텔레비전에서 본 적이 있었다. 운동장 한편에 차가 멈춰 선다. 한 사람이 차에서 내려서는 어린애를 낚아채어 차에 태우고 쌩하니 사라진다. 혹시 누가 우릴 보고 제지하면 어쩌나 싶어 남편과 나는 겁이 났고 몸이 덜덜 떨려 왔다.

남편과 나는 아버지를 양쪽에서 붙잡고 겨드랑이 아래르 손을 집어넣어 몇 발짝 떨어진 차로 끌고 갔다. 아버지는 끌려가지 않으려고 발버둥치고 소리를 질렀다. 나는 아버지의 얼굴을 내쪽으로 돌리고 차의 뒷좌석으로 밀어 넣으려 했으나 아버지는 고개를 수그리지 않았다. 텔레비전에 본 장면이 떠올랐다. 아버지의 배를 누르자 아버지의 몸이 앞으로 꼬꾸라졌다. 이때 아버지의 머리가 하마터면 차체에 부딪힐 뻔하여 아버지는 소리를 질렀다. 다행히 내가 아버지의 머리 위로 손을 올려 두고 있었기 때문에 차체에 부딪히진 않았다. 일단 아버지를 차에 태우는 데 성공한 뒤 나는 남편에게 뒷좌석에 아버지랑 같이 앉으라고 했다. 내가 차를 몰고 가는 동안 아버지는 유괴는 범법행위며 당신에게 상해를 입힌 혐의로 우리 부부를 구속시킬 수도 있다고 소릴 질렀다. 나는 아버지에게 우리가 이렇게 한 것은 다 아버지를 위해서였으며 아버지가 생각하기에 우리가 정말로 잘못을 저지른 것 같으던 지금 같이 경찰서에 가서 조서를 작성해도 된다고 말했다. 아버지가 계속 불평을 하기에 나는 차를 경찰서 앞으로 몰고 가 아버지에게 정말 그러고 싶으면 내려서 조서를 작성하라고 했다. 아버지는 머뭇거렸다. 나는 아버지에게 경찰서에 같이 들어가 드리겠다고 했다. 아버지는 들어가지 않겠다고 했다. 우리를 곤경에 빠뜨리고 싶지 않으며 우리 마음에 상처를 주고 싶지 않다고 했다. 휴!

이윽고 차는 집에 도착했으나 아버지가 차에서 내리려고 하질 않아 나는 아버지에게 집으로 들어가자고 애걸복걸해야만 했다. 아버지는 집에 다시 들어가기가 겸연쩍었던 것이다. 이번 소동에 질려 버린 남편은 진저리를 치며 일찌감치 집 안으로 들어가 버렸다. 달래고 구슬린 끝에 마침내 아버지는 집 안으로 들어왔고, 간식을 좀 먹은 뒤 주사위 놀이를 했다. 아버지는 "이런 복잡한 놀이를 익히기에는 내 뇌가 너무 작아!"라고 말했다. 좋은 조짐이다.

**1996년 12월 22일 일요일**

고집불통에 우울한 모습이었다. 방에 틀어박혀 있었다. 아버지에게 신문과 따끈하게 데운 초코우유를 갖다 드렸다. 잠시 뒤 아버지는 방에서 나와 아침식사를 준비하는 우리를 도와 베이컨 프라이를 해주었다. 아침식사 뒤 우리는 돈 문제에 대해 얘기를 나눴다. …아버지는 당신의 돈 문제에 대해 보안을 유지하고 싶어했다. …아버지는 내게 "이건 너랑 나만 알기다."라고 말했다. 같이 장보러 가기 전에 당신 지갑을 챙겨가야 한다고 고집을 부리는 통에 지갑을 찾느라 20분을 허비했다. 나중에 아버지는 당신이 무얼 찾고 있는지를 잊어버렸다.

**1996년 12월 23일 월요일** (작성 : 데이빗)

치매 환자용 팔찌가 거추장스러운가 보다. 자꾸 팔찌를 빼내려고 한다. 계속 구두 얘기를 한다. 저녁에는 우울해 보였다.

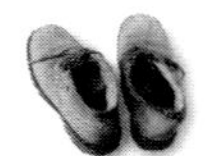

**1996년 12월 25일 수요일** (작성 : 데이빗)

한밤중에 깨어나서는 일하러 가야 하니 구두를 내달라고 했다. 계속 나가야 한다고 고집을 부렸다. 파자마 차림으로 말이다. 나가기 전까지 아침에 무척 짜증을 냈다. 우리는 친구 한 사람을 버뱅크 공항에 내려준 뒤 옥스나드로 가서 바다를 보고 해변을 걸었다. 그 뒤로는 기분이 풀린 듯 보였다. 저녁 때 우리는 선물을 풀어 보았고, 나와 브렌다는 이를 비디오 카메라로 촬영했다. 그런 다음 추수감사절 때 라스베이거스에서 찍었던 비디오 테이프와 옥스나드 바닷가에서 찍었던 비디오 테이프, 선물을 풀어 보는 모습을 찍었던 비디오 테이프를 감상했다. 장인 어른은 텔레비전 속에 등장하는 인물이 당신이라는 걸 알아보았다!

**1996년 12월 26일 목요일** (작성 : 데이빗)

새벽 5시 30분에 사탕을 먹었다. 거실 바닥 한가운데에 사탕 봉지가 떨어져 있었다. 바로 일하러 나가고 싶어했다. 계속 집에서 나가려고 했다. 8시 15분에 탁노소로 모셔다 드렸다.

저녁 때가 되자 저녁밥을 안 먹겠다고 했다. 내일을 위해 준비해야 한다며 6시 30분에 잠자리에 들었다.

(추가 작성 : 브렌다)

저녁 10시 40분에 일어났다. 언제 나갈 건지 알고 싶어했다. …시간 감각이 없다. …아침이 밝은 줄로 안다. …면도기를 잃어버렸다고 한다. …벽장 상자 안에 숨겨 두고선 …당신이 그런 짓을 했다는 사실을 믿지 못한다. '딴 사람들이 가져가서 사용하지 못하도록' 물건들을 넣어 잠가 두고 싶어한다.

**1996년 12월 27일 금요일** (작성 : 데이빗)

아침에는 고분고분했다. 피부과에 다녀왔다. 긴장하는 것 같았다. 의사가 방으로 들어오기 전에 보청기를 뺐다. 돈 낸 값을 뽑으려면(?) 의사가 큰 소리로 말하게 해야 한다나.

**1996년 12월 28일 토요일** (작성 : 데이빗)

나가려고 부스럭대는 소리에 잠에서 깼다. 처음으로 꺼낸 얘기는 "내 신발 어딨냐?" 였다. 오늘은 아무 데도 안 간다는 사실을 납득하고 나서야 잠잠해졌다. 장인 어른을 납득시키는 데 한 시간 반이 걸렸다. 오후에는 함께 5킬로미터를 걸었다. 장인 어른은 내가 하자는 대로 잘 따랐다. 다시 예전 상태로 돌아오려는 조짐이 아닐까 싶다. 물어 보니 자녀를 셋 둔 거며 밀워키 집 주소며 처형 집 주소를 척척 대답했다. 장인 어른은 약간 긴장했을 때 더 나은 지각력을 보인다. 장인 어른이 이번에 척척 대답을 잘 한 것은 정신적으로 긴장했기 때문일 수도 있고 약이 효력을 발휘하는 덕분일지도 모른다. 장인 어른은 심각한 '일몰환각증세' 도 보인다. 집에 있을 때도 당신이 집에 있다는 사실을 깨닫지 못하고 집에 가야 한다고 고집을 부린다. 결국에는 고집을 꺾지만 자신이 어디에 있는지를 헷갈려하고 있다는 사실을 스스로도 느끼면서 풀 죽은 모습을 보인다. 인식 능력은 향상된 것 같아 보인다. 버튼을 눌러서 작동하는 차고 문을 여는 법도 파악했고, 뒷마당에서 나오는 법도 알게 됐다. 문의 걸쇠를 부러뜨린 것 같긴 하지만. 내가 잘못 생각하고 있는 건지 모르겠지만 확실히 달라진 부분들이 있는 게 사실이다.

**1996년 12월 29일 일요일** (작성 : 데이빗)

장인 어른은 일요신문을 읽었다.

**1996년 12월 30일 월요일**

아주 협조적이었다. 아리셉트가 효과가 있나 보다. 오후 3시에 세 번째 이를 뽑았다. (이가 썩은 데다 신경도 손상된 상태였다.) 30분 전까지도 곧 이를 뽑을 거라는 사실을 깨닫지 못했다. 알고 난 뒤에는 무척 걱정하고 꺼림칙해했다. 다행히 출혈도 곧 멈추고 통증도 느끼지 않았다. 하루에 네 차례 페니실린을 복용해야 한다. 혹시 몰라서 타이레놀도 준비해 놓았지만 아버지는 통증을 느끼지 않았다. 8시 30분에 잠자리에 들었다.

**1996년 12월 31일 화요일** (작성 : 데이빗)

아주 협조적이었고 기분도 좋아 보였다. 인식 능력이 향상된 것 같다. 《리더스 다이제스트》를 아주 흥미롭게 읽었다. 책에서 읽은 얘기를 우리에게 들려주기까지 했다. 전에 비해 이야기의 맥을 잘 따라간다. 식욕도 느는 것 같다.

저녁 8시에 잠자리에 들었다가 밤 12시에 깨어났다. 옷을 입고 일하러 나가겠다고 했다. 시간 관념이 없다. 우리가 구두를 드리지 않자 짜증을 냈다. 먹을 걸 찾아서 간식을 차려 드린 뒤 우리는 잠자러 들어갔다. 장인 어른은 한동안 더 깨어 있었다.

**1997년 1월 1일 수요일**

실로 오랜만에 (거의 넉 달 만에) 아버지가 한 가지 일에 두 시간 반이

나 집중을 하며 앉아 있었다. 텔레비전으로 화려한 로즈볼 퍼레이드를 봤다. 거기에 완전히 홀린 듯했다! 우리는 아버지를 패서디나가 내려다보이는 윌슨 산(캘리포니아 패서디나에 위치한 산으로 전망대, 천문대 등이 있다. ―역주)으로 모시고 갔다. 해발 150미터에서도 비교적 꼿꼿해 보였다. 가파른 계단을 타고 전망대까지 올라갔다. 좀 걷다가 차가운 보슬비가 내리기 시작하자 아버지가 기겁을 했다. 차가 구불구불한 산길을 내려갈 때는 정말 겁을 잔뜩 집어먹은 듯했다. …아버지는 떨리는 목소리로 "천천히! 길 잘 살펴!" 하고 소리쳤다.

하지만 아버지도 이번 산행에 매우 흡족해했다. 아버지는 정말 가치가 있었다고 말했다.

**1997년 1월 2일 목요일**

아버지의 인식 능력이 떨어진 것 같다. 탁노소에서 집으로 오는 길에 엄마는 어딨느냐고 물었다. 한동안 뜸하더니 또 시작됐다. 당신의 어머니와 나의 어머니(즉, 아버지의 아내)가 이 세상 분이 아니라는 사실을 깨닫지 못했는지 놀라는 기색을 보였다. 나는 집에 돌아오자마자 어머니와 할머니의 사진을 아버지에게 보여 드렸다. 아버지는 나 같은 사람(즉, 형제들)이 또 있느냐고 물어 보았다. 그들은 밀워키에 있고, 우리는 캘리포니아에 있다고 설명해 드리자 아버지는 웃었다. 아버지에게 우리는 지금 캘리포니아에 있다고 다시 말하자 아버지는 또다시 웃었다.

로이스 에리슬리 풀이라는 사람이 쓴 《달을 둘러싼 고리》라는 책을 읽어 보라고 아버지에게 드렸다. 아버지는 몇 페이지 읽더니 한쪽으로 치우며 나중에 찬찬히 보겠다고 했다.

**1997년 1월 3일 금요일**

"내 신발 어딨냐?" 아아… 아버지의 아침이 밝았다. …아침마다 듣게 되는 그 소리….

저녁… 아버지는 텔레비전을 보았다. 아버지는 말하는 내용에는 귀를 기울이지 않고, 말하는 사람의 말투며 생김새에 더 신경을 기울이며 보았다. 내가 내용에 대해 묻자 아버지는 처음 부분을 놓쳐서 그 이후 부분에도 신경을 쓰지 않았다고 말했다. …나중에 내용을 요약해 주는 순서가 나올 때까지 기다리겠다고 했다. 한동안 눈을 감고 있다가, 아까와 같은 사람이 나와서 계속 말을 하고 있느냐고 물었다. 아버지의 텔레비전 시청은 대개 이런 식이다. 아버지에게 있어 내용을 설명하는 일은 너무 어려운 일이라 당신이 본 것과 들은 것에 대해 간단한 평을 했다.

**1997년 1월 7일 화요일**

아버지의 상태는 오르락내리락하는 것 같다. 한 이틀 반짝하는가 싶다가 그 뒤 이틀은 더 헤매고 오락가락한다.

**1997년 1월 16일 목요일**

아버지는 월요일에 감기에 걸렸다. …탁노소에 있는 동안 내내 힘들어했다. …집에 돌아왔을 때 열이 38도가 넘었다. 열을 내리기 위해 타이레놀을 드렸다. 노화센터에 전화를 걸었다.

변도 잘 가리지 못한다. 화장실 바닥에도 오줌을 싸고 바지에도 오줌을 쌌다. 이런 일이 지금까지 다섯 번 있었다.

체온이 37도일 때 아버지를 우리가 다니는 병원으로 모시고 갔다. 의사는 담을 가라앉히는 항생제를 처방해 주었다.

**1997년 1월 20일 월요일** (작성 : 데이빗)

계속 "손전등은 어딨냐?"고 물어 본다. 손에 쥐고 있으면서. 손에 쥐고 있다고 알려 드리면 "그래, 그런데 손전등은 어딨냐니까?" 하고 다시 물어 본다.

**1997년 1월 21일 화요일**

시계를 보는 능력이 떨어진 것 같다. 시계를 보고 시간을 가늠하질 못한다. 집중력도 떨어졌다. 우리가 아버지에게 어떤 걸 하라고 하면 아버지는 다른 걸 한다. 가령 보청기를 끼라고 하면 알겠다고 하고선 방으로 가서 이쑤시개를 집어 든다.

아버지는 기분이 좋을 때면 어떤 노래를 콧노래로 흥얼거리는데 요즘은 기분을 좋게 하기 위해 또는 어떤 걸 기억해 내기 위해 콧노래를 흥얼거린다. 그 노래가 담긴 음반을 사고 싶지만 정확한 노래 제목을 모르겠다. 한 친구가 〈안녕 이렌〉이라는 제목의 노래일 거라고 했는데, 동네 음반 가게에는 그 음반이 없다.

보청기의 전원을 끄고 소리를 듣겠다고 고집을 부릴 때가 있는데, 당연히 들릴 리가 없다. "뭐라고?" 만 반복할 수밖에.

(추가 작성 : 데이빗)

이젠 세금에 대해서도 이해하지 못한다. 예전의 장인 어른과는 다르게 세금 관련 서류들을 읽지도 않고 서명한다.

**1997년 1월 23일 목요일**

아침 8시 30분. 나날이 힘이 빠지고 맥이 풀린다. 여기저기 흘린 대소변 치우는 일도 지겹다. 아버지는 얘기를 해도 들으려고 하지 않고,

그저 지치고 힘들 뿐이다. 아버지에게 집에서는 신발 신지 말라는 얘기를 하고 아버지는 자기중심적이라는 얘기도 했다. 이에 대해 아버지가 말했다.

"이러다 죽게 날 그냥 내버려 둬."

고집은 또 왜 그렇게 센지. 보청기를 안 끼겠다고 고집을 부린다. "네가 날 신경 쓴다면 네가 더 크게 말하면 되잖냐." 라며.

탁노소로 데려다 드렸다.

오후에 아버지를 다시 차에 태우고 집으로 돌아오는데, 아버지는 차가 따뜻해서 좋다고 했다. 낮 동안 추웠다고 했다. 집에 도착하니 이번에는 차에서 내리지 않겠다고 고집을 부렸다. 차가 차고 안에 들어가 있는 상태에서 한동안 차 속에 앉아 있었다. 5분 뒤에 다시 차고에 가보니 아버지는 차 안에서 자고 싶다고 했다. 집으로 들어오라고 했지만 아버지는 막무가내였다. 집 안에 들어가 있다가 5분 뒤에 다시 가 보니 아버지는 나가겠다는 표시로 내게 손을 내밀었다. 아버지는 콧노래를 흥얼거렸다.

갈수록 우리의 인내심은 바닥을 드러내고… 우린 점점 더 지쳐 간다.

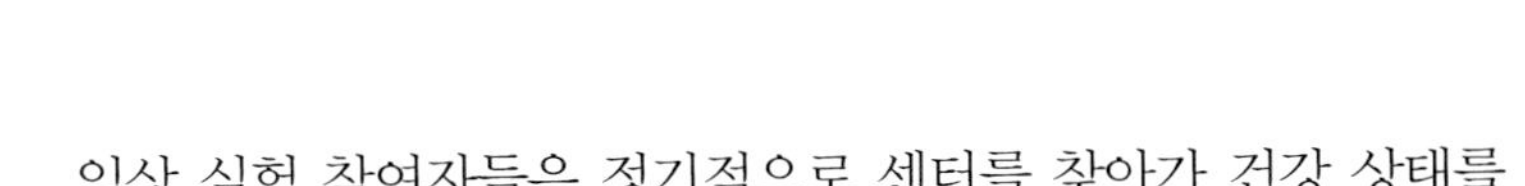

임상 실험 참여자들은 정기적으로 센터를 찾아가 건강 상태를 체크 받아야 했다. 우리 부부가 출장을 가야 했던 2월 어느 날에는 우리를 대신해 킴이 아버지를 모시고 90킬로미터를 차를 몰아 센터를 찾아갔다.

센터를 찾아가 아버지의 상태를 점검 받는 일은 3월 12일로 종지부를 찍게 되었다. 나는 그 경위를 종이 석 장에 정리해 두었다.

**1997년 3월 12일 수요일**

차 타고 가는 내내 질문을 던졌다. …한 질문 끝나면 또 다음 질문… 아이처럼…. 계속 떠들어대고…. "너 거기 가는 거냐?" 같은 질문을 계속했다. …나는 그때마다 기계적으로 "네."를 반복했다.

좀 일찍 도착했기 때문에 아버지를 데리고 다른 곳들을 둘러보다가 센터에 가기로 했다. 샌 페르난도 밸리의 밸보어 서쪽 지역을 둘러보았다. 이곳은 작은 집들도 가격이 25만 달러, 대지가 딸린 큰 집들은 백만 달러를 호가한다는 얘기를 들은 바 있었다. 아버지에게 이런 얘기를 하니 아버지는 깜짝 놀랐다. 아직 시간적인 여유가 있었으므로 손바닥만 한 크기의 텔레비전을 보러 서킷시티 매장에 들렀다. 아버지가 큰 소리로 콧노래를 흥얼대기 시작했다. 매장 안에는 젊은 사람들이 잔뜩 있었는데 아버지가 보이는 치매 노인의 행동이 신경 쓰여 나는 아버지를 끌고 그곳을 얼른 빠져나왔다.

지금 아버지는 그라나다 힐스 지역 병원 노화센터 사무실 내 옆에 앉아 있다. …큰 소리로 콧노래를 흥얼거리고 떠들고… 장난기 어린 말투로 "난 집에 가고파." 하고 보채더니… 지금은 잡지를 읽고 있다. …잠잠해졌다.

갑자기 남자의 목소리가 들려 온다. "여기에 보러 온 나는 누구지?" 여자가 대답한다. 남자는 여자가 한 대답을 따라한다. "제이콥스 박사?" 뒤이어 "어, 좋아." 하는 소리가 들린다. 잠잠해지는가 싶더니 남자가 다시 물어 본다. "여기에 보러 온 나는 누구지?" 이런 물음이 몇

차례 반복된다.

제이콥스 박사가 기록을 살펴본다. …제이콥스 박사는 아버지가 노인성 치매 중기 단계라고 말한다.

이어서 그는 아버지에게 간단한 테스트를 실시했다. 그는 원을 하나 그리더니 아버지에게 이건 시계라고 말해 주며 시계에 숫자들을 써 넣으라고 한다. 아버지는 3시, 6시, 9시, 12시 위치에 점을 찍었다. 순조로운 출발이다. 아버지가 잘 해내려나 보다! 아버지는 잠시 머뭇거리더니 10시 위치에 숫자 1을 쓰고, 11시 30분 위치에 숫자 3을 썼다. 그리고 1시 위치에는 숫자 12를, 2시 30분 위치에는 숫자 2를 썼다. 아버지는 무슨 생각을 하는 걸까? 의사가 더 써 보라고 했다. 아버지는 5시 위치에 숫자 6을, 6시 30분에서 8시 30분 위치 사이에는 숫자 7부터 10까지를 써 넣었다.

이럴 수가! 아버지가 테스트 받을 때 으레 그랬던 것처럼 나는 가만히 앉아 있었다. 아버지를 도와 드리고 싶은 마음이 간절했다.

의사의 테스트가 끝난 뒤 직원인 에이리스가 이전에 아버지를 테스트할 때도 썼던 초록색 책자를 갖고 와서 전에 했던 것과 같은 질문을 또다시 아버지에게 했다. 아버지의 시간 및 위치 관념 정도를 파악해 보는 질문들이다. 에이리스는 이를 정신 상태 측정 간이테스트라고 했다.

그녀가 물었다.

"오늘이 며칠이죠?"

"알게 뭐야."

"올해는… 몇 년이죠?"

"1957년."

"지금은 무슨 계절인가요?"

"겨울이 오고 있지."

"우리는 어느 나라에서 살고 있나요?"

"러시아."

"어느 주(州)?"

"한땐 위스콘신이었지."

아버지는 신경질적으로 웃었다.

"어느 도시?"

"한땐 밀워키에서 살았었지. 내가 어렸을 땐."

"우리는 지금 어느 건물에 있나요?"

"연방 항목."

"우리가 있는 층은 몇 층인가요?"

"1층."

이렇게 질문과 대답을 주고받을 때 아버지는 빈번히 에이리스의 말을 막으며 질문을 되물었다. 질문에 대한 답을 모를 경우에는 자신이 모르는 이유를 장황하게 늘어놓았다. 이 때문에 10분 예정의 테스트는 20분이 걸렸다.

다음에 에이리스는 아버지에게 'WORLD'의 철자를 물었다. 아버지는 이 대답은 쉽게 했다. 그러자 에이리스는 아버지에게 'WORLD'의 철자를 거꾸로 대 볼 것을 요구했다. 아버지는 'D, L, R, O'까지 말한 뒤 잠시 멈칫하더니 'L'과 'D'를 마저 얘기했다.

에이리스는 아버지에게 몇 가지를 더 해보자고 말했다.

"눈을 감아 보세요, 애버디언 씨."

아버지는 그녀를 똑바로 쳐다보고 말했다.

"눈을 감아 보세요."

에이리스는 아버지에게 눈을 감아 보라고 다시 요청했다.

아버지는 에이리스가 그만 눈 뜨라고 할 때까지 양손으로 한쪽 눈씩 가리고 앉아 있었다.

에이리스는 아버지에게 백지를 내주며 아무것이나 머릿속에 떠오르는 문장을 하나 써 보라고 했다.

아버지는 "교사는 너무 비판적이다."라고 썼다. 지난 번 검사 때는 "바른 답을 댔기를 바란다."고 쓴 바 있었다. "이것이 효과가 있기를 바란다."고 쓴 적도 있었고, 왜 당신의 퇴화하는지 이해가 안 간다고 쓴 적도 있었다.

에이리스는 아버지에게 책에 그려져 있는 두 개의 오각형을 그대로 따라 그려 보라고 했다. 전에는 곧잘 그렸는데, 이번에는 제다로 따라 그리질 못했다.

아버지의 상태가 더 나빠졌다는 사실이 슬펐다. 이 검사의 만점은 30점이었는데, 아버지는 12월 18일 예비 검사 때는 21점을 받았고, 일주일 뒤 연구를 위한 기본 검사를 받았을 때는 17점을 기록했다. 4주 뒤에는 16점을, 8주 뒤에는 19점을 받았는데, 이번에 받은 점수는 14점이었다.

이 검사 뒤로 아버지는 자격 부족의 이유로 약물 임상 실험 대상자에서 탈락되었다. 아리셉트는 아버지의 퇴화를 지연시켜 주었다고 생각한다. 우리는 아버지가 그간 미뤄 왔던 꿈들을 이루며 살아갈 수 있을 정도의 호전을 기대했지만, 아리셉트는 그 정도 수준으로까지 향상시켜 주지는 못했다. 일단 약을 끊자 치매는 예정된 순서대로 진행되어 나갔다. 그것이 어떠하든간에 앞으로 아버지에게 얼마만큼의 생애가 남아 있는지는 알 수 없지만 나는 그것을 기꺼이 받아들이고 감수해야만 할 것이다.

9

# 돈, 돈, 돈

아버지가 다른 사람의 보살핌을 받아야 하는 상태가 됨에 따라 나는 아버지의 금전 관리도 하게 되었다.

아버지를 보살펴 드리고 아버지의 용무를 대신 보는 데 우리 부부가 동의했을 때, 나는 아버지에게 제너럴 일렉트릭 사의 주식과 미국 저축 채권이 있다는 것을 알게 되었다. 또한 아버지는 두 개의 당좌예금 계좌와 한 개인가 두 개인가의 예금 증서를 가지고 있었다. 이것들을 대충 합산해 보니 20만 달러 정도가 나왔다.

아버지는 당신의 은행 계좌 두 개에 대해 내게 위임권을 내렸다. 그에 따라 나는 아버지의 밀워키 은행 계좌를 캘리포니아의 은행 계좌로 이체시켜야 했다. 남편과 나는 이 일을 빨리 해두어야 우리 일도 다시 할 수 있다는 판단을 내리고 신속히 이 일들을 처리해 나가기로 했다.

"내가 가지고 있는 게 얼마나 되지?"

내가 1996년 3월 밀워키에 찾아갔을 때 아버지가 은행에 나를 데리고 간 적이 있었다. 아버지는 은행에 볼일이 있다고 했다. 아버지가 다니는 은행은 집에서 불과 800미터 거리였다. 아버지는 운동 삼아 걸어다닌다고 했다. 같이 바깥바람을 쐴 수 있는 기회인지라 나는 같이 가자고 했다. 그런데 아버지의 걸음이 어찌나 빠른지 아버지보다 거의 50년이나 젊은 나는 아버지와 함께 대화를 나누며 걷기는커녕 헉헉거리며 따라가기조차 벅찼다.

아버지가 은행에서 일을 처리하는 동안 기다리며 서 있는데 묘한 기분이 들었다. 우리 부모님은 금전 문제를 철저히 비밀에 붙였다. 내가 위스콘신 대학교 밀워키 캠퍼스의 재정 보조 장학금을 신청했을 때 부모님은 당신들이 은행에 얼마만큼의 돈을 넣어두었는지 남들이 알게 되는 것을 꺼림칙하게 여겨서 장학금 신청 서류를 작성해 주기를 거부한 일도 있다. 나는 옛날 일을 생각하며 아버지 일에 끼어들지 않고 가만히 서 있었다.

그런데 창구 직원이 아버지에게 퉁명스럽게 "애버디언 씨, 그건 이틀 전에도 요청하셨잖아요."라고 말하는 소리가 내 귀에 들려 왔다.

아버지는 차분히 말했다.

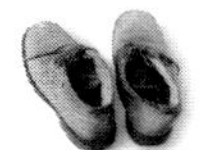

"그땐 그때고 지금은 또 지금이지."

"그때도 잔액 확인서를 뽑아 드렸잖아요."

직원이 너무 무례하게 구는 것 같아 그리로 얼굴을 돌렸다. 나는 아버지에게 다가가 무슨 일 때문에 그러냐고 물어 보았다. 아버지는 나를 잠깐 바라보더니 다시 직원에게 고개를 돌려 말했다.

"내 계좌에 남아 있는 액수를 알고 싶소."

직원은 기세가 좀 누그러진 듯 "알겠어요, 다시 뽑아 드리지요." 하고 대답했다.

결국 요구가 관철되자 아버지는 득의만면한 표정으로 나를 쳐다보았다. 나는 아버지가 직원에게 뭘 요구했는지 물었다. 아버지는 은행이 아버지 돈을 까먹지 않게 하려면 당신이 넣어 둔 계좌의 금액을 수시로 알아두고 있어야 한다고 설명했다.

다음 순간 아버지의 눈길은 브로셔에 쏠렸다. 그 틈을 이용해 나는 직원에게 나를 소개하고 상황을 물었다.

직원은 앞서 자신이 보였던 행동을 사과하며 아버지가 일주일에 세 번씩 은행에 와서 잔액 확인을 요구한다고 말했다.

나는 놀라지 않을 수 없었다. 우리 아버지가 당신의 은행 계좌에 그렇게까지 집착을 한다는 게 믿어지지 않아, 나는 "정말이요?" 하고 되물었다.

그녀는 눈을 내리깔며 대답했다.

"네."

"왜요?"

"어르신이 금방 잊어버리시니까요."

"이런, 정말 짜증나시겠군요."

그녀는 고개를 들더니 미소를 지으며 물었다.

"따님 되시나요?"

"네."

나는 자세를 바로 했다.

"어르신의 대리권자이시니 따님께서 어르신의 은행 계좌도 대신 관리해 주실 수 있으세요."

"네?"

대리인 자격을 부여받으면 위임한 자의 은행 계좌를 관리할 수 있는 권한도 주어진다고 직원은 설명했다. 격세지감이군! 흥분으로 인해 심장이 요동쳤다. 이런 일이 일어나다니, 믿을 수 없어! 나는 마음을 진정시킨 뒤, 내게는 언니, 오빠가 있고 그들도 개입을 원할지 모르니 생각해 보겠다고 말했다.

그간 비밀 구역으로 되어 있던 아버지의 재정 영역에 내가 발을 들여놓게 된다니. 이렇게 감개무량할 데가 있나!

며칠 뒤 아버지는 내게 당신의 금융 관리를 도와 달라고 했다. 아버지는 말했다. "은행하고 얘기해 봐라. 그 사람들이 우릴 속여 먹지 못하게 내가 널 코치해 줄 테니." 내가 아버지 오른편에 서서 아버지가 바라는 바를 얻어 내는 동안 아버지는 대견스럽다는 표정을 지으며 서 있었다. 일을 마치자 아버지는 말했다. "다른 은행 가 보자. 거기서 네가 할 얘기는…."

은행에서의 대리권 행사는 간단한 서류 양식에 서명만 하면 되는 것이었지만 나는 겁이 났다. 나는 언니, 오빠에게 아버지 일을 같이 해나가자고 계속 요청했으나 그들은 묵묵부답이었다. 결국 나 혼자서 고스란히 맡아서 할 일이었다.

그렇긴 해도 나중에라도 불필요한 말썽이 생길 가능성을 전혀 배제할 순 없었고 나는 이를 피하고 싶었다. 나는 아버지에게 다른 은행에서도 내가 대리권을 행사할 수 있게 해달라고 했으나 아버지는 거절했다. '이건 아버지 일이니까.' 라고 생각하며 나는 거기에 별로 신경 쓰지 않았다.

다섯 달 뒤 8월에 내가 아버지를 찾아갔을 때 아버지는 나더러 다른 은행에서도 대리권을 행사해 달라고 부탁했다. 아버지는 내가 일을 처리하고 관리하는 방식이 당신 마음에 든다고 했다. 내가 바로 응낙하자 아버지는 좋아했다. 내가 아버지에게 언니랑 오빠가 뭐라고 하지 않겠느냐고, 그냥 우리끼리 이렇게 결정을 내려도 괜찮은 거냐고 물었다. 아버지의 돈 관리를 내가 해야 된다는 사실이 부담스럽기도 했고 일을 공정하게 해나가고 싶은 마음이 들었던 것이다. 언니, 오빠가 아버지 일에 나 몰라라 하는 태도를 보이는 게 사실이지만 나중에 딴소리를 하고 나올지 모를 노릇이었다.

아버지는 언니, 오빠가 이 일에 굳이 개입해야 할 필요는 없다고 생각한다고 했다. 아버지의 말에 놀라긴 했지만 덕분에 힘을 얻을 수 있었다.

얼마 뒤 아버지는 당신과 관련된 모든 영역(건강 관리 및 재정)에 걸쳐 내게 대리권을 위임했다.

우리는 캘리포니아에서 은행 계좌를 만들기로 했다. 아버지랑 나는 아버지의 이름으로 계좌를 만들기 위해 동네의 한 은행으로 갔다. 아버지는 내가 당신의 대리인이니 내가 당신 계좌의 관리를 해야 한다고 했다.

"안녕하세요, 저희 아버지를 대신해서 계좌를 만들고 싶은데요."

"신분증 가지고 오셨어요?"

"음, 아니오." 나는 목소리를 낮췄다. "아버지가 치매 기운이 좀 있어서 지갑을 자꾸 잃어버리세요. 하지만 제가 아버지의 대리권자이고 제 신분증은 여기 있어요."

"저희 은행에서는 본인의 신분증이 없으면 계좌를 만들 수 없으세요."

"저, 그럼 어떤 게 필요하죠?"

"운전면허증이나 사진과 서명이 들어 있는 신분증이오."

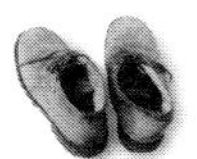

"저희 아버진 이제 운전을 하지 않으세요."

"그러면 따님 명의로 계좌를 만드는 방법이 있겠죠."

"아니오, 그러고 싶지는 않아요. 저희는 아버지의 이름으로 된, 그리고 대리인으로 제 이름이 명기된 계좌를 트고 싶은 거예요."

몇 군데의 은행에서 이런 일을 당하고 난 뒤 나는 집에서 은행으로 전화를 걸어 계좌 개설 신청을 해보기로 했다. 은행을 찾아다니며 시간 낭비할 필요가 뭐 있나. 대신 전화로 신청해 보자. "여보세요, 저는 이 지역에서 7년을 살았고, 동네의 단골 가게에서 쇼핑을 하고, OO은행하고 죽 거래를 해왔는데… 도와 주세요." 하지만 번번이 퇴짜를 맞았다.

결국 관공서와 개인 사무실 등을 드나들며 한 달 반에 걸쳐 아버지의 신분증을 만들었다. 그 과정은 다음과 같았다. 먼저 구청 사회보장과에서 신청서를 작성해야 했는데, 이를 위해 사회보장과 사무실을 세 차례나 들러야 했고 매번 45분씩을 기다려야 했다. 그런 다음 캘리포니아 운전면허증을 취득하기 위해 구청 자동차과에 가서 신청서를 작성했는데, 이를 위해 두 차례를 왔다 갔다했다. 그럼에도 아버지가 과연 신분증을 발급 받을 수 있을지 자신할 수가 없었다. 아버지의 신청 서류들이 새크라멘토의 특별 사무실에서 검토되고 있다는 얘기를 들었다. 1930년대에 발급된 아버지의 시민권 증서에는 아버지의 생년월일이 적혀 있지 않았기 때문에 이를 신분 증명서로 인정할 수 있을지를 놓고 논의중이라고 했다. 하지만 문제의 증서에는 그것이 발급되었을 당시의 아버지 나이가 기록되어 있었다. 간단한 덧셈만 해보면 금세 해결될 수 있는 문제를 가지고 구청에서는 사람을 애먹였다. 우리는 아버지 명의의 신용 카드도 신청하기로 했다. 신용 카드가 있으면 병원에 갈 때나 옷을 살 때, 여행을 다닐 때 등등에 유용하게 쓸 수 있을 것 같았다. 아버지는 캘리포니아 지역의 은행에는 계좌를 가지고 있지 않았으므로 우리는 아버지의 밀워키 은행 계좌를 이용하여 카드 신청을 했다.

이런 식으로 우리는 아버지의 지갑 속에 들어가 있어야 할 것들을 구해 나갔다.

그러는 동안 우리는 아버지가 가지고 있는 저축 채권의 기한이 만료되었다는 사실을 알게 되었다. 30년도 훨씬 넘은 저축 채권들 가운데 일부는 더 이상 이자가 붙지 않았다. 우리는 이를 현금으로 바꿔 아버지의 의료비에 충당하기로 했다. 하지만 아버지는 캘리포니아의 은행에 계좌를 가지고 있지 않았으므로 그것들을 캘리포니아에서 현금으로 바꿀 수는 없었다.

전에 아버지가 다니던 밀워키의 은행 직원들과 이야기를 나눴던 기억이 떠올랐다. 그곳 직원과의 전화 한 통화로 저축 채권들을 현금으로 바꾸었다. 아버지는 캘리포니아의 공증사무실에 가서 공증 담당 직원이 지켜보는 가운데 각각의 채권에 서명을 했

다. 채권은 마흔 장 정도였다.

남편은 각각의 채권의 일련 번호를 컴퓨터에 입력했고, 우리는 채권 증서를 밀워키의 은행으로 보냈다.

밀워키 은행의 성의 있는 태도가 고마워 나는 채권을 현금으로 바꾼 돈을 수개월 간 그곳 은행의 계좌에 예치시켜 놓겠다고 약속했다. 그렇게 하면 은행은 다소나마 이자 수익이 생겨서 좋을 것이고, 아직까지 아버지 이름으로 캘리포니아의 은행에 계좌를 개설하지 못했기 때문에 사실 돈을 달리 넣어 둘 곳도 없었다.

이런 사소한 일들도 많은 시간을 잡아먹었다.

아버지의 대리권 위임 건을 맡아 주었던 변호사가 도와 주어, 마침내 두어 달 뒤 아버지 이름으로 동네 은행에 계좌를 만들 수가 있었다. 캘리포니아에 아버지의 첫 은행 계좌를 만들기까지 무려 다섯 달이 걸린 것이다.

우리는 아버지의 재정과 관련된 일체의 사항들을 원장에 기입하고 회계 보고를 해줄 공인회계사를 구했다. 1년에 네 차례 우리는 아버지의 명세서와 수표 기록부를 하나로 합쳐 이를 회계사에게 가져다 주면 회계사는 이를 복사하고 아버지의 원장에 새로 기입해 놓기로 했다. 이렇게 함으로써 아버지의 금전 기록이 확실하게 정리되고 기록으로 남도록 했다. 언제 언니, 오빠가 딴지를 걸고 나올지 모르기 때문에 우리는 매사를 기록해 두기로 했다.

가족의 돈을 다루다 보면 어처구니없는 일들이 일어날 수 있다며 이모, 이모부는 내게 주의를 당부했다. 나는 그분들의 말씀을 마음 깊이 새기며 다시 한 번 내 자신을 다잡았다.

아버지가 캘리포니아에 와서 살게 되기 수개월 전 아버지는 내게 전화를 걸어 아버지 차가 없어졌다고 말했다. 아버지는 차가 어느 차고에서 발견되기는 했는데 그걸 되찾아 오려면 수백 달러가 든다고 했다. 아버지는 그 차는 그만한 돈을 내고 되찾아 올 가치가 없으니 그냥 잃어버린 셈 치겠다고 설명했다. 나는 아버지가 그렇게 말하는 것을 이해할 수가 없었다. 아버지의 차는 수천 달러는 나갔다. 짐작컨대 아버지는 차를 몰고 나갔다가 주차시켜 놓고는 그 사실을 잊어버리고 걸어왔던가 버스를 타고서 집으로 돌아왔고, 시청 교통단속과에서 아버지 차를 견인해 갔던 모양이었다.

나는 아버지의 전화를 받고 바로 언니, 오빠에게 전화를 걸어 아버지의 차 문제에 대해 의논했다. 우리는 아버지가 차를 가지고 있지 않는 편이 낫겠다는 데 의견일치를 보았다.

수개월 뒤 아버지가 우리 집으로 옮겨 와 살게 된 이후 나는 전화를 한 통 받았다. 아버지의 차가 밀워키 서부 교외의 어느 병원 주차장에 있다는 것이었다. 전화를 건 이는 그곳의 경비원이었다. 그는 차가 방치되어 있는데 자신이 그 차를 사도 되겠느냐고 물었다. 나는 일단 언니에게 물어 봐야겠다고 대답했다. 언니네

집에는 차가 한 대밖에 없었으므로 차가 두 대 생기면 언니와 형부는 훨씬 편해질 것 같았다.

언니와 전화 통화를 자주 하는 편은 아니지만 우애는 이어 나가고 싶었다. 언젠가는 언니도 나의 마음을 알아 줄 때가 올 거라고 생각했다.

언니에게 전화를 걸어 차에 대해 얘기하자 언니는 대단히 기뻐하며 여느 때와는 달리 전화를 끊을 생각을 안 했다. 아버지가 준 이 선물을 명의 이전하는 절차를 우리는 전화와 이메일로 언니에게 가르쳐 주었다.

그런데 언니는 일단 차가 자신의 명의로 등록되자, 내게 고마워하기는커녕 나를 질책하고 나섰다. 언니는 도와 준 사람의 얼굴에 침을 뱉는 짓을 하고 있었다. 아버지가 매년 언니와 형부에게 주는 선물에서 이번에는 찻값만큼을 제하고 준 것이 그 이유였다. 사실 이는 변호사의 권고에 따른 것이었다. 내가 언니의 불평을 변호사들에게 전하니 그들은 아무 말도 못했다. 변호사들도 말문이 막힐 때가 있다는 사실을 처음 알았다!

또 하나의 골칫거리는 아버지 집의 진짜 소유주가 누구인지를 알아내는 것이었다. 아버지는 오빠가 당신 집을 차지하게 되는 바람에 자칫 오빠 비위를 거스르면 당신이 집에서 쫓겨나게 될지도 모른다고 자주 걱정하곤 했다. 오빠는 그 집이 자신의 것이라고 주장했다. 오빠의 이름이 적혀 있는 계약서가 한 장 발견되긴 했으나 거기에는 날짜도 적혀 있지 않고 서명도 되어 있지 않았다. 내가 이를 변호사에게 갖고 가자 변호사는 집의 등기부를 열람해 보겠다고 했다. 우리는 결과를 기다리기로 했다. 만일 그 집이 오빠의 소유로 되어 있다면 우리가 바쁜 시간 쪼개어 일부러 그곳까지 가서 부모님의 물건들을 정리하고 치우느라 고생할 필요가 없다. 그냥 뒷짐지고 있으면 된다. 반면 그 집이 아버지 소유로 되어 있다면 내가 그곳에 가서 정리하고 청소해야 한다. 그 일은 얼마나 시간이 걸릴까? 나 대신 해줄 사람이 있을까? 남을 시키면 내가 하는 것만큼 꼼꼼하고 확실하게 해줄까? 그나저나 시간은 어떻게 내나? 이 일을 해주다가 내 일은 완전히 물건너가게 생겼어.

아버지를 우리 집으로 모셔 오면서 아버지 앞으로 오는 우편물을 새로 변경된 주소로 보내 달라고 우체국에 이야기를 해놓았기 때문에 아버지의 우편물들은 우리 집으로 배달되었다. 이런 우편물들 중에는 각종 공과금 고지서와 재산세 청구서도 있었다. 집이 오빠의 소유라면 어째서 세금 고지서는 여태껏 아버지 이름으로 오는 걸까? 그리고 몇몇 고지서에는 왜 독촉장이 붙어 오는 걸까?

우리는 초조한 마음으로 변호사로부터 연락이 오기를 기다리며 아버지의 공과금들을 처리해 나갔다. 만일 그 집이 아버지의 것이라면 진드기처럼 여태 그곳에 붙어 산 오빠를 어떻게 쫓아낸다

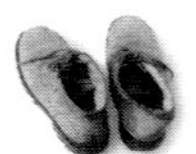

지? 남편과 나는 그 집이 오빠의 소유로 되어 있기를 바랐다. 그것이 바람직한 모습은 아닐지 몰라도 어쨌거나 그렇다면 집 처리 문제 때문에 우리가 따로 골치 썩을 일을 없을 테니까.

살면서 쉬운 일은 별로 없다. 집 문제 역시 쉽게 풀릴 일이 아니었다. 집은 아버지의 것이었다. 나는 그 집을 팔아야 하고 그러려면 오빠가 그 집에서 나가야 한다. 이 일은 간단치가 않았다. 내가 오빠에게 "오빠, 오빠는 이 집에서 45년 간이나 집세 한 푼 안 내고 살아왔어. 이젠 여기서 나가서 오빠만의 보금자릴 마련해야 될 때라고 생각 안 해?" 라고 말한다고 해결될 일이 아니었다.

아버지 집의 집세 안 내는 하숙생을 퇴거시키기 위해서 나는 법적 절차를 동원해야만 했다. 나는 아버지의 변호사로부터 자문을 받아 언니와 오빠에게 요구 사항을 자세히 적은 편지를 작성했다. 그들에게 나는 부모님의 물건들을 정리하는 일을 도와 달라고 부탁했다. 언니, 오빠는 궁금해서라도 그리고 부모님이 모아 둔 물건들 중에 행여 보물이라도 나올까 하는 욕심에서라도 그 일에 관심을 보일 거라고 기대했다. 쓰고 고치기를 거듭한 끝에 나는 마침내 대리인 증서 복사본과 함께 편지를 언니, 오빠에게 보냈다.

참는 데도 한계가 있었고 기력도 떨어져 가고 있었다. 나는 내 집에서 아버지를 모시고 살고 있고, 온갖 문제들을 풀어내느라 정신이 없었다. 애초에 예상했던 것처럼 만사가 순조롭게 풀려나가질 않았다. 골치 썩이는 문제들이 너무 많았다.

몇 달이 흘렀다. 오빠도 결국 집에서 나갔다. 그 사이 나는 집을 정리하고 팔 준비를 하느라 밀워키를 두 번 갔다 왔다.

아버지 집을 내놓기 위한 절차에 들어가기 앞서, 거의 여덟 달 전에 나는 아버지에게 물었다. 언니나 오빠가 그 집을 구입하고 싶어할 경우 언니나 오빠에게 파는 건 어떻겠냐고. 내가 그 집을 살 생각도 해보았지만 나는 너무 멀리 떨어져 살고 있었다. 그렇게 멀리 떨어진 집을 관리한다는 건 거의 불가능하다.

그 집은 아버지 생애의 한 부분이었다. 옛날 스타일의 그 붉은 벽돌집은 1923년 한 은행가에 의해 지어졌다. 다락 한 구석의 먼지로 뒤덮인 상자 안에는 집을 지을 당시의 설계도면이며 필요한 건축자재들을 적어 놓은 종이, 집 주인이 썼던 편지들이 보관되어 있었다. 건축자재들을 적어 놓은 종이를 보면 그 집이 얼마나 신경을 써서 지어진 집인지를 알 수 있다.

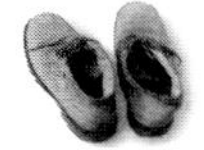

석수장이는 앞현관, 일광욕실, 욕실의 바닥을 테라초(대리석 부스러기를 박은 다음 닦아서 윤을 낸 시멘트 바닥.—역주)로 할 것 …최고의 기법으로 하기 위해 …테라초 바닥을 까는 기술이 뛰어난 기술자가 시공을 하도록 할 것. 1층은 거실과 식당에, 2층은 전체를 다 …바닥 마무리재는 7/8 x 21/4인치 규격의 매끈한 참나무재로 깔 것. …모든 페인트칠은 백연(白鉛)과 최고급 아마인 유성 페인트를 사용할 것. …앞문은 단단한 참나무목으로 할 것. …앞현관의 광창(光窓) 에는 반짝이는 효과를 낼 수 있게 아연 유리를 끼우고, 주조물은 한 자 당 2달러 이상으로 할 것.…

집을 살펴보러 왔던 주택 감정인은 그 집을 '박물관 같은 곳' 이라고 평했다.

집에 있는 모든 것은 지어졌을 당시의 것 그대로였다. 우리 부모님은 이 집의 두 번째 주인이었는데, 더 고치거나 손대지 않고 살아왔다. 처음 지어졌을 당시의 보일러, 오븐, 난로, 욕조, 싱크대를 여태까지 그대로 써 왔고 심지어는 벽지조차도 처음 도배한 것 그대로였다. 집안 내부는 착색한 참나무 자재르 장식되어 있었다. 붙박이 책장과 벽난로 위 멋진 선반도 참나무로 만들어진 것들이었다. 에드워드 양식의 청동 샹들리에와 거실과 식당 벽에 달린 에드워드 양식의 장식촛대 역시 그대로였다. 처마의 구리 낙수홈통 역시 지어질 당시의 것이었다.

언니가 그 집을 구입하기로 결정을 내렸다기에 나는 언니에게 집의 감정서 사본을 보냈다. 언니는 구두로 희망구입가를 제시했고, 그 금액은 아버지가 희망한 가격과 얼추 맞았으므로 나는 이를 받아들였다. 그러자 언니는 희망구입가를 서면으로 작성하여 보냈다.

놀랍게도 언니는 내가 주식을 할 때 쓰는 것과 같은 방식을 썼다. 나는 주식을 사고자 할 때 일단 주식을 주문하는데 이때 희망 매입가를 낮추어 적는다. 주가가 좀 내려가 내가 제시한 가격과 일치하기를 기대하면서 말이다. 그러다 주가가 상승하면 많은 이익을 거둘 수 있지만 내가 제시한 가격과 지정가 주문이 얼추 맞아 재미를 보지 못할 때가 더 많다.

언니가 서면으로 작성한 가격은 구두로 제시했던 가격보다 낮았다. 그것은 아버지가 희망한 가격보다 낮았기 때문에 나는 그 가격을 받아들일 수가 없었다. 자신이 제시한 가격을 내가 받아들이지 않자 언니는 불쾌해했다. 6월에 일어난 이 일은 언니와 나 사이의 대화에 종지부를 찍었다. 나는 언니와 교류를 이어가려 애를 써 보았으나 언니는 반응이 없다.

관공기관을 사칭하며 사회보장 및 의료보험 혜택을 유지해 준다고 주장하는 어떤 단체에 아버지가 죽 돈을 보내고 있는 사실을 알게 되었다. 아버지는 그곳에서 보내 온 공문서처럼 꾸며진

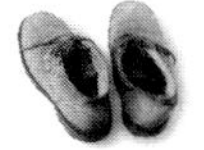

서류를 받아 본 뒤로 그곳에 돈을 보내고 있었다. 남편이 살펴보니 처음에는 1년에 한 번씩 보내던 것이 한 달에 한 번, 급기야 2주일에 한 번씩으로 돈을 내는 횟수도 점점 늘어나고 있었다. 이 사실을 안 우리는 즉각 추가 지불을 정지시켰다. 그런 기관에서 아버지에게 돈을 내라고 하는 것이 수상쩍기 이를 데 없었다. 물론 그곳에 돈을 보내는 것을 그친 뒤에도 아버지는 사회복지 혜택과 의료보호 혜택을 아무 문제 없이 누리고 있다.

아버지를 돌봐 드리기 위해 아버지의 대리인으로 서명을 했을 때만 해도 나는 그 일이 이렇게 많은 의무가 따르는 것인지 몰랐다. 일단 남편과 내 일보다도 아버지 일 때문에 들어가는 시간이 훨씬 많아졌다.

언니, 오빠와 내가 제대로 의사소통을 이루어 나가지 못한다는 사실도 서글픈 일이다. 어쩌다 그렇게 된 것인지 정말 모르겠다. 이것은 아마도 신뢰의 문제인 것 같다. 나는 부모의 유산을 놓고 형제자매들끼리 철천지원수처럼 싸우다가 급기야는 변호사를 찾아가는 사연들을 들은 적이 있다. 아마도 언니, 오빠는 나를 혹은 내가 아버지 일을 처리하는 방식을 신뢰하지 못하는 모양이다. 그들을 이해 못하는 건 아니다. 막내둥이가 뭘 알겠냐는 얘기를 나는 그간 수없이 들어왔다. 나는 친정집에서 제일 먼저 독립해

나간 사람이었고 그것도 친정 식구들과 아주 멀리 떨어져서 살았다. 그들이 나를 못 미더워한다는 사실을 알기에 나는 모든 것을 기록해 두었고, 전문가들로부터 조언을 구했다. 언젠가는, 이런 문제들이 해결되고 한참 더 세월이 흐른 뒤에 언니와 오빠도 내가 아버지와 아버지의 상속인들을 위해 최선을 다했음을 깨닫게 될지도 모르겠다.

나는 언니와 오빠는 이런 성가시고 신경 쓰이는 일들을 해나갈 만한 인내심을 지니고 있지 못하다고 확신한다. 그런 일들이 문제가 되고 있음을 그들은 바로 느끼지조차 못할 것이다. 오빠는 이렇게 말했었다. "난 다 버려 버릴 거야. 그런 잡동사니들을 뒤적일 시간이 없어. 브렌다, 난 해야 할 일이 있단 말이야." 그 잡동사니들 속에서 아버지의 저축 채권이 나왔고, 예금 증서들이 나왔다. 그 잡동사니는 우리가 처음에 어림잡아 생각했던 것보다 몇 배의 가치가 있었다.

10

# 치매 환자 가족 모임

누구에게나 자신의 한계에 부딪쳐 도움을 구해야 할 때가 있다. 우리 부부는 빠른 속도로 그 시기에 다다르고 있었다. 내게는 그 시기가 몇 달 더 빨리 다가왔고, 탁노소의 직원들은 내게 치매 환자 가족 모임이라는 것이 있으니, 그곳에 한번 참석해 보라고 권했다. 내가 직원들에게 조언을 구하고 답을 구할 때마다 그들은 그 모임이 내게 답을 줄 수 있을 거라고 말했다.

나는 이전까지 그런 식의 모임에 참여해 본 적이 없었기 때문에 둥글게 모여 앉은 자리에서 모든 사람들이 다 듣고 있는 가운데 내가 지닌 문제를 밝힌다는 게 우습다는 생각이 들었다. 나는 심리치료 과정이나 알코올 중독자 모임, 익명으로 참가하는 대식(大

食)장애 환자 모임 같은 걸 연상하고 있었다. 게다가 나는 너무 바빴다. 아버지에게 신경 쓰랴 도통 진척을 보이지 않는 내 일에 신경 쓰랴 몸이 두 쪽이 나도 모자랄 지경인데 그런 모임에 참석하는 시간을 어떻게 낼 수 있을까 싶었다.

몇 주일이 더 흐르면서 상황은 드디어 한계에 다다른 것 같았다. 나는 절망감에 사로잡혔고 몸 상태도 좋지 않았다. 나는 이해할 수가 없었다. 우리는 나름대로 온갖 정성을 기울여 아버지를 돌봐 드린다고 생각하는데, 어째서 아버지의 상태는 점점 더 나빠지기만 하는 걸까? 우리가 뭘 잘못하고 있는 건가? 우리가 제대로 하질 못하는 걸까? 뭐가 잘못된 걸까?

어느 날 아버지를 탁노소에 내려다 드릴 때 문득 이 같은 의문이 들었다.

그때 한 직원이 내게 다가와 말을 꺼냈다.

"어르신께서는 남들 앞에 서면 마치 술 마신 사람처럼 흥이 넘치세요. 누군가 어르신께 질문이라도 던지면 대답도 척척 잘 하시죠. 그런데 안락함을 느낄 수 있는 사적인 공간에 들어가게 되면 풀어지고 제대로 사고력도 발휘하질 못하세요."

그 직원이 한 얘기를 내가 이해하는 데는 다소 시간이 걸렸다. 아버지의 병에 차도가 있기를 바라는 마음으로 아버지에게 좋게

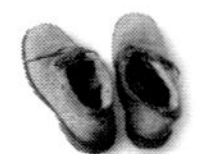

해드리려, 아버지를 편하고 안락하게 해드리려 노력했는데, 정작 그것은 효과가 없었다.

나는 아직 내 일도 제대로 손에 잡지 못하고 있었다. 내 일을 할 시간도 가질 수가 없었고, 아버지를 돌보는 일에도 점차 인내심을 잃어 가고 있었다. 결국 나는 시간을 짜내어 그 다음 주 화요일에 모임에 나가 보기로 했다.

처음에는 다소 겁이 났다. 모임에 나온 사람들은 대부분 50대 혹은 그 이상으로 나는 참석한 사람들 중에서 나이가 제일 어렸다. 모임에 나온 사람들의 반 정도는 배우자들이 치매 환자인 경우였고, 그 나머지는 부모님이 치매 환자인 경우였다. 나는 조용히 앉아서 사람들이 근황을 얘기하는 것을 들었다. 내 차례가 되어 나는 내 사연을 얘기했다. 이어서 서로의 의견을 나누는 토론 시간이 왔고, 그때 쏟아지는 이야기들은 내게는 너무도 귀중한 정보들이었다. 한 시간 반은 너무도 빨리 지나갔다. 나는 여러 가지 아이디어들을 얻을 수 있었다.

치매 환자가 차에 타고 내리는 걸 어려워한다면 좌석 위에 쓰레기 수거용 비닐봉지를 놓아 두라. 봉지가 매끄러워 몸을 돌리기가 용이해진다.

치매 환자가 욕실 문이나 침실 문을 안에서 잠갔을 경우를 대비하여 끝이 뾰족한 조그만 연장을 준비해 둔다. 나는 장신구 세공용의 조그만 스크류드라이버를 사용해 왔다. 문 손잡이의 조그만 구멍으로 연장을 집어넣어 문 손잡이가 돌아가 잠금쇠가 풀릴 때까지 문 손잡이를 흔들고 당긴다. 아버지가 샤워를 하면서 문을 잠갔을 때 이러한 방법으로 문을 열 수가 있었다.

이제는 우리가 부모 역할을 하고 있다고 명심하고, 우리의 부모 혹은 배우자가 안심할 수 있도록 해주어야 한다.

환자가 침대에서 보다 쉽게 나왔다 들어갔다 할 수 있도록 공단으로 만든 시트를 침대에 깔아 두라. 우리는 그런 부분에 대해서는 미처 생각하질 못하고 아버지가 편하고 따뜻하게 주무실 수 있도록 두꺼운 플란넬 시트를 막 주문해 놓은 참이었다.

사람들은 말했다. 지금은 고생스럽겠지만 끝에 가서는 흐뭇함을 느끼게 될 거라고. 글쎄, 그때까지 내가 살 수나 있으면!

나는 이후 그 모임에 정기적으로 나가게 되었다. 17년 간 쌓아온 나의 커리어는 내게서 서서히 빠져나갔고, 나의 관심은 오로지 아버지를 돌보는 것에 맞춰져 있었다.

치매 환자 가족 모임의 회원들은 내게 제2의 가족이 되었다. 우리는 치매 환자들에게서 공통적으로 일어나는 주요 사안들에 대해 함께 의논해 나갔다. 치매 환자를 돌보는 것이 어떤 것인지는 직접 겪어 보지 않고서는 알 수가 없다. 그것에 대해서는 이 세상의 온갖 단어들을 다 사용해도 온전히 표현할 수 없으리라는 생각이 들었다.

모임이 있을 때마다 나는 열심히 메모를 했다. 모임은 언제나 유익했고 많은 도움이 되었다. 회원들이 돌보는 치매 환자들은 그 단계가 각각이었다. 함께 나누어야 할 정보들이 참으로 많았

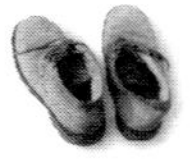

다. 우리 치매 환자 가족 모임 회원들의 유대감과 결속력은 몇 주, 몇 달, 이제는 몇 년째 이어지고 있다.

80대 초반의 폴은 모임 때마다 적어도 한 가지 이상의 심오하고 귀중한 지식을 우리에게 제시하여 우리로 하여금 여러 가지를 생각하게 만든다.

50대 초반의 패티는 치매에 걸린 예순두 살의 남편을 돌보고 있다. 그녀의 남편은 내가 여태까지 본 사람들 중에 가장 그윽하고 푸른 눈동자와 가장 멋지게 웨이브진 백발을 지니고 있다.

여든세 살의 조너던은 그 나이에 인터넷을 사용할 정도로 지극히 진보적인 사고를 지닌 어르신이었다.

뒤에 안 사실이지만 폴 역시도 인터넷을 사용할 뿐 아니라 나는 생각도 해보지 못했던 음성 인식 소프트웨어와 디지털 카메라 같은 것도 사용했다.

폴과 조너던은 각각 훌륭한 부인들과 50여 년 넘게 행복한 결혼 생활을 이어오던 중에 부인들에게 치매 증세가 일어난 경우였다. 패티의 남편 랠프에게 치매 증세가 일어난 것은 결혼 생활 10년째의 일이었다.

간호사로 일했던 50대 초반의 진은 어머니를 집에서 직접 보살피기 위해 간호사 일을 그만뒀다.

모임에는 이들 외에도 회원들이 더 있었지만 특히 이들은 모임에 꾸준히 참석하고, 내게 많은 도움을 준 사람들이다.

흔히들 가족간의 끈끈한 관계를 언급할 때 "피는 물보다 진하다."는 표현을 쓰지만 불행히도 나는 그 말을 실감해 보지 못했다. 나는 나의 친언니, 오빠와 어려움을 함께 나누고 힘을 얻는 관계를 맺지 못했다. 나는 피가 물보다 진하다는 말에 시비를 걸어 보고 싶은 심정이었다. 피가 물보다 진하다고? 모르는 소리! 물이야말로 생명을 이어 주는 존재라고!

치매 환자 가족 모임, 그리고 낸시 L. 메이스와 피터 V. 래빈스 공저의 《36시간의 하루》라는 책, 이 두 가지는 노인성 치매 환자를 돌봐야 하는 내게 생존전략 지침서 같은 역할을 해주었다. 《36시간의 하루》라는 책은 쉽게 말해 노인성 치매 환자를 돌보는 이들의 경전 같은 책이다. 책의 표지에는 '노인성 치매 환자 및 그 관련 질환을 앓는 이들을 돌보는 사람들을 위한 가족 안내서' 라고 씌어 있다. 치매 환자 가족 모임의 회원들도 그 책을 한 권씩 구비해 놓고 그때그때 참고했다. 그 책에서 제시하는 해결책들은 어떨 때는 너무 막연했고, 어떨 때는 그 고충이 너무 생생히 표현되어 있었다.

모임의 회원들이 어떤 순간 묻게 되는 질문이 있었다. 1996년 10월에 이르러서는 나도 그 질문을 묻고 싶어졌다. "나 혼자서는 도저히 감당할 수 없다는 걸 대체 언제나 알게 될까요?"

이 시기에 내가 쓴 일기가 있다.

### 1996년 10월

지난 밤은 끔찍했다. …나는 몹시 아팠다. 몸에서 열이 심하게 나는데, 아버지는 내 사정을 몰라 줬다. 아버지는 밤 10시경에 잠자리에 들었고, 나도 곧 잠자리에 누웠다. 심하게 오한이 났다. 나는 히터를 '강'으로 맞추고, 이불을 세 개나 덮었지만 여전히 추웠다. 남편은 닭고기 수프를 만들어 주고 설거지를 했다.

남편은 10시 30분에 침대에 누웠다. 아버지는 방에 있었다. 불을 껐다. 11시경 불이 켜졌다. 또다시 지옥이 시작되려 한다.

아버지는 옷을 다 챙겨 입고 방에서 나와서는 나갈 채비를 했다. 아버지는 구두를 신고 온 집 안을 돌아다니기 시작했다. 아버지는 방문들을 열고 찬장 문도 열었다. 현관문도 여덟 차례나 열었다. (이 문을 열면 소리가 나기 때문에 열린 횟수를 알 수 있다.) 나는 오한이 나서 일어날 수가 없었다. 아버지는 소리 없이 다용도실로 가서는 불을 켰다 껐다. 소리가 나지 않아 아버지가 거기서 정확히 무슨 일을 하는지 알 수가 없었다. 아버지는 어두컴컴한 그곳에 서 있는 게 분명했다. 남편이 침대에서 일어나 방문 앞에 서서 복도 쪽을 살펴보았다. 아버지가 대체 무슨 짓을 하는 건지 알 수 없었다. 아버지가 행여 다치진 않을까 걱정이 되었다. (아무래도 집에 유아용 안전장치를 설치해 놓아야겠다.)

그 뒤로도 남편은 예닐곱 번을 더 일어나야 했다. 때는 새벽 3시, 남편은 한 시간 뒤에 일어나 4시 55분에는 집에서 나가야 한다. 남편은 너무 지쳐 있다. 남편에게 더 이상 그 고생을 시킬 수는 없다. 3시 30분에는 내가 일어나서 바깥을 살폈다.

남편이 시부모님의 세금 관련 서류와 사업 기록들을 므아 놓은 서류철이 펼쳐져 있었다. 내가 책상 위에 정리해 놓았던 서류들도 마구 뒤섞여져 있었다. 그것들을 정리하는 데 몇 시간이 걸렸는데. 기껏 정리해 놓으면 다시 엉망진창으로 뒤섞여지고 그걸 또다시 정리하느라 매일 몇 시간씩을 허비해야 하다니! 나는 추웠다. 너무도 추웠다. 나는 참을 수가 없었다. 만일 내가 다치거나 몸져눕게 된다면 어떤 일이 벌어질까? 그리 되면 우리 아버지를 어떻게 돌보나? 이건 진짜 기가 막힐 노릇이지. …아버지는 너무 많은 말썽을 일으키고 있어. 나도 할 만큼 했다고…. 열에 들뜬 나는 아버지 앞에 서서 이대로는 더 이상 살 수 없다고 말했다. 아버지는 자길 그냥 내버려 두라고 했다. 나는 아버지가 내 것들을 엉망으로 만들고, 내 생활에 영향을 미치기 때문에 그럴 순 없다고 말했다. 아버지는 자긴 곧 죽을 목숨이니 그냥 내버려 두라고 했다. 얼씨구, 이젠 상대에게 죄책감을 불러일으키는 전략을 쓰네!

다음 날 아침, 부엌 싱크대 옆 바닥에는 빵 반죽용 초콜릿 덩어리가 떨어져 있었다. (우리는 이것을 아버지 손에 닿지 않도록 찬장 속에 넣어 두었었다.) 토스터 속에서는 숟가락이 나왔다. 평소 토스터를 사용하지 않을 때는 플러그를 뽑아 두기를 천만다행이었다. 내가 아버지에게 이런 사실들에 대해 얘기하자 아버지는 놀라는 표정을 지으며 자신이 그런 어리석은 짓을 했다는 사실을 부인했다. 아버지는 "너 꽤나 놀랐겠구나!"라고 천연덕스럽게 말했다. 싱크대 밑 세척 용구들을 넣어 놓은 곳에서 땅콩버터 병이 나왔다.

그날 오후, 나는 평소처럼 아버지가 좋아하는 달콤한 우유탄산음료와 식빵 한 조각을 드린 뒤 부엌을 나갔다. 그러자 아버지는 식빵 봉지에서 식빵 한 조각을 더 꺼냈다. 내가 부엌으로 돌아와 보니 카운터 테

이불 구석에 놓아 둔 고양이 밥그릇 안에 식빵 두 조각이 들어가 있었다. 나는 아버지에게 당신이 한 행동을 지적했다. 아버지는 그렇게 자신에게 신경을 써 주어 고맙다고 했다. 나는 새가 먹도록 빵 조각을 밖으로 던진 뒤, 아버지에게 식빵 한 조각을 새로 꺼내 드렸다. 나는 아버지가 행여 다치지 않도록 끊임없이 아버지를 감시해야 했다.

우리는 아버지에게 수면제를 드려 보기로 했다. 과연 수면제가 아버지를 잠들게 할 수 있을지 보면 알겠지. 아버지가 잘 자게 되면 아버지에게도 우리에게도 좋은 일이다. 치매 환자 가족 모임의 회원들도 수면제 사용을 권했다. 첫날은 수면제가 효과를 발휘하는 것 같았다. 하지만 둘째 날과 셋째 날은 밤새 깨어 돌아다녔고, 결국 우린 아버지에게 수면제를 드리는 것을 중지했다.

나는 외부에서 아버지를 돌봐 드리는 문제에 대해 알아보기로 마음먹었다. 이번 주말부터 알아봐야겠다. 아버지가 잠에서 깰 때마다 계속 지켜보고 있어야 하는 건 정말 너무 어렵다.

한편으로는 서글프기도 하고 다른 한편으로는 안심이 되기도 한다. 남편은 말한다. 아버지 연세는 여든여섯이고, 그만하면 살 만큼 사셨으니 이젠 우리 인생을 살아가야 한다고. 맞는 말이다. 하지만 아버지는 완전 무방비 상태에 있고 너무도 천진하다. 이곳에 있는 아버지를 보면서 나는 여러 가지 생각을 하게 된다. 인생이란 그런 거다! 아버지는 일부러 말썽을 저지르는 건 아니다. 그렇다, 때로 아버지는 고집불통 독불장군이지만 대부분의 경우에는 자신이 성가신 존재가 되어 있다는 사실조차 깨닫지 못하고 있다.

이런 일이 있은 뒤에 나는 처음으로 치매 환자 가족 모임에서 그 질문을 꺼냈다.

"더 이상은 혼자 감당할 수 없는 때가 되었다는 걸 어떻게 알 수가 있지요? 제가 우리 아버지를 더 이상 돌볼 수 없는 때가 왔다는 사실을요."

누군가가 대답했다.

"스스로가 알게 돼요."

폴이 덧붙였다.

"우리는 얘기해 줄 수가 없어요. 누구에게나 그것은 어려운 문제니까."

나는 그의 대답에 실망했다. 질문에 대한 명쾌한 답을 기대했는데 이런 식으로 어물쩍 넘기려 하다니. 이것은 내가 기대했던 게 아니었다. 더욱이 제2의 가족에게서는 말이다. 내가 더 이상 감당할 수 없다는 것을 내가 어떻게 알게 될까?

시간이 지나면서 나는 그들의 말이 옳았음을 알게 되었다. 우리는 스스로의 한계를 알고 있다. 아버지가 우리와 함께 산 다섯 달 동안 그만 포기해 버리고 싶은 순간이 여러 번 있었다. "아버지를 밀워키로 도로 모셔 갈까 봐." 특별히 힘이 들 때면 우리는 이런 말을 하곤 했다. "우린 아버지한테 해드릴만큼 해드렸어! 식구 중

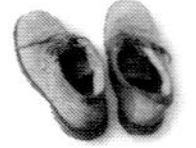

다른 누구도 우리만큼 해드리진 않았어."

우리는 아버지를 도로 밀워키에 데려다 놓을 수는 없었다. 우리에게는 책임이 있었고 우리는 이를 짊어져야 했다. 남편과 나는 많은 것을 희생했다. 주말과 저녁은 고스란히 아버지를 돌보는 데 할애했다. 우리 부부의 관계에도 결코 긍정적으로 작용하지 못했다.

이 모든 일은 우리를 너무도 지치게 만들었다. 아버지의 불규칙한 수면은 아버지의 정신을 더욱 오락가락하게 만들었고, 대소변을 제대로 가리지 못하고 실수하는 경우도 더욱 잦아졌다. 남편은 매일 일하러 나가고, 나는 집에서 감기에 걸린 아버지를 간호해야 했다.

아버지는 내가 아플 때도 내게서 떨어져 있으려 하지 않았다. 아버지는 손을 닦지도 않고 음식을 먹었다. 나나 남편이 아버지에게 손을 씻으라고 하면 아버지는 "손에 세균 좀 묻어 있다고 큰일나진 않아."라고 대꾸했다.

배변과 관련하여 아버지가 특히 심하게 실수를 한 적이 두 번 있었다. 한 번은 감기에 걸렸을 때였고, 또 한 번은 고양이 사료를 먹고 난 뒤였다. 아버지가 감기에 걸렸을 때 우리는 아버지의 열을 내려야 한다는 생각이 들었다. 아버지의 체온은 39도까지 올라갔고 내려갈 생각을 안 했다. 나는 어찌할 바를 몰라하며 의사에게 전화를 걸었다. 의사는 타이레놀을 먹여 보라고 했다. 약효는 금방 나타났다. 몇 시간 지나 아버지의 체온이 다시 올라갈 때마다 나는 아버지에게 타이레놀을 먹였다. 아버지는 얼이 좀 빠진 듯 화장실을 언제 어떻게 가야 할지 혼란스러워했다. 시간 관념도 잃은 듯했고, 말도 분명하게 하지를 못했다.

그런 아버지가 측은하게 느껴졌고, 내가 아버지를 계속 돌봐 드려야 한다는 생각이 들었다. 아버지가 나의 부축을 받아 욕실로 가는 도중에 아버지의 바짓자락에서 대변 덩어리가 떨어졌다. 나는 아버지를 변기 위에 앉혀 드린 뒤 엉망이 된 바닥을 청소했다. 그러는 동안 아버지 방의 바닥에 떨어져 묻어 있는 변을 모르고 밟기도 했다.

아버지는 우리가 부엌 테이블 및 플라스틱 통 속에 넣어 봉해 둔 고양이 사료를 먹은 적이 있다. 많은 치매 노인들이 개 사료를 먹는 사태가 일어난다는데, 우리 아버지는 고양이 사료를 먹었다! 그로 인해 아버지는 변비 증상을 보였다. 아버지 방과 복도, 거실 부근에 대변 덩어리들이 떨어져 있었다. 결국 우리는 카펫을 세탁소에 맡겨야 했다.

나는 매일 새벽 4시 30분에 일어나 몇 가지 일들을 해내야 했다. 먼저 아버지 방의 욕실부터 살폈다. 미뤄뒀다 큰일거리 만들지 않고 그때그때 치워 두자는 게 내 생각이었다. 바닥에는 대소변의 파편들이 묻어 있고, 세면대 안에는 변 묻은 속옷이 놓여 있

었다. 속옷이 세면대 안에 있다면 아버지는 대체 지금 뭘 입고 있는 건가? 나는 매일 새벽 세제와 키친타월을 갖고 화장실을 청소하는 것으로 하루를 시작했다. 하루를 시작하는 방법치고는 이 얼마나 향기로운(?) 방법인가!

아버지가 우리 집에서 더 이상 지낼 수 없는 날이 곧 다가오리라는 것을 우리는 알고 있었다.

이 같은 일들을 겪어 오는 동안 치매 환자 가족 모임은 내게 더없이 소중한 존재가 되었다. 제2의 가족, 치매 환자 가족 모임이 없었더라면 나는 낯선 곳에서 외로움을 느끼고, 오해에 사로잡혀 지냈을 것이다. 아니, 그 생활을 견뎌 내지도 못했을 것이다. 그들은 자신들의 체험을 들려주며, 내가 아버지가 겪고 있는 상황들을 이해하는 데 도움을 주었다. 그들은 자신들이 지닌 알고 있는 알려 주며 앞으로 아버지에게 닥쳐올 상황들을 내가 예상하는 데 도움을 주었다. 이미 모든 것을 시도해 본 그들은 자신들의 경험을 함께 나눔으로써 내가 아버지를 보다 수월하게 돌볼 수 있도록 도와 주었다. 나 또한 그들에게 내가 터득한 생각과 견해들을 알려 주었다. 이 분야에서는 얼마만큼의 시간만 지나면 지식을 쌓을 수 있었다. 불과 몇 달 만에 나는 모임에 새로 들어온 사람들에게 조언을 해줄 수 있을 정도로 충분한 경험을 축적했다.

존 브래드쇼는 "당신이 어떤 집단에 들어가 최소 1년만 지나면 충분한 이익을 얻어낼 수 있다."고 말했다. 나도 이 말에 동의한다. 모임에 참석해서 처음 한두 번은 별로 도움이 된다고 느끼지 못할 것이다. 지극히 개인적인 문제에 대해 다른 이들과 신뢰 관계를 형성해 나가야 한다. 성숙한 존중과 신뢰를 키우고, 의미 있는 관계를 이루어 내기 위한 감정적인 연대를 형성하는 데에는 시간이 걸린다. 나도 그랬다. 내가 치매 환자 가족 모임 사람들과 관계를 키워 가고, 그들과 가족이라는 울타리를 이루는 데에는 몇 개월, 몇 년이 걸렸다.

우리 아버지를 위해… 그리고 나를 위해 나는 그들과 그러한 관계를 이루어 냈고, 그 점이 기쁘다.

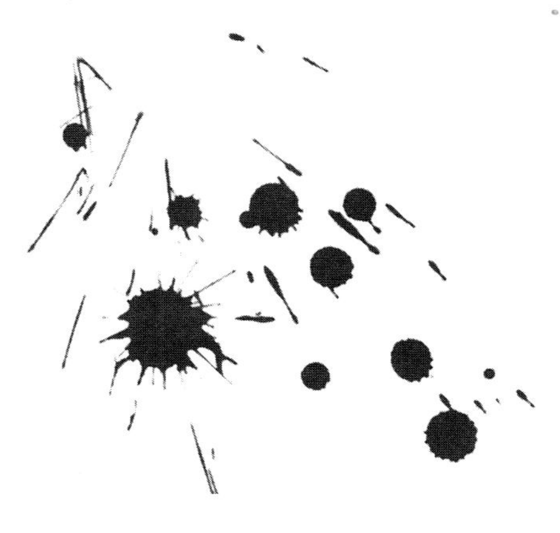

3부

# 불확실한 미래

11

# 가장 어려운 결정

1997년 1월 앞날에 대한 불확실 속에서 우리 부부는 아버지의 거취를 놓고 가장 어려운 결정을 내려야 했다. 이 결정을 내리기 위해 우리는 수개월 전 아버지를 집으로 모셔 오기로 결정했던 때보다 훨씬 더 신중히 생각을 해야 했다.

남편과 나는 아버지의 거취와 관련하여 우리가 취할 수 있는 이런저런 방법들을 강구해 보았다. 그런 다음 각각의 적합성과 가능성 여부를 타진하며 대안책을 추려 나갔다. 그 결과 다음의 세 개 안이 남았다.

1. 더 큰 집을 산다. 이모부는 아버지가 모아 둔 돈을 보태어 우리 셋을 위한 안락하고 좋은 집을 구입하는 게 어떻겠냐는 의견을 내놓았다. 아버지도 처음 캘리포니아에 왔을 때 당신 집을 사는 문제에 대해 얘기를 꺼낸 적이 있었다. 우리가 아버지의 돈을 보태어 큰 집을 산다면 우리는 아버지를 이용해 먹는 꼴이 된다. 그리 되면 우리 마음 역시 편치 못할 테니 그런 짓은 하고 싶지 않았다. 우리가 아버지 돈을 쓴 것을 알면 언니, 오빠 역시 발끈하고 나설 게 뻔했다. 또, 아버지가 돌아가신 뒤에 집을 다시 파는 번거로운 짓을 하고 싶지도 않았다.

   치매 환자 가족 모임에 나오는 이들 중에서도 이런 일을 한 경우가 있었다. 그녀의 어머니는 큰 집을 구입했고, 그녀와 그녀의 가족(남편과 아이들)은 위층에, 어머니는 아래층에서 생활했다. 치매 증세가 심해지면서 그녀의 어머니는 딸에게 욕을 해댔다. 어머니의 노망기는 가족들을 힘들게 했고 일상적인 생활을 영위해 가는 것조차 어렵게 만들었다. 하지만 그녀와 가족들이 어머니의 집에서 얹혀 사는 형국이 되어 버렸기 때문에 그녀는 어머니에게 발목 잡혀 있다는 생각을 갖게 되었다.

   우리가 큰 집을 사는 문제를 고려하게 된 것은 집에 들어와 아버지를 풀타임으로 돌봐 드릴 사람을 고용하는 문제를 생각하고 있었기 때문이었다. 하루에 최소한 열여섯 시간 동안

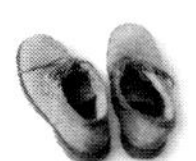

아버지를 돌봐 드릴 사람이 필요했다. 한 명이 그렇게 긴 시간 동안 일할 수는 없으므로 여러 명을 고용하여 교대로 돌봐 드리도록 해야 하는데, 그리 할 경우 적임자들을 찾아내고 스케줄도 짜야 한다. 치매 노인을 돌봐 드릴 적임자를 우리가 어떻게 찾아내나? 분명 만만치 않은 일이 될 테고 시행착오도 있을 거다. 일할 사람을 구하기 위해 일부러 시간을 내는 것도 우리 부부로서는 쉽지 않다. 용케 사람을 구한다 해도 급료며 각종 수당이며 세금을 지급하고 처리하는 것도 큰일이다. 구인중개업소를 통해 사람을 소개받는다 해도 만만치 않은 수수료를 내야 하고, 고용인이 과연 제대로 일을 해줄 사람일지도 확신할 수가 없다. 우리 부부가 지방 출장을 갔을 때 그 사람들이 제때 나오지 않는다면 아버지에게 어떤 일이 벌어질지 모른다.

우리 돈으로 큰 집을 사는 방법도 있다. 하지만 우리는 큰 집으로 이사하고 싶은 생각이 없다. 우리가 사는 지역은 부동산 가격이 불안정하기 때문에 우리의 자금을 큰 집을 사는 데 투자하고 싶지는 않다.

2. 아버지를 위탁 가정에서 지내게 한다. 우리 부부가 방문했던 위탁 가정의 경우 큰 집에서 거주하는 부부가 몇 분의 노인들을 보살피고 있었다. 가족들의 면회도 가능했다. 하지만 일부 위탁 가정에서는 학대 내지는 방치가 공공연히 자행되

고 있다는 소문을 들은 바 있었다. 사전 연락 없이 불쑥 찾아가는 방법으로 점검해 볼 순 있겠지만 그것만으로 100퍼센트 안심할 순 없는 노릇이다. 물론 위탁 가정은 나름대로 매력적인 구석이 있었다. 가족적 분위기가 풍기는 따뜻하고 안락한 집. 좋다! 우리가 해야 할 일은 좋은 가정을 찾아내는 일이다. 이 일은 의외로 수월하게 풀리는 듯했다. 바로 우리 동네에도 그런 집이 있었다. 위탁 가정의 집 주인 가족은 친절해 보였다. 단 한 가지 문제는 그곳에서는 금치산자로 판정받은 할머니들만 받는다는 점이었다. 우리 아버지에게는 해당되지 않는 조건들이었다. 또한 그 집의 벽돌담은 높이가 1미터 20센티미터에 불과했다. 마당에 나가 서성이던 아버지가 폴짝 담을 넘어 밖으로 나갈 수도 있는 높이였다. 우리는 아버지 같은 분이 밖에 함부로 나갈 수 없도록 문을 잠가 두는 위탁 가정을 찾아 보았다. 그런데 거주자들이 밖에 나갈 수 없게 문을 잠가 두려면 주 정부로부터 특별 허가를 받아야 된다는 사실을 알게 됐다. 비상구 확보 규정 때문이었다. 우리가 찾아가 본 위탁 가정들 중에 그런 허가를 받은 곳은 한 곳도 없었다.

3. 노인 전문 요양시설을 고려해 본다. 수개월 전 우리 부부는 인근에 있는 노인 요양시설을 보게 되었고, 삭막한 곳에서 살아갈 노인들을 생각하며 안됐다는 생각을 했다. 그로부터

> 몇 주 뒤 아버지와 남편, 나는 그곳 시설을 둘러보았다. 그곳은 매우 삭막했다. 흰 벽, 단조로운 실내, 아찔할 정도로 풍기는 세척액 냄새. 확실히 청결하기는 했다. 왜 이렇게 세척액 냄새가 나느냐고 묻자 치매 노인들이 지내는 곳인지라 복도나 방에서 소변을 누는 경우가 많아 끊임없이 닦아 내기 때문에 그렇다는 것이었다.

어떻게 우리가 아버지를 보드라운 카펫과 폭신한 안락의자와 플란넬 시트와 오리털 이불이 덮인 침대가 있는 우리의 쾌적하고 따뜻한 집에서 끌어내어 차가운 타일 바닥과 흰 벽이 있는 이런 삭막한 시설로 던져 넣을 수 있을까? 이것은 생각만 해도 마음 아픈 일이었다. 그곳을 나올 때 아버지가 물었다.

"나 때문에 여기 와 본 거냐?"

아버지가 직설적으로 묻는 데 놀랐고, 아버지가 부정적인 반응을 보이면 어쩔까 염려되기도 했으나 우리는 솔직하게 시인했다.

"예."

"내가 은퇴한 다음에 지내기엔 괜찮을 것 같구나."

이 말에 우리는 안도감을 느꼈다.

우리는 아버지를 24시간 보호가 이뤄지는 주 정부 인가 시설에 보내는 문제를 고려해 보기로 했다. 그런 곳은 관리 감독이 철저히 이루어지고 있을 테니 학대 행위도 없을 것이다.

몇 주일 뒤 우리는 세 번째 안이 가장 안전하고 나은 방안이라는 판단을 내렸다.

아버지를 그곳에 보내기로 한 날로부터 일주일이 채 남지 않은 시점에서 남편과 나는 우리가 내린 선택에 대해 고민하고 갈등했다. 우리 부부는 2월에 출장을 가야 했고, 아버지를 돌봐 줄 손길이 필요했다. 약물 임상 실험은 기대와는 달리 효과를 거두지 못했다. 만일 아버지의 상태가 좀 나아지면 아버지를 도로 집으로 모셔 올 수 있을 거라고 우리는 스스로를 위안했다. 우리는 아버지가 시설에서 잘 지낼 수 있을지를 살펴보기 위해 출장을 떠나기 일주일 전에 아버지를 시설에 보내기로 했다. 만일 아버지가 그곳에서 잘 지낼 수 없다면 우리는 다른 방법을 찾아야 할 것이다. 만일 아버지의 상태가 나아진다면 집으로 도로 모셔 올 수도 있다. 아버지를 떠나 보내야 하는 아픈 마음을 이런 것들로 위안 삼아 달랠 수밖에 없는 처지였다. 가장 어려운 일은 아버지에게 이 얘기를 어떻게 전하느냐는 거였다. 아버지는 이제 푹신한 침대에서 자지도 못할 테고, 우리와 함께 아침, 저녁을 먹지도 못하게 된다. 아버지가 제대로 견뎌 나갈 수 있을까? 아버지는 어떤 반응을 보일까?

스트레스와 내면의 혼란으로 나는 죽을 지경이었다. 나는 내 생

각들을 일기장에 정리해 나갔다.

**1997년 1월 24일**

감정의 기복이 심한 하루였다. …신경이 극도로 긴장되었다.

지난 밤, 아버지의 전기 면도기 배터리 돌아가는 소리가 들렸다. 아버지가 일하러 나갈 준비를 하는 거다. 남편이 아버지에게 가서 지금은 밤이고 우리는 자야 한다고 얘기하자 아버지는 상대의 말에 동의하지 않을 때 으레 그러는 것처럼 그냥 웃어 넘겼다. 아버지는 그 뒤에도 한동안 깨어 있었다.

아침 7시 45분에 아버지 방에 가보니 아버지는 자고 있었다. 흔치 않은 경우였다. …하긴 지난 밤에 아침이 왔다고 생각하는 분이었으니 낮과 밤이 헷갈리겠지. 나는 아버지를 깨웠다. 아버지는 10분만 더 자겠다고 했다. 나는 9시에 약속이 있고, 지금은 8시 32분이니 아버지가 10분만 더 자면 늦을 거라고 말했다. 아버지가 알겠다고 해서 나는 아버지가 잡고 일어나라고 내 손을 내밀었다. 아버지는 내 손을 잡지 않고 혼자서 몸을 일으키더니, 내 손가락이 너무 가늘어 내 손을 잡으면 내 손가락이 부러질 것 같다고 말했다. 흐음….

아버지는 얼른 옷을 갈아입더니 구두를 달라고 했다. (이때만은 이 말이 그렇게 반가울 수가 없었다.)

탁노소 앞에 아버지를 내려 드리자 문 앞에 서 있던 직원 엘리가 아버지를 데리고 안으로 들어갔다.

9시, 아버지의 자산과 관련된 문제들, 즉 아버지 집의 감정가, 감정인, 증여권 등등에 대해 상의하기 위해 변호사 사무실에 갔다. 나는 미리 꼼꼼히 메모를 하고 목록을 준비해 놓은 상태였다. 변호사와 한 시간 상담하는 데 200달러나 하니, 물어 볼 것, 들을 것들을 빨리빨리 해치워야 했다.

10시 15분, 아버지의 입소 신청서를 마저 적어 내기 위해 시설에 갔다. 책 한 권 분량도 넘을 듯한 서류들을 읽고 작성하고 기입하고 나니 12시가 되기 직전이었다. 시설의 원장은 친절하게도 이 서류들을 우리에게 미리 메일로 보내 주었다. 남편과 나는 집에서 이를 한 장씩 읽으며 질문할 부분들을 적고, 메모를 해두었다. 덕분에 사무실에 찾아갔을 때 나는 미리 적어 놓았던 의문 사항들을 꼼꼼히 짚으며 확인해 나갈 수 있었다. 내가 이렇게 한 것은 일을 효율적으로 해나가기 위해서였다. 원장은 나처럼 이렇게 많은 질문들을 세세히 물어온 가족들은 없었다고 했다. (나는 확실히 아버지의 피를 이어받았다.) 아버지를 떠나 보낼 채비를 하는 것은 사실 내겐 너무도 큰 고통이었다. 나는 간신히 몸을 추스르며 원장실에서 서류들을 살폈다. 시설을 나가기 전 아버지를 담당하게 될 의사를 만나 잠시 이야기를 나눴다.

서류 작성을 다 끝내고 시설을 막 나서는데 몸이 떨려 오기 시작했다. 정신이 아득해지고 아무런 생각도 할 수가 없었다. 막 정오가 지난 시각이었고, 나는 사무용품 가게에 가서 종이를 사야 했는데 내 몸은 얼어붙은 듯 꼼짝달싹하지 않았다. 다음에 어디로 가야 하는지도 생각나지 않았다. 스케줄이 적힌 수첩을 들여다볼 생각도 나지 않았다. 평소 스케줄 적힌 수첩을 들여다보며 일을 해나가는 게 생활화되어 있던 나였는데 말이다. 나는 혹시 녹음된 메시지가 있나 싶어 집에 전화를 걸어 보았다. 녹음되어 있는 메시지는 없었다. 나는 금융기관에 들러 계좌 이체를 하고 현금을 좀 인출했다.

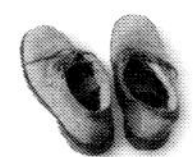

집으로 돌아오면서 계획했던 대로 변호사 사무실과 시설에 들러 아버지 일들을 처리했다는 사실에 안도감을 느꼈다.

내 나름대로는 아버지를 위해 내가 할 수 있는 한 최선을 다하고 있다고 생각한다. 언니, 오빠와 내 사이가 위태위태하기 때문에도 매사를 확실하게 돌다리도 두드려 보며 처리해야 할 필요가 있다. 나는 전문가들의 조언을 바탕으로 내가 알고 있는 한 최선을 다해 나가야만 나중에 언니, 오빠가 딴소리를 하더라도 당당하게 맞설 수 있으리라고 믿는다.

하지만 앞날은 불확실하고, 예기치 않은 일들이 일어나게 마련이니….

**1997년 1월 27일 월요일 새벽 5시 29분**

잠이 오지 않는다. 남편은 오늘 새벽 4시 29분에 집에서 나갔다. 목요일에 아버지를 시설에 보내 드리기 위해 시간을 비우려면 미리미리 일을 해둬야 하기 때문에 평소보다 더 일찍 출근한 것이다. 지금 내 머릿속은 아버지를 그곳에 보낼 날에 대한 생각으로 어지럽다.

어젯밤 남편과 나는 아버지에게 어떻게 말씀드릴까를 놓고 오랫동안 이야기를 나눴다. 아버지가 이를 어떻게 받아들일지 걱정이다. 아버지는 거듭거듭 되묻고, 어쩌면 역정을 낼지도 모른다. 어떻게 말씀을 드려야 하나? 오빠라면 이렇게 말하겠지. "아버지, 아버진 이제 양로원에 들어가 살게 될 거예요." 우리는 이렇게 말할 것이다. "저희가 아버지를 보내 드리려는 곳에서는 의사가 정기적으로 진찰도 해주고, 직원들이 아버지가 활기찬 생활을 할 수 있도록 도와 드릴 거예요. 아버지는 임상 연구에도 참여했으니까 상태가 좀더 나아질지도 몰라요. 그리고 남편하고 저는 2주일 간 지방 출장을 다녀와야 하는데, 그 사이 저희 대신 아버지 식사도 챙겨 드리고 돌봐 드릴 데가 있어야 하잖아요."

아버지가 어떤 반응을 보일지 알 수 없었으므로 우리는 혼란스러웠고, 잠을 이룰 수가 없었다. 이곳은 자유 국가다. 딸에게 대리권을 위임한 치매 노인이라 할지라도 요양시설에 들어가는 것을 거부할 수 있는 권리는 있다.

그럼 우리는 어떻게 해야 하나?

이 아침, 내 머릿속은 이런저런 생각들로 어지럽다. 더 필요한 서류들은 없는지 아버지가 목요일에 시설에 들어갈 때 뭘 챙겨 가야 하는지, 우리 부부가 출장 가 있을 때 우리 대신 시설로 아버지를 면회 가는 일을 누구에게 부탁하는 게 좋을지 등등을 생각해 보았다.

한숨만 나온다. 지금은 여기까지만 생각하자. 5시 40분. 커피 끓일 시간이다.

나는 아버지를 시설로 보내기 전에 남은 기간 동안 아버지의 모습을 비디오 카메라에 담기 시작했다. 1997년 1월 26일, 우리는 잰, 데이브 부부와 그린 베이 패커스 팀이 슈퍼볼 3연패하는 경기를 함께 보러 가기로 했다. 잰은 우리와 같은 위스콘신 출신이었고, 그녀의 남편 데이브는 펜실베이니아 출신이었다. 그들 부부가 오기를 기다리는 동안 아버지는 식당 테이블에 앉아서 일요신문을 읽었다. 흰 고양이 저매그가 신문을 탐내며 자꾸 들러붙는 통에 아버지는 고양이를 쫓아내느라 애를 먹었다. 아버지는 신문

읽기를 좋아했고, 저매그는 신문 돌돌 말기를 좋아했다. 나는 아버지와 함께 있을 때 아버지의 모습을 가능한 한 많이 담아내고 싶었다. 아버지가 시설로 가기 전날 저녁에도 비디오를 찍어 둘 계획이었다. 지난 사흘 간 고민만 하다가 아버지가 어디로 가게 될지에 대해 아직껏 아버지에게 말하지 못했다. 이제 그만 아버지에게 말해야 한다. 그게 내 의무다.

**1997년 1월 29일 수요일**

일찍 깨어나 새벽 4시 50분에 일을 시작했다. 머릿속은 복잡하고 위는 쓰리고 아파 약을 먹었다. 가족들과 헤어지고 가족들을 잃는 사람들의 심정을 알 것 같다.

새벽 5시, 아버지 보청기에서 소리가 들렸다. 지난 수개월 간 보청기에서 나는 삐 하는 소리에 남편과 내가 잠에서 깬 적이 한두 번이 아니었다. 아버지는 보청기를 뺀 뒤 전원을 끄지 않고 그냥 놓아 두곤 했다. 보청기는 전원을 끄지 않을 경우 가까이에 물체가 감지될 때마다 거기서 잡히는 음파를 증폭시켜 삐 하는 소리를 낸다. 보청기 전원을 끄기 위해 아버지 방으로 들어가니 아버지는 일어나 있었다. 침대로 돌아가 더 주무시라고 말씀드리니 의외로 아버지는 순순히 "널 위해서라면 그러마." 라고 말하는 게 아닌가. 애처롭게시리 왜 하필 우리 곁을 떠나시기 하루 전날에 이렇게 유순한 태도를 보이는 걸까. 나는 아버지에게 이불을 덮어 드렸다.

나는 방으로 돌아와 다시 일을 시작했다.

얼마 뒤 아버지가 화장실에 들어가는 소리가 나더니 어느새 내 방으로 들어와서 우리 부부의 마음을 철렁 내려앉게 만드는 그 소리를 또 했다.

"내 신발 어딨냐?"

나는 아버지와 잠깐 얘기를 나눈 뒤 들어가서 더 주무시라고 말했다. 아버지는 싫다고 했다. 이미 자리에서 일어났다 다시 눕기를 여러 번 반복했기 때문에 그냥 일어나 있는 편이 낫겠다고 말했다. 아버지는 거실로 가서 안락의자에 앉았다.

나는 하던 일을 계속했다. 지난 밤과 오늘 아침 언니에게서 이메일이 왔을까 싶어 찾아보았으나 없었다. 나는 언니에게 우리가 처한 상황을 설명하는 이메일 — 우리는 출장을 가야 하고 아버지를 우리 대신 돌봐 줄 손길이 필요하다. — 을 보냈었다. 언니가 답장을 보내 주길 기대했으나 언니는 묵묵부답이었다.

남편과 나는 우리 오빠에 대해서도 얘기를 했었다. 오빠도 정말 대단한 사람이다. 여태 전화 한 통 없다니. 남편은 오빠에게 전화할 거냐고 내게 물었다. 그래야 할 것 같다. 한쪽이라도 성숙한 자세를 보여야 하지 않겠는가. 사실 어느 집에나 오빠 같은 존재는 꼭 하나씩 있다. 여태껏 아버지 집에서 돈 한 푼 안 내고 먹고 자고 살아왔으면서 아버지가 어떤지 안부 전화 한 통, 문안 편지 한 줄 보낼 줄을 모르고, 석연치 않은 방법으로 두둑한 현금을 챙기고, 어머니와 각별한 사이라고 주장하며 단물을 쭉쭉 빨아내고선 정작 어머니가 돌아가셨을 때는 얼굴도 내밀지 않은 인간. 언니 역시 오빠보다 나을 게 없다. 어쩌다 우리 집안이 이리도 콩가루 집안이 되었을까? 한때는 우리 집도 화목한 집안이었는데. 열여덟 살에 집을 나온 이후로 집안 도움 한 번 받지 않고 여태껏 살아온 나도 집안일에 등 돌리고 살지 않는데.

나는 따끈한 코코아를 타 마시기 위해 자리에서 일어섰다. 쓰린 위를 달래고 몸을 따뜻하게 하려면 따끈한 코코아가 필요했다. 열두 시간이나 오한이 계속되고 있었다. 분명 아버지 일로 스트레스를 받아 일어난 증상이었다. 거기에 생각이 미치자 아버지 역시 나와 마찬가지 심정일 거라는 생각이 들었다. 아버지에게도 따끈한 코코아를 타 드리자. 아버지와 함께하는 아침도 내일이 마지막이다. 그러자 다시 몸이 마구 떨려왔다. '진정해, 아버지가 돌아가시러 가는 것도 아니잖아. 아주 못 보는 것도 아닌데 왜 그래.' 어쨌든 이 일은 아버지에게나 우리에게나 큰 사건이 아닐 수 없다. 그래, 코코아에 꿀을 넣어서 갖다 드리자. 아버지는 단 걸 좋아하니까.

음료를 드린 뒤에 아버지와 얘기를 나눠야 할까? 같이 시간을 보내야 할까? 아니면 다시 여기로 돌아와 계속 생각하는 시간을 가질까? 아버지와 일단 떨어져 지내게 되면 나는 더 많은 내 시간을 누리게 될 수 있을 테고 아버지에 대해서도 더 인내심을 갖고 더 기운찬 태도로 대할 수 있게 될 거야. 하지만 관심과 생각을 잔뜩 쏟아 붓던 대상이 갑자기 사라지면 허탈감과 공허감도 그만큼 크게 느껴지겠지.

6시 47분, 아버지에게 코코아 갖다 드리고 같이 얘기를 나눠야겠다.

아버지에게 일시적으로 어디 다른 곳에 가서 지내야 한다는 얘기를 어떻게 말해야 하나 고민에 고민을 하던 나는 그날 저녁 아버지에게 아버지의 모습을 비디오 카메라로 촬영하고 싶다고 말을 꺼냈다. 이렇게 감정적으로 힘들고 인생이 바뀌는 순간을 카

메라에 담아 두는 것이 내겐 중요했다. 아버지는 좋다고 했다.

나는 긴장되어 있었다. 어떻게 말을 꺼내야 할지 몰랐다. 아버지는 당신이 어떻게 하기를 원하냐고 내게 물었다. 나는 자리에 앉아 달라고 했다. 카메라를 들고 두 사람 다 촬영할 준비를 마치자 나는 아버지에게 그날 하루에 대해 일반적인 질문을 했다.

"오늘 뭐하셨어요?"

"《인명》… 어, 《인명》 책 읽었어."

"…《인명연감》 말이군요."

"응."

"그리고 오늘 또 뭐하셨어요? 기억나세요?"

"뭐, 한 거 없어. 너야 항상 이 일, 저 일 하느라 바쁘지만."

"그래, 아버진 무슨 일 하셨어요?" 나는 '아버지'라는 단어에 힘을 주어 물었다.

"네가 나를 의사한테 데리고 갔지. 의사는 내가 괜찮을 거라고 했어." (우리는 발 전문의를 찾아갔었다.)

아버지는 말을 계속 이었다.

"새로운 곳에도 갔었지."

어디를 말하는 건지 알 수가 없어 나는 다른 질문을 했다.

"기억하세요? 뭐 하셨는지… 교회 뒤 건물에서."

교회 뒤 건물이란 탁노소를 가리키는 것이었다.

"응."

"거기서 파티를 열어 주던가요?"

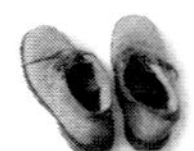

로버타는 마지막 날 아버지를 위해 탁노소에서 작은 파티를 열 거라고 했었기 때문에 나는 아버지가 기억을 해내도록 이런 질문을 했던 것이다.

아버지는 싱긋 웃으며 대답했다.

"아니! 아무한테도 파티를 열어 주지 않았어. 만일 내가 졸업하게 된다면 내가 그 사람들한테 파티를 열어 줄 거야. 만일 내가 중도에 그만두게 된다면 '골칫덩이는 이제 나갑니다. 새 사람들이 들어올 자리를 마련해 줘야지요.' 라고 말하고 그냥 나가 버릴 거야." 아버지는 아주 실감나게 이 얘기를 했다.

일반적인 대화는 계속되었다. 차라리 얼른 털어놓고 싶은 마음도 있었지만 나는 좀더 뜸을 들였다. 아버지에게 얘기할 적당한 실마리를 짚어내려 했으나 그게 또 쉽지 않았다. 마음은 점점 더 괴로워졌다. 결국 나는 시작하기로 했다. 나는 주춤주춤 입을 열었다.

"아버지, 이게 아버지의 마지막 날이에요. …왜 마지막 날인지 궁금하시죠?"

아버지는 기침을 하고는 물었다.

" '마지막 날'이라니? 무슨 뜻…?" 아버지는 일어나서 밖으로 나가 가래를 뱉고 다시 돌아와 물었다. " '마지막 날'이라고 네가 말했는데… 그게 무슨 의미인지 난 모르겠구나."

나는 뭐라고 말해야 할지 몰랐다. 바늘방석에 앉아 있는 것 같은 심정이었다.

"음, 아버지도 아시다시피 아버진 매일 일터에 나가고 있잖아요. 매일 일터에 나가고 있는데···"

"그렇지···"

"그런데 그것도 오늘이 마지막이에요."

"어째서?"

나는 둘러서 말했다.

"내일부터 아버지는 다른 걸 시작하게 되었거든요."

무엇을 어떻게 말해야 할지 몰랐다.

"뭐라고?"

아버지는 보청기를 끼고 있는데도 들은 걸 다시 되묻는 버릇이 있었다.

"내일부터 아버지는 다른 걸 시작하게 되었거든요."

"허, 그거 흥미롭구나. 얘기해 봐라. 내 맘엔 안 들지도 모르지만 얘기해 보거라."

마지막 말이 내 가슴에 화살처럼 꽂혔다.

"글쎄요, 마음에 들면 좋겠는데요. 어, 내일 아버지는 그러니까··· 잠깐만요. 이것 좀 보고요."

나는 비디오 카메라에 들어간 테이프가 아직 시간이 충분히 남아 있는지를 살폈다. 어휴, 정말 힘들다!

아버지는 나를 보며 콧노래를 불렀다. 아버지는 기분이 좋을 때나 긴장이 될 때 콧노래를 불렀다. 잠시 후 아버지는 어색한 침묵을 끊으며 입을 열었다.

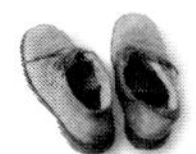

"조금 전에 네가 말했을 때··· 아아··· 우린 가까운 사인데··· 때로는, 나는··· 이봐, 저 사람은 여자야!"

아버지는 막 우리 있는 곳에 들어온 데이빗을 바라보았다.

"예! 그럼요! 그렇죠!"

내가 여자라는 아버지의 말에 나는 동의를 보냈다. 아버지는 내가 남자인지 여자인지를 제대로 판별하질 못했다. 아버지는 내가 귀엽게 생겼으니 짝을 찾기 어렵지 않을 거라는 말을 자주 했다. 심지어는 탁노소의 여자 직원과 나 사이에 중신을 서 주려고 한 적도 있다.

"그런 일은 내게 절대 일어나지 않아, 거기엔 차이가 있으니까. 차이를 유지해 나가야지···."

나는 아버지에게 유머러스하게 말했다.

"그 사람은 여자고, 아버지는 남자죠."

아버지도 재치 있게 말했다.

"그래야 공정하지, 그렇지?"

내일 아버지의 생활이 또 다른 시작을 하게 된다는 얘기를 들려드리려고 했었지. 나는 말을 마저 이어 나갔다.

"내일 아버지는 아버지 인생의 또 다른 단계를 시작하게 돼요. 내일 저희는 아버지를 어떤 곳에 데려다 드릴 건데, 그곳에 있는 사람들이 아버질 돌봐 드릴 거고··· 아버질 봐 주실 의사 선생님도 있을 거예요."

사람들은 우리한테 일렀다. 아버지에게는 그냥 어디 좀 가게 될 거라고 얘기하라고. 그곳에서 하루나 이틀 있게 될 거라고 얘기하라고. 일단 그곳에 들어가게 되면 그곳 직원들이 아버지에게 며칠 더 있어야 한다고 말씀드릴 거라고 했다. 처음에는 사흘, 나흘, 그러다가 일주일, 한 달. 나는 슬펐다. 나는 지금 아버지를 배신하고 있다. 딸을 철석같이 믿고 너무도 천진하게 속수무책으로 앉아 있는 우리 아버지를!

나는 용기를 내어 말을 이었다.

"기억하시죠? 저희가 아버질 임상 실험에 참여하도록 했었잖아요."

"그건 끝났던가?"

"아니오, 한동안 더 계속 할 거예요."

"그 조그만 하얀… 우린 그 약 아직 가지고 있지. 오늘도 먹었지."

"아니오, 어제였죠. 어젯밤에 드셨어요."

굳이 그럴 필요는 없었으나 나는 아버지의 말을 정정했다. 나는 너무도 마음이 불편했으나 이를 내색하지 않으려고 안간힘을 쓰고 있었다.

"그래, 그걸 계속 하는 거구나. 그러니까 같은 수준으로, 그걸 뭐라고 하더라…."

아버지가 왜 저래야 하지? 나는 지금 아버지를 배신하고 있는데!

"저, 아버지는 그곳에서 지내게 될 거예요. 그러니까 아버지는 밤에 거기서 주무셔야 한다는 뜻이에요."

"음!"

"얼마 간 있게 될 거예요."

"음!"

"아버진 그곳에서 매일 활동을 하게 될 거예요. 그곳엔 직원들이 많이 있고, 아버지에게 활동을 하게 할 거예요. 아버지에게 그런 활동들을 하게 하려는 이유는 그런 것들을 통해서 아버지가 자극을 받고, 임상 실험에 계속 참여함으로써 아버지 상태가 좀 나아질지도 모르니까요."

나의 뇌는 퉁퉁 불은 국숫발처럼 돌아가고 있다는 느낌이 들었다. 내가 말을 멈추면 이대로 그냥 쓰러져 버릴 것 같았다. 계속 얘기해 나가자. 내가 하고자 하는 얘기를 아버지도 들어야 해. 얘길 계속 하다 보면 아버지의 마음에 끌릴 만한 부분도 나올 거야. 나는 얘기를 계속 했다.

"우리가 이번에 이러는 이유는 데이빗이랑 제가 잠깐 외지에 나가야 되기 때문이에요."

"오, 그러냐, 얼마나 나가 있을 건데?"

"2주일이요. 그 동안 다른 사람이 아버지를 돌봐 드리도록 조치를 취해 놓을 게요."

내가 어떻게 이런 말을 할 수 있단 말인가?

"늙으면 애가 되니."라고 말하며 아버지는 신경질적으로 웃었다.

아버지는 손으로 입을 가리고 있었다. 대화를 나누는 내내 아버지는 잠깐 잠깐 제스처를 취할 때 외에는 왼손으로 입을 가리고 있었다. 평소 안 하던 행동이었다. 아버지는 대개는 왼손을 흔들의자 손잡이 위에 올려 놓곤 했었다.

"아니, 뭐 꼭 그런 건 아니지요. 다만 아버지 정신이 예전만 못하니 우리가 도와 드려야 되지요."

"아니, 이해가··· 안 된다··· 안 돼."

"아버지도 그 사실을 느끼고 있어요?"

당신의 정신이 오락가락한다는 사실을 아버지 본인도 알고 있는지 나는 알고 싶었다.

"아니, 난 네가 말한 걸 모르겠어. 하지만 거기엔 차이가 있지, 네가··· 아···? 어떤 단계에 도달했을 때··· 일단 너는 애야. 나는 너를 애 취급하지, 너는 남이 아니야. 내 말은, 나는 너를 무심히 대할 수도 있다는 말이지. 그리고 너는 그걸 다 가져가기로 되어 있고 그런 다음 갑자기 너는 그 여자랑 얘기를 하지 않고···."

"아버지는 온당치 않은 말씀은 하는 법이 없죠."

아버지는 나를 남자로 볼 때면 여자의 외모에 대해 평을 한 다음 중매쟁이 역할을 자청하곤 했다.

"글쎄, 나는···."

"아버진 정말 신사예요. 아버진 제가 어릴 때도 신사였고, 지금도 마찬가지예요."

나는 아버지를 추켜세워 드리고 싶었다.

"아버지도 알고 있었으면 좋겠어요. 아버지가 그곳에서 머무는 동안 그곳 사람들은 아버지의 증세가 나아지는지를 살필 거예요.

2월에는 그라나다 힐스 병원에서 전문의가 와서 아버지를 살펴 드릴 텐데. 그 여자가….”

“여자?”

“예, 그 여자가 올 때 데이빗이랑 저는 다른 도시에 가 있을 거예요.” 나는 유머러스하게 말을 마무리 지었다. “그러니 아버지 의젓하게 행동하셔야 해요.”

“음, 나로서는 의젓하게 행동하지 않는 게 더 어려울 걸.” 아버지는 장난스럽게 웃었다. “나는 남자답게 행동할 거야.” 아버지는 당신이 남성이라는 사실을 강조했다.

“남자들은 다 똑같죠, 그렇죠?”

“그럼.”

“아버지도 알게 되길 바랐어요. 왜냐하면 이번 일이 아버지의 생활을 조금 바꿔 놓게 될 테니까요. 그간 아버지는 저희랑 같이 주무셨지만 이제부터는 그곳 사람들이 아버지를 지켜 드릴 테니까 우리랑 같이 주무시지 못하게 될 거예요.”

“그런 난 어디서 지내냐?”

“저희 집에서 한 7킬로미터 정도 떨어진 곳에 가 있을 거예요.”

“허.”

아버지는 여전히 손으로 입을 가리고 있었다.

“내가 나다닐 순 있냐?”

“아니오, 저희가 갈 거예요.”

“음, 나도 나다닐 수 있는데, 비 오는 날만 아니라면.”

나는 아버지의 상태가 어느 정도인지를 살피기 위해 몇 가지 질문을 했다.

"저희가 지금 어느 주에서 살고 있는지 아시겠어요?"

"아이쿠, 또 골치 아프게 하는구나." 아버지는 껄껄 웃더니 남편 쪽을 쳐다보았다. 아버지는 당신이 캘리포니아에 살고 있다는 사실을 믿지 못했다. 나는 다시 물었다.

"저, 저희는 지금 어느 주에서 살고 있지요?"

"지리적으로 말이지, 이름이라."

나는 질문을 좀더 쉽게 바꿔 물었다.

"저희는 미국 어느 쪽에 살고 있지요?"

"미국 동부."

"어느 주요?"

"뉴욕."

"저희가 미국 동부 뉴욕에 살고 있다고요?"

"뉴욕 쪽이지. …물 위에는 여전히 둑이 있고, 그건 여전히 그 자리야. …아직도 같은 이름을 가지고 있다고 지난 번에 들었는데."

나는 질문의 주제를 바꾸기로 했다.

"자식은 몇 명이나 두셨어요?"

"셋."

"이름들이 어떻게 되죠?"

먼저 오빠의 이름을 말한 아버지는 "…아, 공작의 이름이 뭐더

라?" 하고 중얼거렸고, 아버지가 누구를 말하는 건지 알 수 없었던 나는 아버지에게 다시 물었다.

"아들은 몇 명, 딸은 몇 명이나 두셨어요?"

"아들이 셋에 딸이 하나."

"그럼 넷이잖아요. 방금 전에 셋을 두셨다고 하시고서."

아버지는 머뭇머뭇거리며 대답을 못했다. 나는 다시 물어 보기로 했다.

"네가 하나 있고… 브렌다. 여기보다 약간 더 북쪽에 한 명이 더 있고, 그리고 또 한 명 더 있는데 그 아이랑은 그리 자주 보는 사이가 아니야. …내가 그 애 얼굴을 본 적이 있기는 하던가."

"자식들 이름이 어떻게 되요?"

"브렌다."

"둘째 아이 이름은요?"

"어어."

"아버지 딸 말이에요. …딸 둘에 아들 하나 두셨잖아요."

"아들이 하나라고? 너 또 다른 아들은 어쩌고?"

"또 다른 아들은 없어요. 여태껏 아버지가 또 다른 아들을 두셨다는 얘기는 못 들어봤는데요. 좋아요, 또 다른 아들이 있다면 제가 비디오 카메라 꺼둘 테니까 얘기해 보죠."

우리는 킥킥대며 웃었다.

"저게 비디오냐?"

"네, 저걸 나중에 텔레비전으로 볼 수 있어요. …나중에 아버지 모습을 텔레비전을 통해서 볼 수 있게 되는 거죠."

"정말 바보 같아 보이지?"

"아니오, 왜 그런 말씀을 하세요?"

"풍자하는 거지."

"오!"

"불만스럽고 무능력한 인간."

들러붙기 좋아하는 우리 집 검은 고양이가 방에 들어왔다. 나는 고양이를 안아 올려 아버지 무릎 위에 올려 놓았다. 나는 기분 전환이 되어 주기를 기대했으나 아버지는 고양이를 당신의 무릎 위에 올려 놓고 싶어하지 않았다. 아버지는 "이 낯선 놈을 여기 두고 싶지 않아." 라고 말했다. 아버지는 우리 집 딸내미들(고양이들)을 무서워했다.

느닷없이 아버지가 물었다.

"이게 누구누구 머리에서 나온 생각이냐? 다 네가 생각한 거냐?"

아버지가 뭘 말하는 건지 알 수 없었다.

"네? 뭐가요?"

"나를 해결 짓는 것."

이렇게 직설적인 물음에 내가 어떻게 대답해야 하는가?

"아버지에게 어떤 일이 일어날 수 있을지를 생각해 보고 있어요. 왜냐하면 제 생각에 아버지에게서는…."

"글쎄, 나는 내면에 다소 여성적인 부분을 지니고 있을지도 모

르지."

뜻밖의 말에 놀란 나는 아버지에게 설명을 부탁했다.

"말하자면 유치하다 그 말이야."

"아버지가요? 내면에요?"

"음, 왜냐하면 나는 대개의 경우 여자들하고 같이 있으면 편안함을 느끼고, 너랑은 한가족이고 매우 가까운 데다가 너 역시 여자지, 네가 여자라는 사실은 너로부터… 남성적인 부분을 완전히 지우고…."

아버지가 하고자 하는 말을 알아들을 수가 없었다.

"저, 아버지, 저는 아버지가 나아질 수 있도록 도와 드릴게요."

"너 좋을 대로 하렴."

"…아버지 상태가 나아진다면 그것만큼 좋은 일이 있겠어요. 아시다시피 치매라는 게 두뇌를 허물어뜨리는 병이잖아요. 하지만… 상태를 좀 나아지게 하는 약이나 치료법이 있어요. 여기서 저희 부부가 해드릴 수 있는 것보다 많은 활동을 할 수 있게 해드리는 장소들이 있어요. 저희 집에서야 아버지는 책이나 읽는 게 고작이지 뇌에 자극을 줄 만한 활동은…." 나는 제대로 말을 이을 수가 없었다.

검은 고양이가 다시 들어오더니 아버지 침대 위로 올라갔다. 나는 아버지의 관심을 고양이에게로 돌렸다.

"거기서 내려와."

아버지의 명령에도 불구하고 고양이는 들은 척도 하지 않았다.

나는 장난기가 발동했다.

"우와, 야옹이 좀 보세요."

"거기서 내려오라니까."

나는 계속 아버지의 약을 올렸다.

"아버지의 푹신한 이불 위가 야옹이 딴에도 편한가 봐요."

이번에는 흰 고양이가 들어오더니 아버지의 옷장으로 돌진했다. 우리들의 신경은 딸내미들에게 쏠렸다. 나는 비디오 촬영을 멈췄다.

말을 하고 나니 그 전보다는 기분이 나아졌으나 여전히 마음은 편치 못했다. 아버지에게 상황을 제대로 설명해 드리지 못했다. 아버지를 위해서라고 했다. 하지만 내가 한 일이 제대로 되었다는 생각은 들지 않았다.

그날 밤 남편도 나도 잠을 이룰 수가 없었다. 반면 아버지는 중간에 깨는 일 없이 아주 잘 잤다. 다음 날 아침 나는 비디오 카메라로 촬영을 하고 싶었지만 몸도 너무 피곤했고, 앞으로의 일들이 심란한 데다가 이미 충분히 어려운 상황에 더한 혼란을 초래하고 싶지 않았다. 하지만 남편이 아버지를 면도해 주는 장면은 찍었다. 아버지는 옷은 혼자서 입었지만 면도는 하지 않아서 남편이 조심조심 아버지의 얼굴을 면도해 드려야 했고, 이 모습을 비디오 카메라로 촬영하면서 나는 편치 못한 마음을 떨쳐 내려 애쓰며 어색하게 내레이션을 담았다. 나중에 비디오를 보며 장인과 사위 사이에 오가는 따뜻한 정을 새삼 느끼리라 기대하면서.

### 1997년 1월 30일 목요일 오후 4시 25분

결국 그 일을 하고야 말았다. …우리가 아버지를 모시고 시설에 도착한 시각이 아침 9시, 약속 시간보다 정확히 한 시간 반이 지난 시각이었다. 지난 몇 달 간 그랬던 것처럼 아버지는 우리 부부보다 몇 걸음 뒤 처져서 따라왔다. 사회복지 과장은 환한 미소로 아버지를 맞아 준 뒤 자신을 따라오라고 했다. 아버지는 사회복지 과장의 뒤를 따라 이중문 안으로 들어갔다.

우리는 아버지가 이 문, 저 문, 문들을 차례로 지나는 모습을 지켜보았다. 누군가가 아버지를 데리고 나오지 않는 한 혼자서는 나올 수 없도록 잠겨진 문들. 아아, 이제 아버지가 저런 곳에서 살게 되다니!

지난 이틀 간 나는 먹지도 자지도 못했고, 신경은 몹시 날카로웠고 설사까지 났다. 남편 역시 상태가 좋지 못했다. 하지만 이제 아버지가 시설에 들어갔으니 나도 진정을 되찾아야 했다.

이것은 일종의 통과 의례였다. 아버지는 당신 인생의 한 곳으로부터 또 다른 곳으로 통과해 들어갈 것이다. 나 역시 마음을 굳게 다져야 했다.

아버지는 이제 치매 노인 전문 요양시설에 들어왔고, 아버지는 당신이 여기서 하루나 이틀 정도만 관찰 받으면 되는 줄로 알고 있었다. 다정한 성격의 사회복지 과장은 노인분들에게는 관찰 기간을 조금 더 늘려야겠다고 설명하면 된다고, 치매 노인들에게는 으레 그런 식으로 설명을 한다며 우리를 안심시켰다. 아버지를 속인다는 것, 배신한다는 것이 슬펐다.

마침 배우자들을 면회하러 그곳에 왔던 조너던과 패티가 우리를 위로해 주었다. 나는 치매 환자 가족 모임 자리에서 아버지를 시설에 보내려 한다는 얘기를 한 바 있었다. 조너던은 부인 엘리자벳을 몇 주일 전에 이곳에 보내고 아직 힘들어하는 중이었다. 따라서 조너던은 우리의 심정을 누구보다도 잘 알고 있었다. 우리가 시설에 도착했을 때 조너던은 맞은편 문에서 우리를 보고 손을 흔들었다. 조너던이 우리에게 같이 점심 먹으러 가자고 하여 우리는 식당으로 갔다. 조너던은 우리가 마음을 추스를 수 있게 도와 주었다.

패티는 당시 시설에서 우리 부부를 보고 우리에게 인사를 하려 했으나 우리가 문을 닫고 사회복지 과장과 얘기를 나누고 있어 그러지 못했다고 뒤에 털어놓았다. 패티의 남편 랠프가 고개를 약간 갸우뚱한 채 희미하게 미소를 지으며 사랑스런 하늘색 눈에 애정을 가득 담아 자기 부인을 바라보는 모습은 내 마음에 깊은 인상을 남겼다. 랠프는 젊었을 때 대단히 매력적인 모습이었을 것임을 짐작할 수 있었다. 이런 남편을 시설에 보내야 했던 패티의 심정은 오죽했으랴.

아침 9시부터 밟기 시작한 입소 절차는 12시 45분에야 끝이 났다. 아버지한테서 물려받은 나의 꼼꼼하고 집요하고 질문하기 좋아하는 성격은 여기서도 그 진가를 발휘했다. 질문하기 좋아하고 메모하는 습관을 지닌 아버지를 나는 존경했다. 내가 어렸을 때 아버지는 매사를 꼼꼼히 메모해 두곤 했었다. 지금 나는 그때의 아버지와 똑같은 행동을 하고 있었다. 한술 더 떠 나는 아버지와 관련된 모든 기록들 — 심리 · 사회성 검사, 입소 기록 등등 — 을 보관해 둘 것도 요구했다.

사회복지 과장이 아버지에게 시설로 들어오기 전 1년 간 및 그 이전의 생활 형태에 대해 질문을 하는 형식으로 실시한 심리 · 사회성 검사 결과, 아버지는 뭐든지 읽고 손으로 기계나 공구 · 전자 제품 등을 다루

는 일을 좋아하는 것으로 나왔으며, 일을 많이 하기 때문에 가족과 같이 있는 시간은 많지 않은 것으로 기록되었다. 사회복지 과장은 아버지에게 나 말고도 자식들이 더 있는지를 물었다. 두 명 더 있다고 내가 대답하자 과장은 그들도 이곳에 면회 올 수 있느냐고 물었다. 나는 어느 정도 확신에 찬 태도로 말했다.

"그럴 것 같진 않은데요."

우리는 언니에게 아버지를 치매 노인 요양시설로 보내려 한다고 이메일을 보냈으나 언니는 이메일을 받았다는 답장조차 보내지 않았다.

우리는 사회복지 과장에게 왜 그런 걸 묻냐고 물었다. 사회복지 과장은 이러한 정보가 아버지의 상태를 판단하는 기준을 내리는 데 도움이 되고, 법적 소송이 벌어질 경우 기록으로 참고할 수 있다고 했다.

남편이 물었다.

"법적 소송이라뇨?"

사회복지 과장은 가족들에 따라서는 재산을 탐내어 매일 노인을 찾아와서 참견하는 사례가 있다고 설명했다.

우리는 간호부장도 만났다. 아버지의 건강관리와 관련하여 우리가 결정을 내려야 하는 부분이 있었다. 만일의 경우에 아버지에게 소생술을 시행하거나 생명 유지 장치를 달게 할 것인지에 대해 우리는 가부 표시를 해야 했다. 우리는 '예', '아니오' 식의 대답 대신 먼저 시설에서 아버지에게 심폐소생술을 시도한 다음 병원으로 이송시켜 의사의 진단을 받고 생명 유지 장치의 단계를 선택하기로 했다. 어떻게 '예' 혹은 '아니오'로만 대답하도록 하는지 기가 막혔다. 만일에 우리가 '아니오'로 적어 놓았다가 아버지의 심장 박동이 사소한 이유로 잠시 멈추었다면 아버지는 다시 소생할 기회를 박탈당하고 꼼짝없이 돌아가시고 말 것이다.

아버지는 일전에 생명 유지 장치에 대한 견해를 밝힌 바가 있었다. 밀워키 집의 부엌과 지하실에서 우리는 그 문제에 대하 얘기를 나눴던 걸 나는 기억하고 있다. 아버지는 상황을 돌이킬 수 없고 그 상황이 마냥 이어질 경우라면 당신의 생명을 연장시키고 싶지 않다고 말했다. 우리의 심정과는 상관없이, 그것은 아버지의 생명이었고, 아버지가 어떻게 살고 언제 돌아가시기를 바라는가에 대해서는 아버지의 의사가 우선한다고 우리는 생각했다. 아버지는 말했다. "생명 유지 장치만이 내 생명을 유지하는 유일한 수단이라면 날 그냥 죽게 놔 두렴."

샐리는 자신의 아버지에 대해 이러한 결정을 막 내린 상황이었다. 아버지의 뜻을 존중하여 그녀는 아버지에게 인공투석기를 달지 말아 달라고 요청했다. 샐리 아버지의 신장은 제 기능을 발휘하지 못하고 있었다. 신장에 의해 걸러지지 못한 독소가 온몸에 퍼지면 샐리의 아버지는 돌아가실 것이다. 샐리는 이 때문에 괴로워했다. 그때가 오면 나는 그녀에게 힘이 되어 주리라고 마음먹었다.

언니, 오빠라면 이럴 때 어떤 결정을 내릴지 궁금했다. 언니, 오빠는 나처럼 아버지의 뜻을 존중하지는 않을 거라는 생각이 들었다. 그런 생각을 하니 아버지의 대리인으로서의 역할을 해나가는 데에 좀더 힘이 나는 느낌이 들었다. 어머니의 상태가 악화되었을 때 오빠가 병원 측에 아무도(심지어는 언니와 나조차도) 어머니를 면회 오거나 어머니와 얘기를 나누지 못하게 해달라고 요청했던 일이 떠올랐다. 오빠는 가족들이 함께해야 하는 순간이면 다른 형제들을 소외시키고 배척시키는 경향이 있었다. 한편 언니는 어려운 일이 닥치면 어쩔 줄을 몰라하며 울기부터 했다. 언니는 매사에 너무 감정적이었고, 판단을 내리는 능력이 부족했

다. 언니가 감정적으로 미숙하고 유약하다고 내가 지적하면 사람들은 나더러 언니를 좀더 이해하라고 했다. 하지만 나는 그럴 수가 없다. 이런 나를 억세고 독하다고 할지 모르지만 나는 이것이 바로 우리의 인생이라고 생각한다. 인생이란 뿌린 만큼 거두는 것이다. 그런데 지금 나는 너무 많이 뿌리고 있다!

오후 5시 43분이다. 오늘 저녁 루 아저씨가 우리 집에서 저녁식사를 하기로 했다, 남편은 강낭콩 요리를 하고 있다. 강낭콩을 삶고 있는 압력솥에서 칙 하고 김 빠지는 소리가 들린다. 아버지는 지금 뭘 하고 있을까? 당장 아버지 방으로 달려가 아버지 얼굴을 보고 싶다. 하지만 이제 아버지는 이곳에 없다.

12

# 탈출소동

아버지는 '탈출소동'이 일어났던 그 시설에 지금도 여전히 살고 있기 때문에 본 장을 이 책에 넣는 것은 나로서도 무척 조심스러웠다. 그럼에도 불구하고 내가 이 책에 본 장을 넣은 것은 사람들이 요양시설을 상대로 해서도 자신들의 권리를 주장할 수 있도록 도움을 주기 위해서다. 이를 위해 나는 우리의 권리를 알고 이를 지켜 나갈 것을 제시한다. 우리 같은 사람들에게 있어서는 전문 요양시설이야말로 우리가 취할 수 있는 최적의 선택안이 될 수 있기 때문이다.

아버지가 문으로 들어서는 모습을 본 지 불과 열두 시간 만에 기가 막힌 전화를 받았다. 루 아저씨와 막 저녁을 먹고 한숨 돌리던 참에 경찰서에서 전화가 왔다. 아버지가 시설에서 사라졌다는 거였다! 나는 충격을 받았다!

지난 며칠 간 아버질 보낼 준비를 하느라 우리는 지칠 대로 지쳐 있는 상태였지만 몸을 추슬러 아버지를 찾아 나섰다. 경찰은 아버지를 계속 찾아보았으나 찾아내질 못했다고 말했다. 루 아저씨가 우리에게 도와 주겠다고 했다. 심장은 뛰고 에너지는 바닥난 상태에서 우리는 아드레날린으로부터 힘을 얻었다.

우리는 몇 분 간 계획을 짰다. 루 아저씨는 남편에게서 휴대전화를 받아 길 하나를 따라가며 아버지를 찾아보기로 했고, 남편과 나는 또 다른 길을 찾아보기로 했다. 누구든 아버질 찾아낸 사람이 상대쪽에 전화를 하기로 했다. 나는 시설에 전화를 걸어 내 핸드폰 번호를 알려 주고, 우리가 아버지를 찾아 나서려 한다고 얘기했다.

남편과 나는 이곳저곳을 둘러보았다. 가게 안에도 들어가 보고 인근 병원에도 가 보고, 거리를 샅샅이 훑어 내려갔다. 아버지와 인상착의가 비슷한 사람을 보았다는 사람들도 있었고, 그런 사람은 보지 못했다는 사람들도 있었다. 친절하게도 사람들은 아버지 같은 사람을 보면 우리에게 전화를 주겠다고 말했다.

우리는 계속 아버지를 찾아다녔다. 중간에 시설에 두 차례 들러 총무와 관리 직원들과도 이야기를 나눴다. 정말 악몽 같은 시간이었다. 집으로 돌아오자마자 나는 기억나는 대로 일기장에 이

상황들을 바로 적어 내려갔다. 이를 기록해야 될 필요성이 느껴졌다. 글을 쓰다보면 마음도 다소 가라앉힐 수 있을 것 같았다.

**1997년 1월 31일 금요일 밤 12시 26분**

아버지가 사라졌다! 간호부장이 아버지를 마지막으로 본 시각은 저녁 7시 15분경이고, 아버지를 돌봐 드리던 아르메니아계 효도우미가 아버지를 마지막으로 본 시각은 저녁 7시 20분경이었다고 한다. 도우미 말에 따르면 그녀와 아버지는 함께 텔레비전을 보며 아르메니아 말로 예전의 좋았던 시절에 대해 얘기를 나눴다고 한다. 그러다가 도우미가 먹을 것을 가지러 잠깐 나갔다가 돌아와 보니 아버지가 없어서 방으로 들어간 줄로 알았다고 했다.

간호부장은 8시 20분에 아버지가 어디에도 없다는 전화를 받았다고 했다. 아버지가 사라진 사실을 시설의 직원들이 안 것은 8시경이었다. 노인들에게 투약을 하고 입실 여부를 확인하는 시각이었다. 그런데 그들은 아버지가 사라진 사실을 알고 한 시간이나 지난 9시에야 우리에게 전화를 했다.

총무는 저녁 8시에 면회객들 여러 명이 시설을 나갔는데 그때 아버지도 그들 속에 섞여 같이 나간 것 같다고 말했다.

남편과 나는 아버지가 집을 찾아가겠다고 길을 나선 건 아닐까 싶어 도로를 따라 시설로 차를 몰고 갈 때 속도를 늦춰 길을 살폈다. 날이 어두운 데다가 아버지의 정신도 온전치 못하니 사실 그 길에서 아버지와 마주칠 가능성은 적었다. 요양시설로 들어가는 길에 있는 교회 뒷길로 차를 모는데 불빛이 보였다. 혹시 우리가 아는 사람들일까 싶어 살펴보니 아는 이들은 아니었다. 우리는 그 사람들에게 아버지의 인상착의를 설명하며 혹시 그런 사람을 보았느냐고 물었다. 그들은 보지 못했다고 했다. 두려움에 몸이 떨려 왔다. 아버지를 위한답시고 캘리포니아로 모시고 왔는데 이런 일이 벌어지다니! 우리 차는 복잡한 거리를 계속 달렸고, 우리는 거리를 유심히 살펴보았으나 아버지는 보이지 않았다.

시설에 들어서니 앞에 경찰차가 주차되어 있었다. 우리는 경찰에게 아버지를 어떻게 찾고 있느냐고 물었다. 경찰은 아이들이 사라졌을 경우에는 동네 집집마다 찾아다니며 탐문 조사를 하지만, 아버지의 경우는 성인이기 때문에 그렇게는 할 수 없다고 말했다. 나는 그들에게 만일 그 성인의 사고능력이 아이 수준일 경우에는 어떻게 되느냐고 물었다. 경찰은 그런 경우의 탐문 조사를 해본 적이 없다고 했다. 도대체 세금은 어느 때 쓰라고 그렇게 열심히 내는 건지 모를 일이다.

우리는 시설을 나와 계속 아버지를 찾아 돌아다녔다. 어느새 한 시간이 흘렀고, 시간이 지날수록 우리는 희망도 잃어갔다. 두 시간이 지나자 그만 포기하고 싶은 마음이 들었다. 아버지는 어느 곳에도 없었다. 어떡해야 하나? 갑자기 전화벨이 울렸다. 아버지를 찾았다는 것이다. 아버지는 우리 고장이 아닌 로자몬드라는 지방에서 발견됐다. 어떻게 거기까지 간 걸까? 우리는 루 아저씨에게 전화를 걸어 시설로 와 달라고 부탁했다. 아저씨의 도움이 필요했다.

시설에 가 보니 총무와 간호부장이 총무실에 앉아 있었다. 들어가자마자 심상치 않은 분위기가 감지됐다. 느낌이 이상했다.

내 귀에 먼저 들어온 말에 나는 기가 막혔다. "댁의 어르신을 저희가 계속 모실 수 있을지 모르겠어요."

어떻게 치매 노인 전문 요양시설의 총무라는 사람의 입에서 저런 말이 나올 수가 있을까. 나는 아버지의 대리인이므로 아버지를 지켜 드려야 할 책임이 있었다. 이곳 시설은 직무를 태만히했고, 아버지를 곤경에 빠뜨렸다.

아버지가 시설로 들어오기 전에 원장과 주임은 자기네 시설의 안전 경비 장치에 대해 설명했었다. 그들은 우리에게 15초 시스템이 설치된 문들을 보여 주었다. 누군가가 문을 밀면 경보음이 울리고, 15초 뒤에 잠금장치가 풀리고 문이 열린다. 효도우미가 문가로 달려가 수용 노인들이 밖으로 나가는 걸 막기에 충분한 시간이다. 또한 로비에는 폐쇄회로가 설치되어 있어 사람들이 드나드는 것을 체크한다는 얘기도 들었다. 그리고 아버지가 새로운 환경에 적응하고 편안함을 느끼게 될 때까지 처음 2주 간 직원들이 특별히 더 신경 써서 아버지를 보살펴 드릴 거라며 시설 측은 우리를 안심시켰었다. 아버지가 입소한 뒤 직원들은 아버지가 아주 좋고 재미있는 분이라 자기네들도 기쁘다고 떠들어 댔었다.

약속은 제대로 지켜지지 않았다. 경보음은 울리지 않았다고 했다. 누군가 프런트 데스크에서 지켜보고 있었다면 어떻게 아버지가 면회객들 속에 한데 묻혀 밖으로 나갈 수 있었을까? 프런트 데스크에 앉아 있는 사람은 그런 일을 보고 있어야 하는 것 아닌가?

몇몇 면회객들은 문을 여는 비밀번호를 알고 있다고 들었다. 우리가 이를 총무에게 물어 보니 총무는 면회객들은 비밀번호를 알지 못한다고 대답했다. 하지만 그간 이곳을 세 번 찾았는데, 직원들은 외부인인 내가 보고 있는데도 전혀 가리는 법 없이 네 자리의 비밀번호를 입력했었다. 그들은 비밀번호를 입력할 때 외부인이 보지 못하도록 가리려는 시늉조차 하지 않았다. 현금자동인출기를 이용하거나 현금 카드를 사용할 때 남들이 비밀번호를 보지 못하도록 잘 가리라는 주의를 듣지 않는가. 그런데 이곳의 직원들은 외부인들이 빤히 보는 앞에서 비밀번호를 입력했다. 총무는 문의 비밀번호를 매달 바꾼다고 말했다.

시설 측은 자신들이 규정을 엄격히 지키고 있음을 누누이 강조했는데 나는 그 점이 오히려 더 마음에 걸렸다. 아버지에게 배회하는 버릇이 있다는 사실을 우리는 알고 있었고, 이 사실을 이곳의 원장과 사회복지 과장에게 알렸었다. 그들은 알겠다며 자신들은 그런 노인들을 다루는 요령을 잘 알고 있다고 우리를 안심시켰었다. 이곳에 있는 다른 노인들 중에도 그런 버릇을 가진 이들이 있다는 말도 했다. 하지만 아무리 좋은 규정이 있어도 지키지 않으면 무슨 소용이랴?

간호부장은 아버지를 담당했던 간호사와 효도우미에게 벌점을 내리겠다고 했다. 이 여자는 지금 여기서 뭐가 문제인지를 모르는 건가? 나는 벌점을 매기거나 혼낼거리를 찾아낼 필요는 없다고 말했다. 수용 노인들의 안전을 위해 원인을 찾아내는 것이 필요했다. 간호부장은 내가 자신의 직원들을 벌주기를 원하지 않는다고 말하자 안도하는 기색이었다. 나는 이곳 직원들이 과연 규정을 잘 지키고 있는지를 재점검해 보고 싶었다. 이러한 의사를 밝히자 총무는 좋은 제안이라며 자신들도 규정 준수에 더욱 유념하겠다고 말했다.

내게 나쁜 의도가 없음을 알았는지 총무는 솔직하게 털어놓았다. 직원들 옆에 붙어서 일일이 관리할 수는 없는 노릇이고 제대로 자격을 갖춘 효도우미를 구하기가 쉽지 않다고 했다. 그녀는 "고소를 할 테면 하라, 자신은 굳이 막을 생각은 없다, 어쨌든 자신이 최우선으로 고려하는 것은 수용 노인들의 안전이다."라는 말도 했다. 나는 고소를 할 생각은 전혀 없었다. 지금 여기서 문제의 초점이 무엇인데? 문제가 되는 것은 규정을 제대로 준수했느냐의 여부 아닌가.

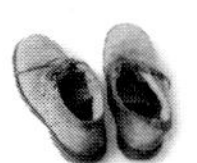

남편도 입을 열었다. 우리가 처음 이곳 시설을 둘러볼 때 직원들은 수용 노인들이 사람들 틈에 섞여 밖으로 나가려고 한다는 얘기를 우리에게 들려줬었다. 노인들이 이곳에 온 첫날 도망갔던 사건이 두세 건 있었다고 효도우미가 얘기해 줬었다. 아버지가 이곳에 들어가기 전에 직원들은 우리 부부에게 자기네들은 노인들의 가출벽을 잘 알고 있고 거기에 잘 대처하고 있다고 말하며 우리를 안심시켰었다.

총무가 전화를 받았다. 경찰이 아버지를 데리고 도착했다는 거였다. 떠들썩한 소리가 들려왔다. 우리는 자리에서 일어섰다. 아버지가 효도우미 두 사람의 부축을 받으며 건물 뒤쪽에서 걸어오고 있었다. 겨울 저녁이라 쌀쌀한데 아버지는 달랑 플란넬 셔츠와 바지, 야구모자 차림이었다. 옷매무새가 너저분했다. 셔츠자락 반이 바지 밖으로 비어져 나와 있었고, 바지 주머니 한쪽은 안감이 밖으로 삐죽 나와 있었다. 내가 아버지를 어루만지자 아버지는 추워하는 것 같았다. 불안하고 초조해 보였다.

나는 아버지에게 어떻게 된 일이냐고 물어 보았으나 아버지는 무슨 일이 벌어졌었는지를 제대로 알지 못하는 것 같았다. 아버지는 설명하기를 아르메니아 사람들과 이야기를 나눈 뒤 사람들에게 문 밖으로 나가게 해달라고 부탁했고, 그 뒤 계속 걸었다는 것이다. 아버지는 당신이 이틀 밤을 지샜다고 주장했다. 아버지는 재킷도 걸치지 않고 나간 데다 얻어 탄 트럭도 히터가 작동되지 않아 추웠다고 한다. 아버지는 걷고 걷고 또 걸었단다. 도로변을 그렇게 마냥 걷는 아버지를 어느 트럭 운전사가 보고 차를 세웠고, 운전사가 좋은 사람 같아 보여서 아버지는 그 차에 탔다고 한다. 그리고는 아버지 표현에 의하면 '상황이 발생한 장소로 갔다.' 고 한다.

아버지를 찾은 것은 밤 11시경이었다. 우리는 경찰서에 전화를 걸어 좀더 자세한 진술을 하기로 했다.

효도우미가 아버지를 방으로 데려가 쉬게 했다. 우리는 총무실로 돌아갔다. 총무와 간호부장은 자신들도 아버지에 대해 무척 염려하고 있다며 둘 중 한 사람은 시설에 남아 밤 동안 아버지를 돌보겠다고 했다. 그렇게 하지 않으면 자기 마음부터가 불안하다고 간호부장은 말했다.

더 할 얘기도 할 일도 없었기 때문에 우리는 인사를 하고 나왔다. 루 아저씨와 남편과 나는 우리 차에 앉아 일어났던 일에 대해 얘기를 나눴다. 루 아저씨 역시 총무와 간호부장의 무신경함과 규정 불이행이 걱정된다고 했다.

잠시 후 총무와 간호부장이 건물에서 나와 자신들의 차를 향해 걸어오는 모습이 보였다. 두 사람 다 코트 차림에 손에는 뭔가를 잔뜩 들고 있었다. 나는 놀라지 않을 수 없었다. 조금 전에 두 사람 중 하나는 시설에 남아 아버지를 돌봐 드리겠다고 분명히 말하지 않았던가. 주차장에는 우리 차와 그들 차만 주차되어 있었다. 그들은 우리가 차 안에 앉아 있는 것을 보고 자기네들끼리 한동안 속닥거리더니 간호부장은 차를 몰고 갔고 총무는 건물 안으로 다시 들어갔다. 루 아저씨와 남편과 나는 한동안 더 얘기를 나누다가 아저씨는 아저씨의 차를 타고 우리는 우리 차를 타고 집으로 돌아왔다.

몇 시간 눈을 붙이고 일어난 뒤 나는 생각을 정리해 보았다. 총무는 아버지를 도로 모셔가라고 말했었다. 기가 막혔다. 그간 우

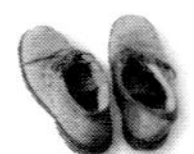

리도 여러 모로 얼마나 생각하고 검토하고 답사하고 물어 보고 겪어 봤던가. 현재로서는 그곳이 아버지를 위한 최선의 장소였다. 나는 이미 벌어진 이 사태를 이해해야만 했다. 자꾸 신경이 날카로워지는 것을 어찌할 수 없었다. 스트레스가 너무 심해 음식을 먹을 수도 제대로 잠을 잘 수도 없었다. 기진맥진했다. 자칫 고소하는 사태에 이르게 될지도 모르니 모든 것들을 기록해 두어야 겠다는 생각이 들었다.

나는 컴퓨터에 다음의 내용들을 기록해 나갔다. 써 나가는 동안 한결 자세한 내용들이 머릿속에 생생히 떠올랐다. 모든 것을 기록해 둬야겠다는 생각에 빠른 속도로 타이핑을 하다 보니 안 그래도 좋지 않은 목과 어깨 근육이 당겼다.

**오전 10시 41분**

'나의 권리는 무엇인가' 에 대해 생각하며 앉아 있다. 이 특별한 상황에 대해 내가 행사할 수 있는 법적 권리에 대해 알고 싶으니 전화해 달라고 변호사에게 메시지를 남겼다.

그라나다 힐스 지역 병원 노화 연구 센터의 소장에게도 전화를 걸어 임상 연구 실험 참여자의 의무 사항의 일환으로 이번 사건에 대해 보고했다. 사건의 전모를 들은 소장은 놀란 듯했고 우려를 표명했다. 그녀는 내게 앞으로 어떻게 할 거냐고 물었다. 그녀는 내가 시설을 신뢰할 수 있을지를 궁금해했다. 그녀는 그런 시설에서 일하는 사람들이라면 치매 노인들을 다루는 요령을 마땅히 알고 있어야 한다고 말했다.

그날은 아버지가 시설에 들어온 첫날임을 감안하여 아버지가 친근감을 느낄 수 있도록 직원들이 좀더 신경을 기울였어야 했다고 덧붙여 말했다. 소장은 자신이 시설에 전화를 걸어 얘기를 해주겠다고 했다.

내가 바라는 결과가 무엇인지를 나는 생각해 보았다. 시설의 경영관리진들은 자기네들의 정책을 살펴보고 그것을 지켜야 할 필요가 있었다. 그들은 밖으로 나가려고 하는 노인들을 다루는 요령을 알고 있다고 우리에게 말했었다. 가령 밖으로 나가려고 문을 쾅쾅 두드리며 소리를 지르는 할머니가 있다고 하면 할머니의 주의를 딴 데로 돌려 안으로 데리고 들어간다는 것이었다. 그런 그들이 어째서 우리 아버지가 나가는 건 보지 못했다는 것인가? 어제 총무는 효도우미가 개인적 용무로 전화 통화에 열중하다 보면 아버지가 나가는 것을 보지 못할 수도 있다고 했다. 자신들의 책무에 대해 어떻게 이런 식으로 말할 수 있는 것인지 나는 이들의 태도를 받아들일 수가 없었다.

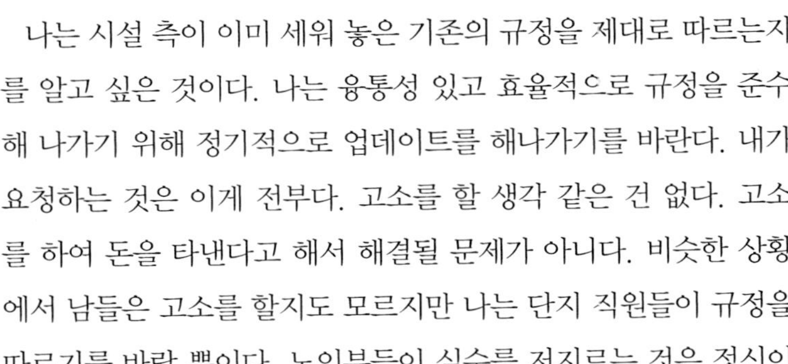

나는 시설 측이 이미 세워 놓은 기존의 규정을 제대로 따르는지를 알고 싶은 것이다. 나는 융통성 있고 효율적으로 규정을 준수해 나가기 위해 정기적으로 업데이트를 해나가기를 바란다. 내가 요청하는 것은 이게 전부다. 고소를 할 생각 같은 건 없다. 고소를 하여 돈을 타낸다고 해서 해결될 문제가 아니다. 비슷한 상황에서 남들은 고소를 할지도 모르지만 나는 단지 직원들이 규정을 따르기를 바랄 뿐이다. 노인분들이 실수를 저지르는 것은 정신이

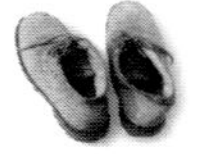

허물어지는 병을 앓고 있기 때문이지 그분들의 잘못이 아니다. 그분들을 계속 돌보아 나가야 하지 않는가!

**오전 10시 49분**

내키지는 않지만 시설에 전화를 걸어야겠다. 아버지가 어떤지 궁금하니까.

**오전 11시 14분**

한 사람, 이어 또 한 사람과 통화를 하면서 컴퓨터에 이걸 적고 있다. 간호부장과 통화되기를 기다리고 있다. 먼저 나는 아버지에 대해 총무와 얘기를 나누며 시설에 있는 노인분들 중에 시설 밖으로 나가려고 하는 분들이 있었으며, 또 그녀가 알고 있는지를 알아내려 했다. 총무는 자신은 이 시설이 문을 열고 총무로 일하기 전에 21년 동안 건강관리 분야에 종사해 왔다고 했다. 그녀는 원생이 실수로 시설을 빠져나갔던 사례는 전혀 들어 본 바가 없다고 딱 잡아뗐다.

아버지에 대해서 어떤 사항들을 인지했느냐고 내가 그녀에게 묻자 자신은 의료 전문가가 아니기 때문에 그 부분은 간호부장이 전담 관리한다고 했다. 또 그녀는 탁노소의 로버타에게 전화를 걸어 이야기를 나눴다고 했다. 그녀는 원생의 안전과 적절한 보호를 언제나 최우선으로 두고 있다는 말을 반복했다. 이런 그녀의 말에도 불구하고 그녀가 책임을 회피하려 하고 있다는 생각이 자꾸만 드는 것을 어쩔 수가 없었다.

간호부장이 수화기를 들었다. 그녀는 자신이 지난 밤에 아버지를 보러갔을 때는 주무시고 계셨기에 오늘 아침에 아버지와 이야기를 나눴다고 했다. (총무 역시 같은 말을 했다.) 아버지는 간호부장에게 자신에게는 다른 주에 사는 아들이 하나 있는데 결혼하여 아이들도 있다고 얘기했다고 한다. 브렌다라는 이름의 딸도 하나 있다고 했단다. 간호부장이 아버지에게 과거에 대해 얘기해 달라고 하자 아버지는 언제까지로 거슬러 올라가야 하느냐고 물었다고 한다. 아버지는 당신이 아르메니아에서 태어난 사실도 알고 있다고 했다. 간호부장은 아버지의 뇌기능이 비교적 괜찮으니 만큼 굳이 치매 노인 요양시설에 있을 필요가 없을 것 같다는 의견을 내놓았다. 총무 역시 아버지 같은 분이 과연 자기네 시설에 있어야 할지 의문이 든다고 말했었다. 의문이 들 것도 어지간히 없나 보지! 간호부장은 행정감찰관과 주 정부의 시설 관리위원회에 연락을 하여 이 상황에 대해 보고를 올리겠다고 했다. 그런 다음 간호부장은 다른 전화를 받아야 하니 나더러 전화를 끊지 말고 기다리라고 했다.

이런 시간 낭비를 하고 있어야 하다니! 짜증이 났다. 간호부장이 다시 수화기를 든 것은 그로부터 5분이 지나서였다. 그녀는 자신이 방금 그라나다 병원 노화센터 소장과 통화를 했다고 밝혔으나 어떤 대화를 나눴는지에 대해서는 내게 얘기해 주지 않았다.

그녀는 11시 30분으로 잡혀 있는 회의에 빨리 가봐야 하는 것 같았다. 내가 나중에 전화를 다시 하냐고 묻자 그녀는 그럴 필요 없다며 할 얘기가 있으면 지금 빨리 하라고 했다. 내가 얘기를 하긴 했지만 그녀는 내 말을 귀담아 듣는 것 같지 않았다. 그녀는 그냥 건성으로 내 말을 듣고 있었다. 나는 그녀에게 문의 비밀번호를 바꿨느냐고 물었다. 그러자 그녀는 그런 일은 총무부 관할이기 때문에 자신은 알지 못한다고 대답했다. 그 문제는 지난 밤에 우리가 대화를 나눴던 주된 이슈 중

의 하나였는데 대수롭지 않게 넘겨 버리려 하는 그녀의 태도가 이해되지 않았다. 나는 그녀에게 오늘도 문을 들어설 때 어제와 같은 비밀번호를 눌렀느냐고 물었다. 그녀는 서슴지 않고 그렇다고 대답했다. 나는 비밀번호를 바꾸는 것이 안전도를 향상시켜 나가는 첫 단계라고 전날 밤 그녀와 총무에게 제안했던 얘기를 또다시 되풀이했다. 그녀는 이 얘기를 총무에게 전달하겠다고 말했다.

통화를 끝내면서 그녀는 자신들이 할 수 있는 부분이 있으면 언제라도 전화를 달라고 말했다. 내게 그 말은 친절을 가장한 위선으로 느껴졌다.

"제발 비밀번호부터 바꿔 놓으세요, 그게 첫 단계예요." 라고 내가 말하자 간호부장은 "으음" 하며 얼버무렸다.

**1997년 2월 6일**

정말 너무 끔찍하다! 주의하지 않았으면 꼼짝없이 당하고 말았을 것이다.

왜 이렇게 쓸데없이 요구되는 절차, 형식, 규정은 많은 건지!

그러니까… 경위는 이랬다.

4일 화요일, 나는 아버지가 있는 시설에서 열린 치매 환자 가족 모임에 갔다. 모임은 9시 30분에 시작하기로 되어 있었다. 사회복지 과장이 9시 40분에 들어오더니 늦어진 데 대해 사과를 했다. 나는 그녀의 말을 경청하며 앉아 있었다. 이 모임은 정말 흥미롭고 실질적으로 도움이 되었다. 잠시 뒤 문에서 간호부장이 사회복지 과장을 불렀다. 간호부장과 잠시 얘기를 나눈 뒤 사회복지 과장은 다시 안으로 들어왔다. 10시가 조금 넘었을 때 내가 첫 질문을 했다. 사회복지 과장은 내게 질문할

게 더 있냐고 물었다.

나는 아니라고 대답하며 왜 그런 걸 내게 물을까 의아하게 여겼다.

이어서 그녀는 내게 할말이 더 있느냐고 물었다.

나는 고개를 저으며 아니라고 대답했다.

사회복지 과장은 내게 "왜 물어 봤냐 하면 당신은 10시에 면담이 잡혀 있거든요." 라고 말했다.

나는 그녀에게 물었다.

"네? 뭐라고요?"

당사자도 모르는 면담이 잡혀 있다니? 나는 다시 물었다.

"누구랑요?"

그녀는 어떤 남자가 나를 만나고 싶어한다며 자리에서 일어서더니 자신을 따라오라고 손짓을 하며 밖으로 나갔다.

"누굴까?"

나는 공책을 집어넣고 아버지에게 드리려고 가지고 온 물건들을 챙겨 들고 사회복지 과장을 따라 서둘러 방을 나왔다.

나는 다시 물었다.

"누구랑요?"

그녀는 어떤 이름을 댔다. 그 사람이 누구냐고 내가 묻자 그녀는 놀라며 "그 사람이 누군지 진짜 모르시는 거예요?" 하고 물었다.

"그 사람이 누군데요?"

"이런 종류의 일들을 처리해 나갈 수 있게 그분이 당신을 도와 줄 거예요."

그녀는 성큼성큼 복도를 지나 사라져 갔고 나는 그녀를 따라 가느라 허둥댔다. (복도에는 노인분들이 느릿느릿 걸어다니고 있었기 때문에 빨리빨리

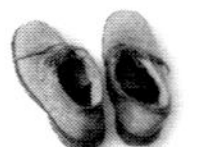

따라가기가 쉽지 않았다.)

내가 그녀를 따라 들어간 곳은 총무실이었다. 그곳에는 왼쪽에 간호부장이 바닥을 쳐다보며 앉아 있었고, 오른쪽으로는 내가 앉을 의자가 있었고, 의자 옆에 한 남자가 서 있었다. 그는 시설 측 변호사였다.

이건 완전 포위 당한 꼴이었다! 이 사람들 어떻게 나한테 이렇게 나올 수가 있지? 치매 환자 가족 모임에서까지 끌어내어 이런 데로 데려오다니! 나는 마음을 진정시키려고 애썼다. "당신네들, 무슨 이유로 이렇게 삼대일로 자리를 마련한 거지요?"라든가 "내 변호사를 부르겠어요."라는 식으로 말할 수도 있었으나 나는 그러지 않았다. 이런 자리에 서라도 이들이 자신들의 무책임했던 자세를 뉘우치고 해결책을 마련한다면 다행이라고 여겼다.

어색한 인사와 악수를 나눈 뒤 나는 그들에게 "당신네들이 하는 얘기를 들어 주겠다. 이어서 나도 내 할말을 하겠다."고 말했다. 그런 다음에 나는 아버지를 면회하고 시설을 나와 머리를 식힐 생각이었다.

그들은 내 말을 무시하며 자기네들이 내게 보낸 편지를 받았느냐고 물었다.

"아니오."

그들은 토요일에 받아 볼 수 있게 편지를 페덱스(FedEx)로 부쳤다고 했다.

"아, 페덱스 우편물을 보낸 사람들이 당신들이군요. 우편물을 놓아두고 갈 수 있게 서명을 부탁하는 통지서를 3일 월요일에 받았어요. 오늘(4일, 화요일) 들어올 거예요."

총무는 실망스럽다는 표정을 짓더니 작성했던 편지를 지금 복사해서 주겠다고 했다.

편지를 읽던 나는 너무 기가 막혀 할말을 잃었다. 내용에 정신을 집중할 수가 없어 편지의 문법과 맞춤법을 들여다보았다. 첫 문단은 종결어미가 제대로 쓰여지지도 않았을 뿐 아니라 문장부호도 제대로 들어가 있지 않았다. 이걸 보니 나는 이상하게도 더 힘이 났다.

애버디언 여사께,

1997년 1월 30일 본 시설에 입소하신 귀하의 부친 마틴 애버디언 씨에 대하여.

애버디언 어르신은 본 시설에 입소하신 날 밤에 이곳을 빠져나가는 사건을 일으키셨고, 오늘 1월 31일에도 가출 기도를 하셨기 때문에 저희는 애버디언 어르신의 안전을 보장해 드릴 수가 없다고 사려됩니다.

본 시설은 노인성 치매 질환을 앓으시는 분들을 위한 안전 시설이지 감금 시설이 아닙니다. 여타의 보호 시설이 그렇듯 본 시설에서 지내시는 분들 역시 본 시설을 나가실 권리가 있습니다.

애버디언 어르신의 법적 대리인으로서 어르신을 위한 보다 적합한 장소를 즉각 준비해 두시기 바랍니다. 귀하의 계획을 2월 3일 월요일까지 저희에게 통보해 주시기 바랍니다.

본 시설에서의 생활이 성공적이지 못했던 부분에 대해서는 애석하게 생각하는 바입니다만 저희가 최우선으로 두는 것은 본 시설에 계신 어르신들의 안전과 안녕입니다.

1997년 1월 31일

총무

사본소지인 : 전속변호사

편지가 작성된 날짜는 사건이 일어난 하루 뒤였다. 노인성 치매 환자들을 전문으로 돌본다는 곳에서 힘들다고 이렇게 안달을 하며 나가라고 독촉하다니!

어이가 없을 뿐이었다. "본 시설에서의 생활이 성공적이지 못했다.", "2월 3일까지 통보해 달라." 며 잘도 떠들어 대고 있었다. 정작 나는 아직 편지도 받아보지를 못했는데 말이다! 이런 식으로 책임에서 손떼려고 하다니! 나는 화가 나는 한편 두렵기도 했다. 이대로 당하고 있을 수는 없다. 나는 나의 권리를 찾아야 했다.

이곳은 노인성 치매 환자들을 전문으로 돌보는 시설이다. 처음 들어와서 며칠 간은 나가려고 하는 노인들이 있다는 사실을 그들도 잘 알고 있다. 새로 들어오는 노인분들에게 처음 몇 주 간 특별히 더 주의를 하여 관찰한다며 관리 직원은 우리를 안심시켰었다.

그들은 어리석은 짓을 하고 있었다. 그들은 자기네들이 만든 규정을 지키지 않았고, 이제 와서는 그로 인한 책임을 회피하고 있었다. 그런 그들을 도무지 이해할 수가 없었다!

나는 그들이 보내온 편지를 살펴보기에 앞서 경찰서, 아버지의 정신능력으로 판단해 볼 때 그 시설이 적합하다고 주장했던 아버지의 담당의사, 이 시설의 의료국장, 행정감찰관, 변호사, 친구 등에게 전화를 걸었다.

변호사와 행정감찰관들은 시설이 아버지를 내보내려면 다음의 다섯 가지 중에 하나라도 해당되는 부분이 있어야 한다며 나를 안심시켰다.

1. 시설이 운영을 중단하게 될 경우
2. 시설 거주자가 대금을 내지 않을 경우

3. 시설 거주자의 존재가 다른 이들에게 위해 요인이 될 경우

4. 시설 거주자의 건강이 현저히 향상될 경우

5. 시설 측이 원생을 적절히 돌보지 않을 경우

사람들과 이야기를 나눠가면서 나는 이곳 시설이 다른 노인들의 가족들과도 마찰을 빚어 왔음을 알게 되었다. 이런 문제들과 아버지의 탈출소동 등에도 불구하고 나는 아버지가 그곳에서 지내기를 바랐다. 그곳은 청결했고, 집에서 가까웠으며 비교적 양질의 간호 관리가 이루어지고 있었다.

행정감찰관들 중 한 명은 내게 시청 보건행정과에 편지를 써 보내라고 조언하기도 했으나 지난 번 사건으로 시설 측이 조사를 받은 만큼 더 문제를 만들고 싶지는 않았다. 그렇게 시설 측을 들쑤시고 나면 아버지는 어디에서 지내야 한단 말인가? 내가 망설이자 행정감찰관은 만일 다른 노인분이 밖으로 나갔다가 길을 잃고 사라져서 한참 뒤에 죽은 채로 발견되었다는 뉴스가 텔레비전에서 나온다고 상상해 보라고 했다. 장차 일어날지도 모르는 비극적인 사태를 미연에 방지하기 위해 보건행정과에서 더 철저히 시설 측을 감독하도록 할 수도 있었는데 내가 그때 그냥 넘어가는 바람에 이런 일이 생겼다는 생각에 내 마음도 편할 수 없을 것 같았다. 행정감찰관은 아버지 사건으로 인해 시설 측은 상당한 벌금을 내게 될지도 모른다는 말도 했다. 결국 나는 내 마음이 가장 편해질 수 있는 길을 택했다. 2월 6일 나는 시설 측이 보낸 편지에 대한 답장을 썼다.

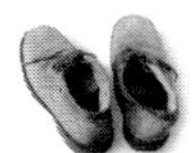

총무님께

총무님께서 1997년 1월 31일자로 보내 주시고 제가 페덱스를 통해 1997년 2월 4일에 받아 본 편지에 대해 답장을 드립니다.

부친 마틴 애버디언의 실질적 대리인으로서 저는 부친이 귀 시설에 입소하시기에 앞서 배회하는 버릇, 밤이 되면 시간 관념을 상실하는 부분 등을 비롯해 아버지께서 지니신 문제들과 주의할 점들을 귀 시설 측에 분명히 말씀드렸습니다. 귀 시설의 직원들은 귀 시설에서 거주하는 어르신들 중에도 밖으로 나가려고 하는 어르신들이 계시며 귀 시설은 그런 분들을 요령 있게 다루는 방법을 알고 있음을 저의 남편과 저에게 분명히 알렸습니다.

저의 부친이 지니신 배회하는 버릇 및 쉽게 동요하는 경향에 대해 저희가 우려를 표명하자 귀 시설의 직원은 귀 시설 거주 어르신들 중에는 출입구 부근에 서 있다가 나가는 면회객들 사이에 한데 파묻혀 외부로 나가려고 하는 분들이 있음을 밝혔습니다. 저희는 귀 시설 측의 직원들이 이러한 상황을 요령 있게 잘 대처하며 프런트 데스크에 항시 두 명의 직원이 출입 상황을 점검한다는 귀 시설 측의 규정에 안도하였습니다.

그런데 저희 부친께서 귀 시설에 입소하신 지 불과 열두 시간 만에 사라지셨다는 연락을 받았을 때 저희는 얼마나 놀라고 두려움을 느꼈는지 모릅니다. 귀 시설의 직원은 저의 부친이 사라진 시각이 1997년 1월 30일 목요일 저녁 7시 30분경이라고 하였는데, 경찰서에서 저희에게 전화를 걸어 온 시각은 저녁 9시 5분이었습니다. 전화를 받았을 때 저희에게 가장 먼저 떠오른 생각은 그렇게 안전 장치가 철저한 시설에서 부친이 어떻게 밖으로 나가실 수 있었을까 하는 점이었습니다. 저희(저와 저희 남편, 저희 부부의 절친한 친구)가 총무님의 사무실에 갔을 때 총무님은 저희 부친을 귀 시설에서 모실 수 없을 것 같다는 말씀을 하셨습니다.

경찰서 기록을 보면 저희 부친은 다른 고장에서 발견되신 것으로 나와 있습니다. 귀 시설 원생들의 안전을 위해 귀 시설 측에서 제정한 규정들을 따르는 것을 태만히 함으로써… 저희 부친에게 일어났던 일을 생각해 보십시오. 저희 부친은 운 좋게 돌아오셨습니다만 만일 다른 어르신들도 몰래 밖으로 나갔다가 돌아오시지 못하게 된다면 어떻게 되겠습니까. (실제로 그런 일이 일어난다는 얘기를 귀 시설의 직원들로부터 저희는 들었습니다.)

이 같은 사건에도 불구하고 저는 저희 부친을 귀 시설에서 지내시게 하고 싶습니다. 부친께서는 귀 시설에 흡족해하셨습니다. 부친께서는 당신이 몇 년째 그곳에서 살아오신 줄로 여기고 계십니다. 귀 시설의 직원들 역시 저희에게 저희 부친을 좋아한다고 말하곤 합니다. 그때 그 사건 이후로는 부친도 밖으로 나가려는 시도를 더 이상 하시지 않는다는 이야기도 들었습니다. 물론 저희 부친 역시 다른 어르신들과 마찬가지로 집에 가고 싶다고 말씀하실 때가 있으실 것입니다. 하지만 아직까지는 나가려고 하시지는 않으신다는 얘기를 저희는 들었습니다.

귀 시설 측이 다음의 사항들을 지켜 주시기를 감히 요청 드리는 바입니다. 비밀번호를 변경하고(아직 변경시키지 않으셨다면 말입니다.), 직원들이 시설을 출입하기 위해 비밀번호를 누를 때 번호가 노출되지 않도록 잘 가리고 누르도록 하고(현금자동인출기를 사용할 때와 마찬가지로), 프런트 데스크에 항시 직원이 앉아 있도록 하는 것입니다. 귀하를 비롯하여 귀 시설의 전속변호사와 직원들은 매우 세심하고 신중한 분들인바 이런 것을 제가 언급하는 것 자체가 저의 노파심의 발로라고 생각되는 바입니다만, 저는 저의 권리에 대해 잘 알고 있으며, 쌍방이 이 상황을 해결해 나갈 수 없다면 저는 향후 조치를 취할 것입니다.

997년 2월 6일

브렌다 애버디언

사본소지인 : 행정감찰관

### 2월 6일 저녁 9시 46분

피곤하지만 쉬기보다는 이번 일에 대해 기억이 희미해지기 전에 기록을 해두는 것이 우선이다. 왜냐고? 왜냐하면 책임감이 부족한 사람들이 일부 있기 때문이다. 삶이란 건 그렇다. 우리 모두는 서로가 연결되어 있으며 한 사람의 행위가 다른 여러 사람들에게 영향을 미친다. 시설 측의 책무 소홀은 아버지가 행방불명되는 사건을 일으켰고 여기에 여러 사람들이 개입하게 되었고, 이들에 의해 자기네가 책임과 의무를 소홀히 했다는 사실이 드러날까 두려워한 시설 측은 책임 소홀 부분에 대해 발뺌을 하고 나섰다. 한 손가락으로 다른 사람을 가리킬 때 다른 손가락들은 자기 자신을 가리키게 되는 것을 그들은 모르는 것일까.

오늘 아침 아버지가 내게 전화해 왔다. 아버지는 시간 관념을 상실했다. 아버지는 당신이 그곳 시설에서 며칠째가 아니라 몇 년째 지내오는 줄로 여기고 있다. 아버지는 당신 방을 '집'이라고 칭한다. 아버지는 "너 혹시 두어 시간 정도 시간 낼 수 있으면 나 찾아오렴. 너랑 좀 얘기를 나누고 싶으니까."라고 말했다.

아버지는 전화 통화하는 게 불편한 모양이었다. 그래서 우리는 아르메니아 말로 이야기를 나누기 시작했다. 나는 아버지가 편한 마음으로 말할 수 있도록, 아버지는 지금도 아르메니아 말을 할 수 있고 나는 그걸 알아들을 수 있음을 상기시켜 드렸다.

아르메니아 말로 아버지는 말했다.

"그 사람들이 나를 피곤하게 해. …나한테 이것저것 계속 물어 대."

아버지는 그곳에서 당신이 할일이 아무것도 없지만 당신이 그곳에 있는 것이 내게 도움이 된다면 그곳에서 지내겠다고 했다. 치매가 온 지금도 아버지의 그 깊디깊은 배려심만은 여전했다.

아버지는 직원들은 다정하고 웃는 얼굴로 대해 주는 좋은 사람들이라고 했다. 펜과 종이를 자꾸 잃어버린다고도 했다. 아버지는 메모하는 걸 좋아했다. 메모한 종이를 자꾸 잃어버리는 게 탈이었지만 메모를 함으로써 아버지는 안정을 느꼈다. 아버지는 당신은 평소 바깥에서 시간을 많이 보내는데, 내가 오게 되면 집에 있어야 하니까 오기 하루 전에 미리 전화해 달라고 했다. (여기서 '집'이란 아버지의 방을, '바깥'이란 복도를 의미한다.) 아버지는 내가 이사하거나 전화번호를 바꾸게 되는 경우에도 당신과 나는 계속 연락하며 지내게 될 거라고 믿고 있었다. 아버

지는 우리가 '여전히 관계가 이어지는' 사이임을 분명히 해두고 싶어 했다.

저녁 때 잰이 전화를 걸어 왔다. 남편이 전화를 받았는데, 오늘 아버지를 찾아가지 못해 미안하다고 했다. (그녀는 아버지에게 오늘 아버지를 찾아가겠다고 했었다.) 그런데 그녀가 가지 못한 이유가 기가 막혔다. 시설 직원들이 그녀에게 이것저것 물어볼까 봐 겁이 났던 것이다.

그들이 질문을 퍼붓는 것이 불편했고, 거기에 제대로 대처할 자신이 안 섰다고 했다. 지난 밤에 시설 직원들은 그녀를 어떤 방으로 데려가서 이것저것 꼬치꼬치 캐물었다. 왜 그녀에게 그런 짓을? 잰이 아버지에 대해 뭘 안다고? 직원들은 우리 부부에 대해서도 물어 보았다고 했다. 그녀는 질문들을 상세히 기억하지는 못했다. 시설을 나갈 때 직원들은 필요할 경우 연락을 하겠다며 그녀의 이름과 전화번호도 물었다고 한다. 그녀는 괜찮다고 말했지만 벌써 오늘 그 여파가 그녀에게 미치지 않았던가. 대체 무슨 이유로 시설 직원들은 가족도 아닌 단순한 면회객을 이런 식으로 취조한단 말인가?

**1997년 2월 7일 금요일 오후 1시 41분**

오늘 오전 10시 55분부터 11시 50분까지 아버지를 면회했다. 나를 보자 아버지는 좋아했다. 낯설기만 한 곳에서 낯익은 얼굴을 보게 되었으니 왜 아니 반가웠으랴. 25분 뒤에 잰도 와서 우리는 함께 아버지를 뵈었다.

이곳 사람들이 당신을 너무 통제한다고 아버지는 말했다. 밖으로 나가려고 하면 그러지 말라며 아버지를 다른 곳으로 이끈다는 것이었다. 그건 그들이 잘 하는 짓이었다! 아버지는 동네를 둘러보러 밖으로 나가고 싶다고 했다. 아버지는 평소 동네를 한 바퀴씩 돌곤 했었다. 나는 아버지가 바깥에 나갔다가 길을 잃고 다른 고장에서 발견되어 경찰이 데리고 왔던 사건을 말했다. 아버지는 그 사건을 기억하지 못했다.

나는 먼저 나갔고 잰은 아버지와 조금 더 오래 있었다.

나중에 잰이 내게 전화를 걸어왔는데, 잰이 시설을 나갈 때 사회복지 과장이 잰에게 다가오더니 잰을 아버지 딸인 줄 알았었다고 말했단다. 이상한 일이었다. 일주일 전에 나는 그 사람과 45분 간에 걸쳐 아버지의 심리 · 사회성 평가를 작성하지 않았던가. 사회복지 과장은 자신이 착각했었다는 사실을 잰더러 내게 전하라고 했다고 한다. 왜 우리 아버지를 찾아오는 면회객들이 이런 대접을 받아야 하나?

**1997년 2월 8일 토요일 오전 11시 15분**

아버지를 만나 뵙고 막 돌아온 길이라며 잰이 전화를 걸어 왔다. 그녀가 그곳에 갔을 때 아버지는 침대에 누워 신문을 읽고 있는 중이었다고 한다. 최근에 시설 측이 아버지에게 지급해 준 화이트보드(아버지가 그곳에 계속 머물 수 있다는 의미일까?)에 붙이도록 잰은 그녀와 아버지가 함께 찍은 사진을 가지고 갔었다. 그것은 잰과 아버지가 정장을 차려입고 찍은 사진이었다.

아버지는 사진을 내다 걸면 없어질지도 모르니 서랍 속에 넣어 두겠다고 했다고 한다.

아버지는 잰의 남편이 잘 생겼다고 추켜세웠고, "엄마는 애들을 돌보느라 너무 바빠서 당신을 면회오지 못한다."는 말도 했다고 잰은 전했다. 아버지는 당신이 직장을 잃으면 당신 대신 돈을 지불해 줄 사람을 구해야 한다는 말도 했단다.

잰은 아버지가 하는 말을 그냥 듣고 있었다고 했다. 그녀는 아버지가 한 말을 제대로 기억하지는 못했다. 아버지의 맥박을 재러 간호사가 들어와서 잰은 자리에서 일어섰다고 한다. 이번에는 직원들이 그녀에게 질문을 하지 않아서 그녀는 가뿐한 마음으로 시설을 나설 수 있었다고 한다.

**오전 11시 43분 (작성 : 데이빗)**

우리 집 고양이를 돌봐 주던 이웃 사람이 전화를 걸어 왔다. 나는 그녀에게 장인 어른의 상황에 대해 들려 주었다. 나는 한밤중에 잠에서 깨어나 시설에 있는 장인 어른을 생각하곤 한다. 잠에서 깨었을 때도 자리에 누워서도 장인 어른이 생각난다. 직장에서도 출퇴근 때도 문득 문득 장인 어른이 떠오른다. 시설 사람들이 장인 어른을 제대로 잘 모실지 걱정이다. 골칫거리라고 행여 눈총이나 받는 건 아닐지 모르겠다. 그만 써야겠다.

며칠이 흐르고 다시 몇 주일이 흘렀다. 남편과 나는 2주일 간 출장길에 올랐고 그 동안 우리 부부를 대신하여 잰이 아버지를 돌봐 드렸다. 시설과 나 사이에 더 이상 서신은 오가지 않았다. 시간이 지나면서 아버지는 점차 시설에 적응해 갔고, 그곳을 당신의 집으로 여기게 되었다. 다른 몇몇 노인분들과 마찬가지로 그 뒤로도 가끔씩 아버지는 밖으로 나가려고 할 때가 있었지만 지난번과 같은 큰 사건은 일어나지 않았다.

그때 그일 이후 나는 총무에게 의례적인 인사말 외에는 말을 하지 않는다. 간호부장과도 별로 마주치지 않는다. 그때 같이 나눈 시련이 우리에게 특별한 연대를 형성해 주었기를 희망해 본다. 나는 이 모든 일들에도 불구하고 아버지가 그곳에 있고, 그곳에서 잘 보살핌 받고 있다는 사실에 만족한다.

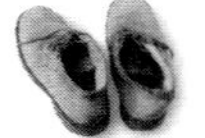

13

# 아버지의 첫 방문

아버지가 요양시설에 들어가 생활하게 되고 얼마의 시간이 흐른 뒤 우리는 아버지를 집으로 부르고 싶어졌다. 집을 떠나 있는 자식이 집에 들르기를 바라는 부모의 심정 같은 걸 우리도 느꼈다.

요양시설의 직원은 아버지가 시설에 들어간 직후에 우리가 아버지를 집으로 오게 하면 아버지가 새 집에 적응하는 데 방해가 될 수 있다고 얘기하여 우리는 시간이 어느 정도 지날 때까지 기다렸다. 대신 우리는 정기적으로 요양시설을 찾아가 아버지를 면회했다. 우리가 시설 측에 아버지를 집으로 모시고 갔다 와도 되느냐고 물으면 그들은 매번 아직 때가 아니라고 했다. 도대체 그

때가 언제란 말인가?

그 때를 기다리다가는 아버지는 생전 시설 밖으로 나올 수 없을 거라는 생각이 들었다. 아버지도 바깥바람을 쐬고 싶어하지 않는가! 아버지는 우리를 볼 때마다 언제 나갈 수 있느냐고 물었다. 남편과 나는 이 문제에 대해 의논했다. 치매 환자 가족 모임 자리에서도 이에 대해 다른 이들의 조언을 구했다. 모임의 사람들은 그것은 우리가 결정할 문제라고 대답했다. 그렇다. "그 때가 언제인지는 우리가 안다."

막상 아버지를 집으로 모셔 올 날이 되자 남편과 나는 심란해졌다. 상황이 어떻게 전개될지 예측할 수가 없었다. 아버지의 심정이 어떨지, 어떤 기분이 들지, 전날 밤에 잠은 제대로 잤을지, 집에 들어선 뒤로는 어떻게 행동할지 우리로서는 알 수가 없었다. 아버지가 일단 집에 오면 시설로 돌아가지 않겠다고 하지는 않을지 그러면 우리는 어떻게 해야 할지 이 또한 알 수 없었다.

아이를 상대하는 것과 아이처럼 되어 버린 성인을 상대하는 것은 또 다르다.

우리는 미리 시설에 전화를 걸어 우리의 계획을 밝혔다. 우리가 아버지를 데리러 올 때에 맞춰 아버지의 옷을 갈아입히고 면도를 해달라고 부탁했다. 이렇게 함으로써 아버지도 당신이 외출한다

는 걸 알 수 있게.

우리 부부는 심란한 기색을 숨기려 애쓰며, 밝고 낙천적인 태도로 시설에 도착했다. 아버지는 말끔히 면도한 상태였고 옷도 다 챙겨 입은 상태였다. 아버지는 셔츠 입기를 싫어하고 티셔츠만 고집했기 때문에 이 날도 티셔츠 차림에 크림색의 주름 잡힌 면바지에 두꺼운 흰색 운동 양말, 찍찍이 천을 붙였다 뗐다 하며 신고 벗을 수 있는 검은색 운동화를 신고 있었다.

우리는 아버지에게 활짝 미소를 지어 보이며 영화 보고 싶냐고 물어 보았다. 아버지는 시큰둥한 표정이었다. 우리가 보여 드릴 영화는 밀워키에 갔을 때 비디오 카메라로 찍은 것으로, 아버지가 아는 사람들, 즉 당신의 아들, 딸들이 나온다고 우리는 다시 설명해 드렸다. 아버지가 말귀를 못 알아듣는 것 같아서 우리는 다시 말씀드렸다.

아버지는 우리 질문에는 대답하지 않고, 집(시설)으로 다시 데려다 줄 거냐고 물었다. 우리가 "물론이죠, 저희가 이리로 도로 모셔다 드릴게요."라고 대답하자, 아버지는 "그럼 가볼까. 그만한 게 없을 것 같구나."라고 농담조로 말했다.

남편은 아버지의 옷장에서 굵은 줄무늬가 그려진 면 셔츠를 꺼냈다. 아버지는 이 셔츠를 입기는 했으나 바지 속으로 셔츠자락을 집어넣기는 거부했다. 이건 다소 의외였다. 지금도 여전히 아버지는 당신의 외양이 남들 눈에 어떻게 비쳐질지에 대해 신경을 쓰는 분이었다. 하지만 어쨌든 셔츠자락을 바지 속에 넣고 안 넣고는 중요한 게 아니었다. 우리는 아버지를 그저 빨리 모셔 가고 싶을 뿐이었다. 아버지가 "나 어떠냐?" 라고 물었을 때 나는 "너무 멋져요! 근데 아직 한 가지 할 게 더 남아 있네요. 이를 닦아야죠." 라고 말했다. 나는 아버지와 함께 있고 싶었고, 아버지가 잘 듣지 못할 때 아무 거리낌 없이 아버지 귀에 내 입을 바싹 붙여 대고 말하고 싶었다. 이때 아버지 입에서 풍겨나는 냄새 때문에 내 숨을 멈추고 싶지는 않았다.

아버지는 자기 입 냄새가 정말 고약하냐고 물었다. 아버지는 남들에게 신경 쓰인다고 느껴지는 부분들에 대해서는 언제나 솔직한 태도를 보였다.

내가 "예." 라고 대답하며 고개를 끄덕이자, 아버지는 "오냐, 알겠다." 라고 했다.

나는 아버지의 칫솔을 꺼내어 아버지에게 건넨 뒤 그 위에 치약을 짜 얹었다. 아버지는 침대 모서리에 앉은 채 이를 닦기 시작했다. 입에서 치약 거품이 일어나자 아버지는 침대에서 일어났다. 순간적으로 정신이 오락가락해진 아버지는 방을 나가려고 했다. 나는 아버지를 욕실로 데려갔고, 아버지는 그곳에서 이를 계속 닦았다.

아버지가 양치질을 마쳤을 때 나는 아버지가 칫솔을 집어넣을 수 있게 칫솔걸이를 들었다. 아버지는 행여 칫솔이 바닥으로 떨어질까 걱정되었는지 칫솔걸이 밑을 손바닥으로 받쳤다. 아버지가 칫솔걸이 안으로 집어넣은 칫솔을 나는 가지런히 다시 걸었

다. 아버지는 미덥지 않았는지 칫솔걸이를 집어들었다. 나는 아버지에게 그만 가자고 말하며 닫혀진 칫솔걸이를 흔들어 보였다. 아버지는 당신의 칫솔이 무사히 걸려졌다는 사실에 안도하며 미소를 지었다.

이처럼 치매 노인들에게는 작은 일을 해내기도 쉽지가 않다. 대부분의 사람들은 너무도 당연히 해내는 일들을 너무도 힘겹게 해내는 아버지를 나는 지켜보아야 했다.

우리는 방을 나와 서명을 하기 위해 프런트 데스크로 갔다. 아버지는 복잡한 거리를 내다보며 저 거리는 어떤 곳이냐고 물었다. 아버지는 항상 당신이 있는 위치를 확인하고 싶어했다.

우리는 차를 타고 집으로 향했다. 집까지의 거리는 7킬로미터 정도였다. 아버지는 바깥 풍경에는 별로 관심이 없는 듯 보였다. 아버지는 몇 주 전에 새 돋보기 안경을 잃어버렸기 때문에 거리의 표지판이며 가로수며 전봇대며 전선 같은, 아버지의 관심을 끌 만한 것들에 제대로 초점을 맞추어 볼 수가 없었다. 아버지는 앞좌석 남편 옆에 앉았는데, 숨을 거칠게 몰아 쉬고 씨근거려서 혹시 감기에 걸린 건 아닌지 걱정이 되었다.

우리가 대로에서 주변로로 들어서자 아버지는 이 길이 우리 집으로 향해 난 길이냐고 물었다. 우리는 그렇다고 대답하며 아버지에게 기억력이 좋다고 칭찬해 드렸다. 몇 차례 더 꺾어 들어간 뒤 우리는 차고 앞에 차를 세웠다.

아버지가 물었다.

"이게 너희 집이냐?"

우리가 그렇다고 대답하자 아버지는 부축을 받아 차에서 내려서는 차고 쪽에서 현관 쪽으로 걸어갔다. 길은 잔디밭 스프링클러에서 나온 물로 군데군데 젖어 있었다. 아버지는 젖은 곳을 조심스럽게 지나서는 현관 매트에 운동화 바닥의 물기를 문질러 닦았다.

집에 들어선 아버지는 아무것도 기억하지 못했다. 아버지는 당신이 이 집에서 우리와 거의 반년이나 살았던 사실을 깨닫지 못했다. 우리는 텔레비전 바로 앞에 놓인 의자에 아버지를 앉게 해 드린 뒤 언니, 오빠, 내 사진과 아버지 집의 사진들을 보여 드렸다. 아버지는 사진들을 보아도 누가 누군지 알아보질 못해서 다시 알려 드려야 했다. 아버지가 반평생 이상을 살아온 집을 촬영한 비디오테이프를 보여 드리자 놀랍게도 아버지는 제정신이 돌아오는 것 같았다. 아버지가 많은 시간을 보냈던 지하실이 화면에 나오자 아버지는 "내가 떠나올 때보다 더 깨끗해졌구나.", "저 연장들을 다 가지고 왔더라면 좋았을 텐데."라는 등의 말을 했다.

아버지는 피곤해 보였다. 아버지는 억지로 깨어 있으려고 애쓰는 것 같았다. 전날 밤 잠을 제대로 못 잔 것 같았다. 한 시간 정도 지나자 아버지는 패닉 증세를 보였다. "난 죽고 싶지 않아! 여기서 죽고 싶진 않아! 집에 가야겠다. 나 집에 데려다 줘! 난 그만 집에 가야겠다."

우리는 텔레비전을 끄고 신발을 신은 뒤 아버지를 차에 태워 집에 도로 데려다 드렸다.

주차장에 들어서자 아버지는 "이게 집이냐?" 라고 물었고, 우리는 그렇다고 대답했다. 아버지는 우리 뒤를 따라 현관에 들어섰고, 로비를 지나자 다른 노인분들을 알아보고 안도하는 기색을 보였다. 이제 안심이라는 듯 근심 어리고 찌푸려 있던 아버지의 얼굴에 미소가 어렸다. 아버지는 방으로 걸어갔다. 아버지를 따라 우리도 방으로 들어갔다. 아버지는 아무 말 없이 셔츠와 바지를 벗었다. 아버지가 자리에 누우려는 것임을 짐작하고 나는 침대 위 이불을 젖혀 드렸다. 아버지는 내게 고맙다고 하고는 침대에 누웠다. 남편은 아버지에게 이불을 덮어 드렸다. 아버지는 우리에게 나갈 때 불을 끄고 나가라고 했다.

이 일로 우리는 다음과 같은 생각을 하게 되었다. 우리 집은 이제 더 이상 아버지의 집이 아니다. 아버지의 집은 요양시설이다. 어쩌면 차라리 잘 된 일일지도 몰랐다. 이제 아버지는 더 이상 밖에 나가려고 하지 않을 테고, 그곳을 자신의 집으로 받아들이게 되었으니 시설에서의 생활에 대해 안도감을 느낄 것이다. 물론 아버지가 안락하게 잘 꾸며진 우리 집보다 삭막한 3인실 방에 당신 차지라고는 싱글 침대 하나 달랑 있는 그런 곳에 더 가고 싶어

한다는 사실을 알았을 때 우리 부부의 마음은 편치 못했다. 요양 시설에서의 생활에 만족해하는 아버지를 보며, 우리가 올바른 결정을 내렸다고 자위할 수 있다는 사실에 우리는 어쨌든 감사해야 할 것이다.

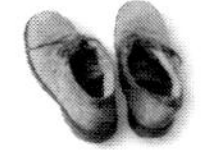

14

# 자산 정리

**나는 대체** 이 일이 언제나 다 끝날까 의아해하며 앉아 있었다. 이 의문을 품은 것은 한두 번이 아니었다. 남편과 나는 가장 어려운 고비는 이미 지나갔다고 생각하려고 애썼다. 우리 부부는 아이를 두지 않았기 때문에 부모들이 치르는 끝없는 의무는 그저 막연히 짐작이나 할 수 있을 뿐이었다. 그래도 아이들에게는 미래라는 게 있다. 예기치 않은 돌발 사태가 일어나지 않는 한, 아이들은 어른으로 자라나 자신들의 일을 스스로 꾸려가게 되고, 부모들은 여기에서 낙을 찾는다. 모름지기 일이 그리 되어야 하는 것이 아닐까!

그러나 치매 환자들은 자라지 않는다. 치매 환자들을 돌보는 사람들이 누리기를 희망하는 것은 미소, 인정, 함께하는 특별한 순간들 같은 작은 선물들이다. 그들은 바로 이런 것들에서 힘을 얻고 견디어 나갈 수 있는 것이다. (이에 대해서는 이 책 4부에서 밝힌다.)

이 같은 낙은 너무도 적고 책임져야 할 일들은 너무도 많다. 나는 부모님의 물건들을 정리하여 팔고, 처분하고, 기증하여 집 안팎을 치운 뒤 집을 팔아야 했다.

4월에 나는 밀워키에 갔다. 며칠 뒤에 남편도 왔다. 우리 부부는 아버지 집의 물건들을 정리하고 처리하는 데 200여 시간을 썼다. 우리는 매일 하루 평균 열다섯 시간씩 일했다. 씻고 먹고 자고 기타 개인 용무를 보는 데 드는 여섯 시간을 뺀 나머지 시간 내내 우리는 일에 매달렸고, 오빠와 언니도 며칠 거들어 주었지만 우리는 애초에 계획했던 대로 일을 마치지 못했다.

어머니와 아버지는 뭐든지 쟁여 두는 분들이었다. 세월이 흐를수록 부모님이 쌓아 두는 물건들의 양도 기하급수적으로 늘어났다. 그것들을 보니 위압감이 느껴졌다. 우리는 폐기물 처리업체에서 초대형 컨테이너 두 개를 빌렸다. 세로 7.5미터, 가로 2.4미터, 높이 2.4미터짜리 박스 두 개가 하루 반 만에 가득 채워졌다.

남편과 내가 거실에 들어섰을 때 마주 대하게 된 것은 우리의 어깨 높이까지 쌓여 있는 상자들이었다. 우리 키보다 더 높이 쌓

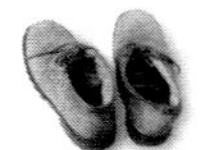

여 있는 상자더미들도 있었다. 거실의 벽난로는 상자더미들에 가려진 지 오래였다. 위층의 주(主)침실의 사방 벽은 바닥에서 천장까지 빼곡하게 쌓여 있는 상자로 숨이 막힐 정도였다. 침실에 붙은 드레싱 룸의 옷장들 역시 더 들어갈 틈이 없이 상자들로 채워져 있었다. 상자들을 치워 나가다 보니 여태 있는 줄도 몰랐던 창문이 보였다. 내가 예전에 썼던 방에도 상자들이 가득 들어차 있었다.

1층, 2층이 우리에게 위압감을 주었다면 다락방은 우리의 머리를 완전히 돌아버리게 만들었다. 고고학 탐사를 하고 있는 것 같은 기분이 들었다. 아기옷, 5년은 족히 쓸 휴지, 평생 쓸 양의 전구, 오빠의 물건들, 크리스마스 트리 장식용 전구와 카드들, 100개에 달하는 시계들. 어머니는 이 시계들을 노천 벼룩시장에서 사들였고, 이문을 붙여 도로 내다 팔 생각이었을 게다.

다락과는 대조적으로 지하실은 그런 대로 공간적인 여유가 있는 듯 보였으나 그것은 눈에 보이는 부분만의 얘기였다. 지하실에는 큰 방 네 개가 있었는데, 방 하나에는 바닥부터 천장까지 상자들과 온갖 잡동사니들 — 아버지가 예전에 쓰던 연장들, 모터들, 전선들 — 로 채워져 있었다. 우리는 이 상자들을 밖으로 내놨고, 뒷마당은 발 디딜 틈이 없어졌다. 아버지는 같은 물건들을 두 개, 세 개씩 가지고 있었다. 대표적인 것이 전동 드릴이다. 아버지는 연장들을 찾아내지 못하거나 잃어버리면 새 걸 사들이곤 했다.

이 와중에도 보물 몇 가지를 건졌다. 그 중 하나가 내가 어릴 때 쓰던 주방용 저울이다. 그 저울은 13킬로그램까지 잴 수 있었는데, 아버지는 우리 남매들이 어릴 때 그 저울 위에 우리를 앉혀 놓고 체중을 쟀다고 한다. 아버지가 모아 둔 옛날 카메라들도 찾아냈다. 세 번째 보물은 수동식 고기갈이 기계였다. 아버지가 이걸 아래층 작업대 위에 올려 놓고 밑에 신문을 깔아 두면 어머니는 '쿠프타(kuftah)' 용 쇠고기를 그 기계에다 넣고 갈곤 했다. '쿠프타'는 날고기를 갈아 곱게 빻은 밀, 파, 파슬리, 고춧가루를 넣어 만드는 아르메니아 요리다. 다른 식구들은 날고기를 싫어했으므로 이 근사한 애피타이저를 어머니와 나, 두 사람만 맛있게 먹었다. 이러한 보물들과 추억들은 내가 어쩔 수 없이 짊어져야 하는 막중한 책임에 대한 보상이었다.

청소업체, 동산 처리업자, 부동산 중개인 등 우리 집을 찾아오는 사람들은 우리 부모님이 쟁여 두었던 엄청난 양의 물건들에 놀라고 질렸고, 이런 말들을 했다. "잘 해보세요.", "다른 형제분들도 있겠죠.", "아휴, 나라면 이런 일은 일절 사양이에요." "이 골동품들 좀 봐!"

상자들은 일일이 열어서 안에 든 내용물들을 확인해 보아야 했다. 아버지가 대부분의 서류들을 보관해 둔 일광욕실에 있는 상자들부터 확인하기 시작했다. 각각의 파일들을 상세히 훑어야 했다. 파일과 서류철들에는 라벨이 제대로 붙어 있지 않았다. 중요한 서류들과 중요하지 않은 서류들이 한데 뒤섞여 있었다. 아버

지는 물건들을 꼭꼭 감춰 두는 경향이 있었다. 거실의 낡은 신문 더미들 사이에서 중요한 서류들이 나오기도 했다. 그냥 버려도 되는 것들이 어떤 것들인지 선불리 판단을 내릴 수가 없었다. 서류를 훑어보고 분류하는 데만 100시간을 썼다. 남편과 내가 이곳에 머물 수 있는 기간은 어느새 절반이 지나가 있었다. 아버지의 서류 정리 작업을 하는 데만 2주 반을 쓰게 되다니.

일광욕실에 있던 서류들의 정리 작업이 거의 끝나가면서, 우리는 돌아갈 때까지 다른 일들에도 손을 댈 수 있을 걸로 기대했다. 그런데 웬걸, 거실의 식기진열장 맞은편에서 상자더미들이 새로이 발견됐다. 서류 정리 작업이 거의 끝나가나 싶었는데 아직도 훨씬 많이 남아 있었다.

상자들을 몇 개 정리하다 보니 그 안에는 아버지의 서류들과 오빠의 서류들이 뒤섞여 있었다. 아버지 서류도 정리하기 벅찬 마당에 오빠 것까지 정리해 주느라 시간을 허비하고 싶지는 않았다. 나는 그것들을 식당에다 갖다 놓았다. 내가 10대 초반일 때, 우리 식구들은 식당을 더 이상 쓰지 않게 되었고, 그 이후로 오빠는 식당을 자신의 사무실로 사용했다. 일을 더 복잡하게 하느라고 아버지는 당신의 서류들을 오빠의 상자들에도 섞어 넣었고, 우리는 이를 꼼꼼히 분류해 놓아야 했다. 결국 우리는 5월이 올 때까지 이 일을 끝내지 못했다.

그로부터 한 달 뒤 나는 남은 일들을 마저 해치우기 위해 다시 밀워키로 갔다. 남편은 새로 일을 시작하여 시간을 낼 수가 없었기 때문에 이번에는 나 혼자 갔다. 언니와 오빠가 다시 도와 주기를 바랐다. 부모님의 물건들을 정리하고 처분하는 일을 이번에는 마무리 지어야 했다. 나는 물건들을 처분하기 위해 동산 처리업자를 구했다. 수거 비용으로 800달러나 지불하고 나서야 밀워키 시의 경우 자가 거주자의 집에서 나오는 폐가구 및 폐휴지 수거는 시청의 공공사업과에서 무료로 해준다는 사실을 알았다. 밀워키 시에서는 재산세에 폐가구 및 폐휴지 수거 비용이 포함되어 있었다.

나는 언니, 오빠에게 전화를 걸어 일을 거들어 달라고 부탁했다. 그들로부터 연락이 오기를 기다리는 동안 나는 아버지의 끝도 없는 서류들을 정리하는 일을 계속 해나갔다. 지난 4월에 중요한 서류들은 모두 캘리포니아의 우리 집으로 가지고 와 남편과 내가 이를 다시 분류하는 작업에 들어갔는데, 이 일도 아직 끝내지 못한 상태였다. 파헤치면 파헤칠수록 일할 거리는 점점 더 생겨났다. 이번에 다시 밀워키를 찾아왔을 때도 상황은 마찬가지였다. 아직도 해야 할 일은 산더미처럼 남아 있었다.

사방을 둘러봐도 온갖 잡동사니들, 서류더미들뿐이었고, 정리

작업은 도무지 진척되는 기미가 보이지 않았다. 중압감이 점점 더 커져 가면서, 나는 절망감을 느꼈다. 위층 침실의 상자들은 아직 손도 못 댔는데. 나는 정말 울고 싶은 심정이었다.

이번에는 언니, 오빠도 거들어 주지 않고, 남편도 곁에 없다. 나도 그냥 손을 떼 버릴까? 나는 아버지의 대리인이다. 내가 그냥 손을 떼면 저축 채권이며 현금들도 몽땅 쓰레기더미 속에 뒤섞여 사라져 버릴 것이다. 내가 너무 책임감이 투철한 건가? 하지만 이 일은 내 책임감의 한계를 넘어섰다. 아버지를 도와 드리려 했던 것뿐인데. 이 일을 하다가 돌아가실 지경이다. 하지만 이런 경험을 통해 나는 더욱 자라날 것이고 배우는 부분이 있을 것이다. 고난은 삶을 성숙케 한다.

나는 긍정적으로 보려고 노력했으나 좌절감은 점점 더 커지고, 가족들에게 화가 났다.

세상에, 이게 대체 뭐야! 왜 나 혼자 이 모든 일들을 해야 하지? 오빠는 왜 날 도와 주지 않는 거지? 오빠는 이 집에서 집세도 내지 않고 공짜로 마흔다섯 해나 살았잖아! 도대체 어떻게 된 인간이 자기 부모에게서 단물만 쏙 빼먹고서 갚는 시늉조차 안 할 수가 있지. 오빠는 아버지가 캘리포니아로 옮겨 간 뒤로 여태껏 아버지에게 전화 한 통 드린 적이 없어. 아버지가 밀워키를 떠난 게 작년 9월이었고, 내가 언니에게 전화 걸어 "(오빠에게서) 소식 없었어?" 라고 물어 봤던 게 올 1월인데, 그 사이 언니도 나도 오빠한테서 연락을 받은 적이 없어. 내가 지금 여기서 대체 뭐하고 있는 거야? 막내이자 집에서 제일 먼저 독립해 나간 나가 이 모든 일을 혼자 감당해야 하다니! 왜 어머니, 아버지는 미리미리 정리들을 못 해둔 거야?

언니, 오빠는 어쩌면 그렇게 무책임할 수가 있지. …그리고 부모님들도 그래, 욕심도 많지, 왜 이렇게 많이 쟁여 두고 살았대…. 뒤처리도 못할 거면서. 언니는 대체 왜 여기 못 온대? 이 모든 것들 다 그냥 버려 버릴까 보다. 정말 신물난다. 무신경한 인간들 같으니! 아버지는 자기 물건들을 정리해 놓는 법이 없었어. 내가 그 일을 해주고 있네. 아버지가 위스콘신에서는 겨울을 넘기지 못할 것 같아 내가 캘리포니아로 모시고 왔던 거 아냐.

지금 나는 부모님의 물건들에 파묻혀 있다. …당신들이 가진 것을 내가 알게 되는 것을 바라지 않았기 때문에 내게 숨겼던 바로 그 물건들에. 그리고 여기에서 나는 그것들을 정리하고 있다. 우리네 인생이란 게 이런 식 아니던가? 어머니가 싸 놓은 것들을 보고 나는 놀랐다. 어머니와 아버지는 서부 해안 지대로 이주해 가 살고 싶어했다. 두 분은 따뜻한 날씨를 누리고 싶어했고 새로운 생활을 시작하고 싶어했다. 그런데 어머니는 옛날 물건들도 꼭꼭 싸 놓았다. 옛날 옷들, 60년대, 70년대의 옷감들을 포함한 재봉도구들, 심지어는 비닐봉지와 휴지까지. 새로운 인생을 시작하려는 사람이 챙겨 갈 게 그렇게 많단 말인가?

사람들은 지리적 소재지만 옮기면 새로운 인생을 시작하는 거라고 생각하지만 예전의 물건들을 그대로 옮겨 오는 한 장소만

바뀌는 것일 뿐 여전히 우리는 예전 그대로의 우리일 뿐이다. 바뀌어야 하는 것은 장소가 아니라 그 사람 자체다.

어머니가 가져갈 요량으로 꼭꼭 싸 놓았던 물건들을 보고 있자니 무척 서글퍼졌다. 너무 많았다. 가위를 서른 개씩이나 뭐에 쓴단 말인가. 가위들은 하나씩 티슈로 얌전하게 싸여져 끈으로 묶여져 있었다. 지난 4월, 남편과 내가 캘리포니아로 돌아가기 며칠 전에 언니와 나, 오빠는 어머니의 옷들 가운데 기념으로 몇 점씩 나눠 갖고, 그 나머지는 버리거나 팔거나 기증하기로 합의를 보았다.

외로움과 자기연민에 시달리며 힘들어하던 이때에 기대치 않았던 즐거운 일이 생겼다. 4월에 며칠 거들어 주었을 뿐 언니, 오빠는 이번에는 일절 고개도 들이밀지 않았는데, 뜻밖에도 오빠의 여자친구가 나를 도와 주겠다고 자청해 나선 것이다. 그녀는 그녀의 집에서도 얼마 전에 어머니가 돌아가셔서 지금 내가 하고 있는 것과 같은 집안 정리 작업을 해낸 적이 있다고 했다. 그녀는 오빠에 대한 배려가 무척 깊은 여자였고, 오빠의 가족들에 대해 더 잘 알고 싶어했다. 그녀에게 다만 한 가지 작은 문제가 있다면 그녀는 차를 가지고 있지 않다는 거였다. 나는 그녀를 내 차에 태워 주겠다고 제의했지만 그녀는 오빠의 차를 타고 다니는 걸 더 편해했다. 아버지의 집과 오빠와 그녀가 최근에 이사해 사는 집까지는 25킬로미터 정도 거리였다.

그녀는 정말 열심히 일하며 나를 도왔다. 나는 그런 그녀가 너무도 고마웠다. 내가 그녀에게 고맙다고 말하면 그녀는 부끄러워하며 어쩔 줄을 몰라했다. 그녀는 정말이지 멋지고, 친절하고, 배려 깊은 여자였다. 우리 남매가 성장하여 헤어져 살게 된 이후로 오랫동안 오빠의 인간적인 구석을 보아 오지 못하고 살아온 나에게 그녀는 오빠도 알고 보면 정이 많은 사람이라고 말했다. 내가 침실에서 어머니의 물건들을 정리할 때 옆에 있어 준 것도 그녀였고, 나의 어린 시절의 많은 추억들에 대해 함께 얘기 나눈 이도 그녀였다.

이런 추억들에 대해 언니, 오빠와도 함께 얘길 나눈다면 훨씬 더 좋을 텐데 하는 생각이 들어 나는 마음이 아팠다. 지난 4월의 어느 날 저녁 우리 삼남매는 침실에 나란히 앉아 어머니의 물건들을 정리했었다. 같이 얘기 나누고, 쌓여진 옷들을 걸쳐 보고, 남편과 내가 비디오 카메라로 촬영했던 아버지의 모습이 담긴 비디오테이프를 보며 함께 피자를 먹었었다. 오빠와 언니는 내가 이런 어려운 일을 떠맡은 데 대해 그리고 자기네들을 불러준 데 대해 고마워했다.

그날 오빠는 오열했다. 엄마가 돌아가신 지 4년이 지나서야. 오빠의 방에서 오빠가 우는 소리가 들려왔을 때 나는 어떻게 생각해야 할지 어떻게 느껴야 할지 알지 못했다. 나는 오빠가 감정을 드러내는 걸 본 적이 거의 없었다. 세월이 흐르면서 나는 오빠를 냉담하고 무심한 사람으로만 보게 되었다. 오빠와 얘기할 때마다 자기 중심적인 인간이라는 생각을 했다. 엄마가 돌아가셨을 때도

그랬다.

엄마와 오빠는 가족 내에서도 각별히 가까운 사이였기에 어머니의 장례식에 오빠가 참석하지 않은 것은 (물론 언니도 마찬가지였지만) 납득이 가지 않는 일이었다.

내가 오빠에게 함께 장례 준비를 하자고 전화를 했을 때, 어떤 스타일의 납골함이 엄마 마음에 들지 얘기해 달라고 조언을 구했었다. 오빠가 들려주는 조언이란 이랬다. "네가 알아서 해. 네게 맡긴다. 난 바빠."

오빠가 어쩌면 이렇게도 무책임할 수 있는지 나는 도무지 이해가 가지 않았다. 오빠는 몇 시에 집에 오겠다고 약속해 놓고서도 절대 오지 않았다. 언니처럼 오빠 역시 이런저런 핑계들을 대며 자신이 얼마나 바쁜지만 떠들어 댔다. 나는 언니, 오빠가 늘어놓는 핑계들에 넌더리가 났다. 나는 지난 여덟 달 간 내 일을 완전히 포기하고 살았다! 언니, 오빠에게 단지 일주일만 시간을 내달라고 했을 뿐인데!

오빠는 여자친구에게 몇 시까지 차로 데리러 오겠다고 약속했으나 이를 두 번이나 어겼다. 나는 내 차로 집까지 데려다 주겠다고 제의했으나 그녀는 사양했다. 오빠는 자기 집 주소와 전화번호는 내가 알아야 할 바가 아니라며 알려 주질 않았기 때문에 나는 그녀에게 강권하지는 않았다. 오빠가 그녀를 집으로 데려다 준다면 다행이라고 여겼을 뿐이다.

처음에 오빠가 약속 시간에 나타나지 않았을 때는 그녀는 이 집에서 하룻밤 자도 되겠냐고 물었다. 그녀는 빈집에서 혼자 자 본 적이 없었기 때문에 이번 기회에 한번 혼자서 자 보고 싶다고 했다. (나는 시아주버님 댁에서 잤다.) 사람이 살지 않는 집에는 전화도 먹을 것도 없고 잘 이불도 없었다. 그녀는 잠 잘 채비를 해가지고 온 것도 아니어서 나는 그녀가 갈아입을 만한 헌옷을 찾아 챙겨 주었다. 그녀에게 고생이 될 것 같았으나 그녀가 원했기에 만류할 수 없었다.

오빠가 두 번째로 약속을 어긴 것은 집에서 나온 물건들을 판매하던 날이었다. 오빠는 오후 1시에 집에 와서 도와 주겠다고 약속했었다. 나는 그 전날 밤 제대로 잠을 자지 못했고, 그날 새벽 5시에 일어난 탓에 기운이 없었다. 참으로 긴 하루였다. 피곤했고 배도 고팠다. 오빠가 오기를 기다리다 기다리다 오빠의 여자친구와 나는 저녁 6시 30분에 아버지 집에서 나왔다. 우리는 나의 시아주버님 댁으로 가서 전화를 몇 통 걸었다. 그녀는 오빠에게 삐삐를 치고, 오빠의 자동응답기에 메시지를 남겼으나 전화는 오지 않았다. 기다림에 지치고 실망감에 빠진 우리는 한층 더 피곤함을 느꼈다. 우리는 허기를 달래고 (나의) 분노를 식히기 위해 맥주를 몇 캔 들이켰다. 먹은 게 없어 뱃속은 꼬르륵거리고 머리는 어질어질한 상태로 있던 끝에 저녁 9시 45분경 나는 그녀에게 저녁을 먹으러 가자고 제안했다. 우리는 그녀의 집 근처 그리스 식당으로 갔다. 내가 그녀를 집 앞에 내려 준 것은 자정이 조금 넘어서였다. 시아주버님 댁으로 돌아오는데 눈꺼풀이 제대로 떠지지 않았다.

그녀의 도움이 없었더라면 그 일들을 다 끝내지 못했을 것이다. 모든 것이 너무도 벅찼고 한 걸음씩 내딛을 때마다 갈수록 태산이라는 생각이 들었었는데, 그녀가 내 일에 관심을 가져 주고 나를 격려해 준 덕분에 나는 아버지의 대리인으로서 밀워키에서 해야 할 중요한 일들의 마지막 단계를 무사히 마무리지을 수 있었다.

어려울 땐 가족을 찾게 되는 것 같다. 내가 어렸을 때 우리 가족은 남들과 별로 교류를 갖지 않고 살았다. 초등학생 시절 우리 남매는 친구들한테 아버지 직업을 얘기해서는 안 되었다. 왜 그래야 하는 건지 나는 이해가 가지 않았다. 어머니는 내게 일렀었다. "그건 남들이 상관할 일이 아니야. 누가 묻거든 '몰라요.'라고 대답하거라."

이때 머릿속에 박힌 것이 커서까지 남아서 직장에서 특수 프로젝트 브리핑이 있을 때마다 나는 "누군가 묻거든 그냥 '모르겠습니다.'라고 대답하세요."라고 말하곤 했다.

그런데 이제 나는 우리 가족의 지난 역사를 오빠의 여자친구에게 들려주었다. 친절하고 이해심 많고 포용력을 지닌 그녀는 어느새 우리 가족의 일원이 되어 있었다.

서글픈 내 마음을 다독여 준 존재는 그녀 말고도 또 있었다. 아버지의 남동생, 즉 작은아버지와 친해지게 된 것이다. 나는 친가쪽 친척들에 대해서는 잘 알지 못했었다. 가족간에 빚어진 오해로 말미암아 우리 가족은 친가 친척들과 거의 교류를 갖지 않고 살아왔다. 내가 밀워키에 가 있는 동안 작은아버지와 작은어머니는 내게 여러모로 마음을 써 주었다. 작은아버지는 파킨슨병을 앓고 있었고, 시력도 거의 상실한 상태였다. 걸음도 제대로 걷지 못해서 휠체어를 타고 다녔다. 우리는 주로 전화로 대화를 나눴다. 작은아버지, 작은어머니가 일리노이 주 레이크포리스트에 있는 아름다운 집으로 나를 초대해서, 나는 몇 번 그곳을 찾아갔다.

작은아버지 댁을 찾아갈 때마다 나는 욕실과 대형 벽장, 전화기, 텔레비전, 킹 사이즈 침대가 갖춰진 스위트룸에서 잠을 잤다. 그곳은 웬만한 고급 호텔보다 나았다! 어디 그뿐인가, 작은어머니가 손수 만든 음식을 먹고, 작은아버지, 작은어머니, 사촌형제들, 그들의 아이들과 함께 이야기를 나누며 화기애애한 시간을 가질 수가 있었다. 작은아버지, 작은어머니는 나를 너무도 예뻐해 주었다.

우리는 아버지와 작은아버지의 어린 시절 얘기도 듣고, 작은아버지가 모아 놓은 사진들도 보았다. 작은아버지 댁에서 즐거운 시간을 보내다가 일거리가 산더미처럼 남아 있는 밀워키 집으로 다시 돌아가려면 발길이 영 내키지 않았다.

작은아버지 댁에서 아버지의 어린 시절 사진 말고도 2차 세계대전 중에 전장의 작은아버지에게 아버지가 써 보냈던 편지들도 볼 수 있었다. 종전 뒤 작은아버지는 아버지가 써 보낸 편지를 모

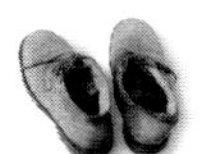

두 챙겨 들고 미국으로 돌아와서 이를 지금까지 보관해 왔던 것이다. 나는 편지들을 모조리 읽었고, 나중에 작은아버지는 이를 복사하여 내게 보내 주었다. 그것들은 내겐 보물같이 귀중한 물품이다.

내가 다시 밀워키 집으로 가서 고되게 일해야 한다는 걸 알고 작은아버지, 작은어머니는 물건들을 파는 기간 중에 밀워키 집에 한 번 찾아오겠다고 말했었는데, 그 말대로 두 분은 정말 찾아왔다. 불편한 몸으로 여기까지 일부러 찾아온 두 분을 보니 가슴이 뭉클해졌다. 내가 지쳐 있는 걸 보고, 두 분은 같이 점심 먹으러 가자고 했다. 나는 오빠의 여자친구에게 내가 작은아버지, 작은어머니와 점심 먹으러 갔다 올 동안 물건들을 잘 보고 있어 달라고 부탁하고 함께 식당으로 갔다.

물건들을 파는 일은 육체적으로도 힘든 일이지만 정신적으로도 힘들었다. 어머니, 아버지가 아끼며 모아 두었던 물건들을 밖에 내놓고 다른 사람들이 이리저리 만지작대는 걸 보고 있자니 마음이 편치 못했다. 또한 물건들에 매겨진 가격 역시 납득이 가지 않았다. 어떤 물건들은 가격이 지나치게 싸게 매겨져 있는 반면, 어떤 물건들은 가격이 지나치게 높게 매겨져 있었다. 이 때문에 나는 동산 처리 대행업자와 가격을 놓고 계속 마찰을 빚었다. 사실 이 동산 처리 대행업자라는 여자에게도 신뢰가 가지 않았다.

내가 과연 이 여자를 믿어야 하나? 딱히 이유를 집어낼 수는 없지만 그 여자에게만 맡겨 놓기에는 안심이 되지 않아 나도 계속 지키고 서 있었다. 그 여자가 내 환심을 사려고 부심하는 모습이 내 눈에는 오히려 더 미덥잖게 비쳐졌다. 사실 나는 이전에 이런 식의 판매를 해본 적이 한 번도 없었다. 남편과 나는 창고 대개방이나 벼룩시장 같은 곳에도 한 번도 가 본 적이 없었다. 그러니 나 혼자서는 이 모든 물건들을 처분할 수도 없거니와, 합당한 가격으로 집을 얼른 팔아 버릴 수도 없는 노릇이니 천상 업자의 힘을 빌려야 했다. 그런데 내가 품었던 의심이 전혀 얼토당토하지 않은 것이 아니었음을 뒤에 알게 되었다.

점심을 먹고 집으로 돌아와 보니 뜻밖에도 언니가 와 있어 놀랐다. 언니 역시 작은아버지와 작은어머니를 보고 놀라는 기색이었다. 우리는 작은아버지, 작은어머니가 몰고 온 자동차 안에 앉아 잠시 얘기를 나눴다. 잠시 뒤 작은아버지, 작은어머니는 돌아가고, 언니는 남았다.

언니는 집안 물건들을 정리하여 파는 일에 대해 이것저것 묻더니 "어떻게 네 멋대로 물건들을 팔아먹을 수 있느냐."며 내게 마구 따지고 들었다. 언니는 동산 처리 대행업자에게도 시비를 걸었다. 도와 주지도 않은 주제에 힘든 일 다 끝내고 나니까 나타나서 트집 잡는 언니의 태도에 나도 화가 났다. 언니와 나는 말싸움을 시작했다. 나도 더 이상은 참을 수가 없었다. 나는 언니는 너무 이기적이고 매사에 자기 본위라고 말했다. 아버지 집 문제를 처리하느라고 내가 해야 했던 일들을 언니는 생각이라도 해봤느냐고. …언니는 오로지 자기밖에 모른다고. …고작 다섯 블록 떨

어진 곳에 있는 친정집 일을 언니가 나 몰라라 하니 멀리 사는 동생이 와서 이 일들을 하게 된 거 아니냐고…. 내 말에 언니는 횡하니 대문 밖으로 나가더니 차를 몰고 가 버렸다. 그 뒤로 언니는 나와 얘길 하지 않는다.

~

며칠 뒤 팔리지 않고 남은 물건들은 기증했고, 집은 매물시장에 나왔고, 나는 아쉬움과 착잡함을 느꼈다. 언니와 오빠가 함께 일들을 처리해 나갔더라면 더 잘 할 수 있었을 텐데 하는 생각이 들었다. 나는 언니, 오빠에게 같이 일 하자고 여러 번 연락을 했었다. 물론 함께 있다 보면 싸우기도 여러 번 했을 것이다. 하지만 우리는 한 핏줄이다. 우리 삼남매가 함께 일들을 해나갔더라면 많은 추억들을 함께 나누면서 훨씬 사이가 좋아져있지 않았을까.

동산 처리 대행업자와 나 사이의 문제가 아직 남아 있었다. 그녀는 집을 살 사람을 찾아 주는 것에 대한 중개료를 얼른 보내 달라고 했다. 집은 아직 팔리지 않은 상태였으므로 내가 그녀에게 그에 대한 중개료를 주어야 할 이유가 없었다. 나는 그녀의 요구를 거절하고 장거리 전화로 그녀와 설전을 벌였다.

나는 전에 나를 도와 준 적이 있는 부동산 중개업자에게 전화를 걸어 물어 보았다. 부동산 중개업자는 공인중개사 자격증을 가진 사람만이 집을 파거나 살 사람을 찾아 주는 데 대한 중개료를 받을 수 있다고 알려 주었다. 동산 처리 대행업자는 공인중개사 자격증을 가지고 있지 않았다.

나는 동산 처리 대행업자에게 매매 계약서를 작성하게 되면 그때 중개료를 주겠다고 했다. 또 나는 그녀에게 감정서를 작성하여 서명을 해서 내게 보내 달라고 요청했는데, 아직까지도 받지 못하고 있다.

이런 짜증나는 일들을 여기에 다시 적다 보니 이제 자산 정리가 다 끝났다는 사실이 새삼 나를 안도케 한다.

힘든 여덟 달이었다. 나는 이제 힘든 고비들은 다 지나갔다고 생각했다. 이젠 하루 열다섯 시간, 열여덟 시간씩 일하는 날도 없게 되겠지. 앞으로는 밀워키에 온다 해도 그냥 놀러 오는 거다. 캘리포니아에서 해야 할 일도 그리 많지는 않았다. 원래의 생활로 돌아가 그간 손 놓고 있던 내 일도 다시 할 수 있겠지.

15

# 성(性)의 문제

캘리포니아로 돌아온 나를 기다리고 있던 소식은 아버지가 시설에서 부적절한 성적 행동을 보이고 있다는 내용이었다. 부적절한 성적 행동이라니? 이게 대체 무슨 말인가? 노인성 치매 환자들이 성적 행동을 하여 가족과 보호자들을 당혹스럽게 하는 경우가 자주 있다는 얘기는 나도 들은 바 있었다. 하지만 우리 아버지가?

아버지는 점잖은 분이었다. 아버지는 10대 청소년기를 대도시 시카고 뒷골목에서 보냈으나 예절 바른 분이었다. 어린 시절 나는 사람들을 어떻게 응대해야 하는지에 대해 아버지로부터 많은 가르침을 받았다. 내가 사회 생활을 하면서부터 아버지와 나는 직장에서의 대인관계에 대해 전화로 많은 대화를 나눠 왔다. 아버지는 언제나 타인을 존중하라고 말했고, 특히 상사 앞에서 예의 바르게 행동하라고 조언했다. 물론 내가 아버지의 조언대로 충실히 따르느냐는 별개의 문제였지만 말이다.

아버지는 성에 관계된 것들은 절대 얘기하는 법이 없었다. 아버지는 야한 농담을 하는 법도 없었다. 아이였을 적에 친구들이 우리 남매에게 아르메니아 말 중에서 알고 있는 추잡한 단어들이 있는지를 물었다. 우리가 아버지에게 물어 보자 아버지는 대답하지 않았다. 아버지는 우리가 큰 다음에도 추잡한 단어들은 입에 올린 적이 없다. 나는 아버지를 성 문제에 있어서만큼은 분별력을 지닌 분으로 여겨 왔다.

그렇기 때문에 아버지의 행동에 대한 얘기를 들었을 때 나는 소스라치게 놀랐다. 6월에 아버지가 지내는 치매 노인 요양시설의 정기 보고회 자리에서 아버지의 행동들은 서서히 내 앞에 드러나기 시작했다.

이 보고회는 연방 정부로부터 위임받고 주 정부의 허가 위원회에 의해 모니터 된다는 얘기를 들었다. 보고회에는 사회복지, 간호, 활동, 영양 등등 각 영역의 담당자들이 한 사람씩 참석했다. 그렇지 않아도 바쁠 텐데 원생들 개개인을 위해 시간을 쪼개 이런 보고회 자리를 마련한다는 사실에 나는 감명을 받았다.

그런데 가만 보니 이 보고회의 분위기는 비판의 장 같은 느낌이었다. 우리 아버지가 이 시설에 들어오던 첫날 뛰쳐나갔던 사건

으로 인해 아버지가 문제 노인으로 낙인찍혔나?

말하자면 보고회는 "어떻게 하면 우리는 더 잘 해나갈 수 있을까?" 라는 식이라기보다는 "우리가 당신한테 이러이러한 정보를 통고할 테니 당신은 우리가 하라는 대로 따르시오." 라는 식이었다. 아버지는 이곳에 처음 들어왔을 때 성가신 존재였으니, 조금 문제를 일으켰을지도 모른다.

우리의 가족을 돌봐 주는 이들과 마주 대하게 되는 이 같은 상황에서 우리는 상호간에 생각과 의견을 나누게 되기를 원한다.

하지만 시설 측 직원들은 자신들의 생각만을 일방적으로 전달하려는 것처럼 보였다. 내가 그들의 의견에 동의하지 않으면 나는 궁지에 내몰렸다. 내가 그들에게 건의 사항("아버지의 안경을 여태 못 찾았는데 그것 좀 찾아 주세요.", "아버지 잇몸이 부었고 앞니는 더 까매졌던데, 효도우미가 하루 한 번이라도 이를 닦아 주기는 하는 건가요?")을 얘기한다면 행여 아버지가 이곳에서 구박받게 되진 않을까, 아니면 최악의 케이스로 이곳 시설에서 '적법한' 이유로 쫓겨나진 않을까 두려웠다. 실제로 그런 일들은 일어나고 있었다. 이곳에서 지내던 노인 두 사람이 퇴소 조치를 당했다. 이런 경우 가족들로서도 달리 항의할 길이 없다고 들었다.

하지만 또 한편으로 생각해 보면, 그런 것이 겁나 내가 아무런 이의나 불만사항도 제기하지 않고 가만히 있는다면 아버지는 적절한 보살핌을 받지 못할 수도 있을 것 같았다. '도대체 졸아들게 뭐람.' 하는 생각이 들었다. 방 하나에 세 사람씩 지내게 하는 이곳에 내는 돈이 하루에 120달러, 1년이면 거의 4만 4000달러나 내는 만큼 아버지는 좀더 나은 대접을 받아야 했다. 하지만 앞으로 전개되는 상황들이 나를 졸아들게 만들 줄을 나는 아직 알지 못했다.

직원들은 아버지가 별로 달라지지 않았다는 말로 얘기를 시작했다.

의외의 말이었다. 내가 보기에 아버지는 아주 많이 달라졌다. 이제 아버지는 내가 누구인지도 알아보지 못했다. 아버지는 내가 당신의 딸이라는 사실조차 알지 못했다. 어떨 때는 나를 당신의 아들이라고 여겼고, 대부분의 경우에는 아버지의 마음을 편하게 해주고 곤경에서 구해 주는 친근한 얼굴로 나를 인식했다. 또 드물게는 나를 당신의 부모님, 즉 '엄마' 혹은 '아빠'로 여기기도 했다. (아버지에게 사람의 성별은 상관이 없었다.) 나는 직원들에게 "애버디언 어르신이 별로 달라지지 않았다."라는 게 무슨 뜻이냐고 물었다.

아버지는 여전히 정처 없이 배회하고, 면회객들이 나갈 때 같이 따라 나가려고 한다고 한 직원이 말했다. 그 문제라면 아버지가 이곳에서 처음 그런 행동을 일으켰을 때 총무와 간호부장에게 상세히 설명해 주지 않았던가? 이곳에서 지내는 다른 노인들 역시 심하고 덜하고의 차이는 있지만 같은 문제들을 지니고 있다는 얘기를 들은 바 있었다. 이곳의 할머니 한 사람과 할아버지 두 사람도 시설 밖으로 나가려고 하는 걸 내 눈으로 목격한 적도 있었다.

어떤 할아버지는 주차장까지 나갔다가 효도우미가 달래고 구슬려서 안으로 데리고 들어가기도 했다. 비록 지금은 웃을 수 있지만 아버지의 반복되는 탈출 시도는 당시에는 심각한 골칫거리였다. 나는 다시 한 번 상식적인 제안을 할 수밖에 없었다.

나는 직원들에게 출입구를 잘 감시하고 면회객들이 나갈 때 주의를 당부시킬 것을 제안했다. 누가 하라고 하지도 않았는데 나는 문을 여닫는 동작을 실연해 보이기까지 했다. 물론 이는 불필요한 짓이었고, 지극히 상식적인 얘기라는 걸 나도 모르지는 않았으나 아버지의 목숨이 여기에 걸려 있을 수도 있다는 생각에서 그런 행동을 한 것이다. 하지만 어떤 직원들은 나를 아예 쳐다보지조차 않았고, 메모하는 시늉을 하는 직원조차 없었다. 그래, 사실 당연하지! 왜 그들이 그래야 해. 이건 지극히 상식적인 얘긴데 말이야! 나는 면회객들이 떠날 때 원생들이 따라 나가지 않도록 문을 꼭 닫고 나가라는 안내문을 써 붙이라는 얘기도 덧붙였다. 나는 문을 닫고 걸쇠를 거는 동작도 해보였다. 그러다가 '소 귀에 경 읽기'를 하고 있다는 생각이 들어 나는 도로 자리에 앉았다.

직원들은 이제 아버지가 더 이상 연필이나 지도, 전화번호부를 갖다 달라고 요청하지 않는다고 했다. 아버지는 메모를 끼적거리거나 전화번호부에서 아는 사람 이름이나 은행 이름을 찾아 보곤 했었다. 아버지는 본래 메모하고, 상세하게 기록하기를 좋아하는 분이었으나 안경을 잃어버린 뒤로는 읽고 쓰는 일에 흥미를 잃은 것 같았다.

직원들의 말에 따르면 아버지는 여전히 그것이 당신의 중요한 임무라도 되는 양 배회를 하며, 이에 직원들이 아버지를 모시고 들어가려고 해도 아버지는 말을 듣지 않는다는 거였다. 조금 전에 묵살을 당했음에도 나는 또다시 나서서 내 의견을 떠들어 대지 않을 수 없었다. 나는 아버지를 막무가내로 안으로 끌고 들어가려고 하기에 앞서 인내심을 가지고 아버지와의 '관계'를 형성할 필요가 있다고 설명했으나 이 역시도 앞서와 마찬가지로 '소 귀에 경 읽기' 꼴이 되고 말았다.

또 다른 직원은 아버지가 다른 노인들의 서랍을 뒤진다고 했다. 그 직원의 말에 따르면 아버지는 밤새 돌아다니며 (문을 빠져나가려고 하면서) 경보장치를 누르고, 다른 노인들의 서랍을 뒤지며 노인들의 잠을 방해한다는 것이다. 그 말을 들으니 아버지가 우리 집에서 살던 때 생각이 났다. 우리 부부 역시 밤새 제대로 잠을 자지 못했었다.

사태는 거기서 끝나지 않았다. 아버지가 어떤 행동을 하고 있는지에 대한 그 다음 얘기를 들었을 때 나는 몸이 땅으로 꺼지는 듯한 충격을 받았다. 직원들은 안절부절못하는 기색을 보이더니 거북스러운 표정으로 천천히 입을 열었다.

"어르신께서는 부적절하게 배설 행위를 하세요."

직원은 여기서 말을 멈추고 내 눈치를 살폈다.

이건 또 무슨 소린가? 아버지가 우리 집에서 함께 살던 지난 1월에도 아버지가 화장실을 다녀오고 나면 변기 위, 욕실 바닥, 세

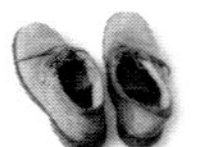

면대, 욕조 등에 소변이 묻고, 바닥에 오물이 묻고, 아버지 옷에 얼룩이 졌었다. 나는 그들이 말하는 뜻을 더 확실히 파악하기 위해 물었다.

"무슨 말인가요?"

"어르신께서는 복도에서 일을 보세요."

"어머, 정말이요?"

직원들이 얼마나 난감했을지 이해할 수 있었다. 우리와 함께 살 적에도 아버지는 번번이 그런 시도를 하지 않았던가. 이곳은 특히 청결을 강조하는 곳이었다. 언제나 말끔히 닦여지고 언제나 소독약과 세척액 냄새가 가시지 않는 곳이었다.

"그리고 또 어떤 일이 있었나요?"

직원들은 서로의 얼굴을 쳐다보더니 한 직원이 주춤주춤 입을 열었다.

"치부를 노출하셨어요."

나는 놀라지 않은 척하려 애를 썼다. 나는 생각해 보았다. 아버지의 현재 상태로는 어찌 보면 당연하지. 그놈의 병이 아버지 두뇌를 갉아먹고 있으니 자신이 무슨 짓을 하는지 알 턱이 있나. 정말이지 나는 아버지를 비난할 수 없었다. 나는 있는 그대로를 받아들일 수밖에 없었다. 나는 가능한 한 침착하게 물었다.

"정말이요? 그래서요?"

"어르신이 식당에서 그걸 잡고 있는 걸 봤어요."

"으음."

믿을 수 없었다. 나는 표정이 바뀌지 않도록 애를 쓰며, 더 정확히 풀어서 물었다.

"그러니까 아버지가 바지 지퍼를 내리고 그걸 꺼내서 잡고 있었다는 얘긴가요?"

대답은 금방 나왔다.

"예."

나는 예라고 대답을 한 사회복지 과장에게 물었다.

"아버지가 그런 짓을 하는 걸 과장님이 직접 본 거예요?"

"아니오, 기록부에서 봤어요."

간호사들은 매주 원생들의 기록부를 작성했다.

"누구 이걸 본 사람이 있어요?"

활동 담당 직원이 대답했다.

"예."

"아버지가 뭘 어떻게 하던가요?"

"식당에 서서 그걸 잡고 있었어요."

"그리고요?"

"어, 저… 다른 어르신들 앞에서 그 부분을 드러내셨어요."

우리 아버지가 그런 짓을 하다니, 상상도 되지 않았다.

"다른 어른신들은 어떤 반응을 보이던가요?"

"어, 몇몇 어르신들은 진저리를 쳤고, 몇몇 어르신들은 그냥 무시했어요."

이런 상황에서도 짓궂은 야한 생각이 내 머릿속을 스쳤다. '이

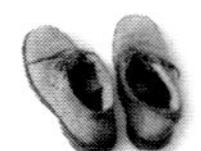

제 아버지는 치매 노인 시설의 원생들조차 흥분시켜 주질 못하게 되다니!'

"그래서 당신은 어떻게 하셨나요?"

"음, 어르신 앞으로 가서 이런 짓 그만두시라고, 이런 행동은 부적절한 행동이라고 말씀 드렸어요."

"아버지가 알아듣던가요?"

"예, 알아듣는 것 같았어요."

"아버지는 어떻게 했어요?"

"마틴 어르신은 그럴 수가 없다고 하셨어요. 천진한 미소를 지으시며 당신도 힘들다고 하셨어요." 아아, 이건 진짜 당혹스럽네. 우리 아버지가…?

우리는 어색한 미소를 지었다.

"그래서 당신은 어떻게 하셨나요?"

"다른 어르신들 눈에 안 띄게 마틴 어르신의 몸을 돌리고 바지 지퍼를 올려 드렸어요."

"그거 참."

만일 당신이 어떤 짓을 하고 있는지를 알았더라면 아버지는 얼마나 놀랐을까. 이것은 여태까지 아버지가 살아온 스타일과는 전혀 어울리지 않는 짓이었다. 아버지는 정말이지 지극히 점잖은 신사였다.

직원들은 이 같은 행동은 일부 치매 환자들에게서 볼 수 있는 전형적인 증상이라고 설명해 주었다. 이곳에서 생활하는 어느 할머니의 경우 걸핏하면 옷을 벗어 던진 채 아래 위 복도를 돌아다닌다는 얘기를 할머니의 가족한테서 들은 적이 있었다. 그런가 하면 할머니들을 자기 방으로 끌고 가는 할아버지도 있었다. 나는 다시 아버지에게 생각이 미쳤다.

"아버진 그 외에 또 어떤 짓을 하나요?"

직원들은 이 얘기도 저 여자한테 해야 하나 하는 표정으로 서로의 눈치를 살피다가 마침내 한 사람이 입을 열었다.

"컵에 오줌을 누고는 그걸 어떤 할머니에게 마시라며 내밀었어요."

나는 방 안의 무거운 분위기를 조금이라도 가볍게 끌어올려 보려고 이렇게 말했다.

"뭐라도 대접하는 것처럼 말이죠!"

이 말에 몇 명은 낄낄 웃었고, 몇 명은 여전히 심각한 표정을 지었다.

"그리고 또 어떤 짓을 했죠?"

"할머니들을 방으로 끌고 들어가려고 해요."

"그걸 직접 봤어요?"

"아니오, 하지만 기록부를 보니까 효도우미가 이렇게 적어 놓았던걸요. 어르신 방에 들어가 보니까 방에 할머니가 함께 있더라고."

나는 아버지가 여자와 함께 있으면서 즐거운 시간을 보내려고 하는 것은 좋게 보아야 할 일이라고 생각했다. 하지만 아버지를

비롯하여 이곳에 있는 다른 노인분들의 정신 상태를 생각해 볼 때 그것은 육체적 위해와 정신적 고통을 초래할 여지가 있었다. 아주 어린 아이들은 자기의 부모가 성관계를 갖는 것을 목격했을 때 그것을 고통스러운 행위로 받아들일 수 있다. 나는 직원들에게 이 같은 나의 견해를 밝혔고, 그들은 이를 수긍했다.

만일 할머니 원생의 남편이 이런 사실을 안다면 그 심정이 어떨까에 대해서도 생각해 보았다. 가령 조너던이 자기 아내를 면회 왔다가 자기 아내가 아버지와 같이 있는 모습을 본다면 대체 어떤 심정이 들겠는가.

노인 돌보기는 자식 키우기와 다를 바가 없다는 생각이 새삼 들었다. 부모는 자식들이 하는 행동에 대해 진지하게 생각해 보아야 한다. 우리 역시 아버지의 그런 행동을 모르는 척 대수롭지 않게 그냥 넘겨 버릴 수는 없었다. 나는 아버지의 대리권을 위임받아 아버지의 건강 보호 및 기타 행위 일체를 책임져야 하는 위치에 있는 만큼 아버지가 부적절한 행동을 할 경우 그에 대한 책임도 역시 내가 져야 하는 것 아닌가.

시설의 직원들은 내게 간호부장과 의논을 해보라고 했다. 간호부장은 아버지를 정신과 의사에게 진찰받게 하라고 권고했다. 정신과 의사라니? 정신과 의사가 무슨 수로 치매 노인을 도울 수 있단 말인가? 내가 이 점을 간호부장에게 물으니 간호부장은 아버지의 정신 상태를 평가하여 치료가 가능한지를 알아볼 필요가 있다고 했다. 아버지는 치매 환자인데 뭘 어떻게 평가한단 말인가?

정신과 의사는 약을 처방해 줄 것이다.

내 생각에 그것은 무덤으로 가는 지름길일 뿐이었다.

아버지는 여든여섯 먹도록 특별히 약물 치료를 받은 적이 없었다. 그 연세에 이런 일은 매우 드문 경우였다. 이런저런 약물들로 몸이 찌드는, 그런 길에 아버지도 들어서야 한다면 나는 견딜 수가 없을 것 같았다. 말년에 어머니는 하루에 네 차례 일곱 알씩 약을 먹었다. 비대해진 심장이 제대로 기능할 수 있게 도와 준다는 그 약이 일으키는 화학 반응은 어머니의 정신 상태를 황폐화시켰다. 처음에는 한 알로 시작하여 두 알, 세 알… 복용량은 점점 늘어나고, 아버지는 나락으로 떨어질 게 분명했다.

내가 치매 노인 가족 모임에서 이 문제에 대해 얘기를 꺼내자 몇몇 사람들은 약물 치료가 무덤으로 가는 지름길이라는 생각에 동의하지 않았다. 그들은 무슨 방법을 쓰든 치매에 걸린 아버지가 편하게 지내는 데 도움이 된다면 그것이 최선책이라고 주장했다. 그들이 주장하는 요지는 이랬다. "그냥 내버려 두면 브렌다 씨 아버님은 매일매일 살아가는 게 고통스러울 겁니다. 게다가

아버님이 지닌 공격적 행동은 시설의 다른 노인들에게 위험할 수 있고, 그로 인해 시설에서 쫓겨나게 될 수도 있어요." 마지막 말이 내게 일격을 가했다. 나는 아버지를 자주 찾아뵐 수 있게 집 가까운 곳에 아버지를 모셔 두고 싶었다.

최악의 경우는 아직 끝나지 않았다. 언제나 뭔가가 있다.

나는 겁이 났다. 만일 우리가 아버지에게 약물 치료를 받게 하지 않으면 간호부장과 직원들은 아버지를 쫓아낼지도 모른다. 내가 보기에 그들은 너무 조급했다. 치매 환자들에게 흔히 일어날 수 있는 상황을 서둘러 처리하기에 급급했다. 처음에는 약 한 알로 시작하지만 점차 한 알씩 두 알씩 더 늘어날 테고 얼마 안 가 아버지는 숨만 끊어지지 않은 유령처럼 되어 갈 것이다. 그럼 그다음엔 어떻게 될 것인가? 아버지에게 약을 먹게 할 순 없다.

나는 아버지의 담당 의사에게 전화를 걸어 그의 의견을 물었다. 나는 아버지가 일단 약물 치료를 받기 시작하면 일어날 수 있는 문제들이 걱정된다고 의사에게 말했다. 의사는 내 심정을 이해한다며 자신은 매주 시설을 찾아 환자들을 정기적으르 검진한다고 했다. 그가 몇 명의 환자를 담당하고 있는지는 정확히 알 수 없었지만 시설의 전속 의료국장이라는 타이틀을 달고 있는 만큼 그가 담당하는 환자의 수는 엄청나게 많을 게 분명했다. 의사는 아버지의 상황에 대해 시설 직원들과 이야기를 나눠 보겠다며 나를 안심시켰다.

그 의사를 아버지의 담당 의사로 처음 선택했을 때 들던 우려는 여전히 가시지 않은 상태였다. 그가 요양시설의 전속 의료국장이라면 시설과의 유착 관계가 존재할 테고 거기에서 챙길 수 있는 어느 정도의 마진이 없을 수 없다. 과연 그가 시설 측의 영리보다 아버지의 안위를 우선시할 수 있을까? 하지만 또 한편으로 생각해 보면 그는 시설을 드나들며 많은 노인성 치매 환자들을 보아 온 만큼 그 병을 지닌 환자들에게 일어나는 증상에 대해서도 풍부한 지식을 갖추고 있으리라고 여겨지기도 했다. 모든 의사들이 기꺼이 시설을 찾아가 환자들을 검진하지는 않는다는 얘기도 들은 바 있었다. 이것은 딜레마가 아닐 수 없었다.

나는 치매 환자 가족 모임에 나갔을 때 그런 부분이 우려된다고 밝혔다. 모임의 관리 책임자인 로버타는 내게 의사한테 전화를 걸어 내가 우려하는 점에 대해 함께 얘기를 나눠 볼 것을 권했다.

그녀의 권유에 용기를 얻어 나는 며칠 뒤 의사에게 전화를 걸었다. 내가 아버지에 대해 무척 우려하고 있음을 밝힌 바 있으므로, 사실 나는 의사가 내게 먼저 전화를 걸어 올 줄 알았었다. 놀랍게도 의사는 간호부장이 한 말과 똑같은 말을 했다. "정신과 의사에게 진찰받게 하시죠." 나는 의사에게 그것 말고 다른 방법은 없는지를 물었다. 개별 보호 및 간호가 가능한 시설로 아버지를 옮겨 가게 할 수 있다고 의사는 말했다. 나는 의사에게 가까운 곳에 그런 시설이 있느냐고 물었다. 그는 모른다고 했다. 나는 그에게 방법은 이것 두 가지뿐이냐고 물었다. 그는 그렇다고 대답했다.

나는 의심이 들었다. 혹시 시설 직원들이 아버지를 정신과 의사

에게 진찰받게 한 뒤 약물 투여를 받도록 강력히 추천하라고 의사에게 얘기한 건 아닐까? 나는 아버지를 그런 길로 들어서게 하고 싶지는 않았다.

한 가지 생각이 스쳤다. 아버지는 생명 유지 장치에 대해 말한 적이 있었는데, 그 문제에 대해 의사와 의논을 해보고 싶었다. 나는 의사나 병원이 환자의 생각을 알지 못해서 생명 유지 장치의 장착을 둘러싸고 일어나는 비극적인 사연들을 많이 들어왔다. 나는 그런 일이 우리 아버지에게도 일어나는 것을 바라지 않았다.

나는 이런 얘기들을 의사와 나누기 위해 의사에게 전화를 걸었다. 나는 의사에게 사무실을 찾아가 환자의 철학에 대해 이야기를 나누고 싶다고 말했다. 말을 마치자마자 나는 내가 말실수를 했음을 깨달았다. 환자의 철학에 대해 이야기를 나누자는 나의 제안은 의사의 입장에서는 자신의 진료 행위에 불만을 느낀다는 얘기로 들릴 수도 있었다. 나는 아차 싶었으나 이미 뱉은 말을 다시 주워담을 수는 없는 노릇이었다.

의사는 만일 아버지의 담당 의사를 바꾸고 싶다면 자신은 상관없으니 그러라고 했다.

나는 놀라지 않을 수 없었다. 물론 내가 말실수를 한 건 사실이지만 그렇다고 해서 의사가 이 정도로까지 내게 적대적인 반응을 보일 줄은 몰랐다. 당황한 나는 더듬거리며 단지 선생님과 의논하고 싶은 거라고 말했다.

의사는 그러면 지금 전화상으로 얘기를 나누면 되겠다고 했다.

의사의 이런 태도에 나는 더 오기가 생겼다. 나는 직접 만나 뵙고 얼굴 보며 얘기하는 편이 더 나을 것 같다고 말했다.

의사는 내키지 않는 듯 우물쭈물 대답을 피했다.

내가 계속 주장을 굽히지 않자 마침내 의사도 마지못해서 면담을 하는 데 동의했다.

나는 이 일을 남편에게 얘기했다. 여기에는 아무래도 문화적 문제와 성별에 따른 편견이 들어가 있는 것 같았다. 여자 혼자 가서는 이 의사에게 얘기가 제대로 먹힐 것 같지 않아 남편은 면담일에 직장을 조퇴하고 나와 함께 가 주기로 했다.

직장까지 조퇴한 남편과 함께 우리는 의사를 찾아가 45분 동안 약물 투여 문제, 아버지가 현재의 시설에서 계속 지냈으면 좋겠다는 얘기, 생명 유지 장치 등에 대해 대화를 나눴다. 의사는 아버지의 행동을 모니터하겠다고 했다. 의사는 또 아버지를 정신과 의사에게 진찰받게 하라고 주장했다. 우리는 아버지의 부적절한 성적 행동이 계속되면 그리 하겠다고 대답했다. 의사는 그럼 그렇게 하라고 했다. 이제야 의사와 제대로 된 대화를 가진 것이다.

딜레마. 한 가지 문제가 수그러들면 또 다른 문제가 터진다. 이 모든 문제들은 감정적 부분에서 특히 큰 타격을 입힌다. 밤에도 제대로 잠을 못 자고, 이리 뛰어다니고 저리 뛰어다니고, 우리가

제대로 알지 못하는 것들을 알아내려고 애를 쓰다가 우리는 지쳐 버린다. 왜 일들이 이렇게 되어야만 하는 걸까?

다른 치매 환자 가족들은 나를 효녀라고 추켜세웠다. 그들은 내가 아버지를 그렇게 지극정성으로 돌볼 수가 없다며 칭찬들을 해 주었다. 또 모임에서 내가 제기하는 질문들이 자신들의 주위를 환기시키는 계기가 된다고 얘기하는 이들도 있었다. 아마도 이는 아버지에게서 물려받은 것일 게다. 아버지는 문제의 핵심을 꿰뚫는 질문들을 적재적소에 잘 던지는 분이었다.

우리는 많은 것들에 대해 별로 알지 못한 채로 인생을 살아간다. 아버지는 무엇을 배울 때 깊이 알고자 노력했다. 우리는 열 길 깊이의 것을 한 치 깊이만 배울 수도 있고, 한 치 깊이의 것을 열 길 깊이로 배울 수도 있다. 질문하고 경청하는 훈련을 통해 우리는 인생에서 한 치씩 한 치씩 그 깊이를 더해 갈 수 있기에 나는 후자를 선호한다.

다행스럽게도 일들은 잘 풀려 갔다. 아버지는 부적절한 성적 행동을 그쳤고, 그에 따라 우리는 아버지를 정신과 의사에게 데려가지 않아도 되었고, 약물 투여를 받지 않아도 되었다.

언제나 머릿속을 맴돌고 내리누르며 떠나지 않는 근심, 내 인생은 언제나 되찾을 수 있을까? 언니와 오빠는 아버지 문제를 언제까지 외면하고 있을 것인가? 그러나 한편으론 주변의 치매 환자 가족들은 언제나 내게 따뜻한 격려를 보내 주었고 칭찬의 말들을 해주었다.

"당신은 정말 효녀예요. 그렇게 아버지를 지극정성으로 모시니 당장은 힘들겠지만 나중에 복 받을 거예요."

"두고두고 여한은 없을 거예요."

"당신 같은 효녀를 딸로 두다니 아버님은 참 복도 많으셔."

"나도 당신 같은 딸이 있었으면 좋겠어요. 나중에 내가 늙고 병들었을 때 내 곁에 당신 같은 자식이 있다면 얼마나 마음이 든든할까요."

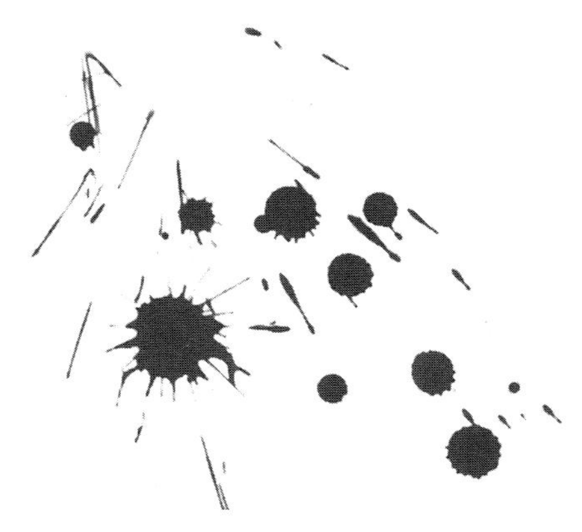

4부

# 추억들

16

# 세월이 지나면 웃으며 떠올릴 추억으로 남으리

살면서 어려운 일이 닥칠 때면 우리는 "세월이 지나면 웃으며 떠올릴 추억으로 남을 거야."라며 스스로를 위안한다. 치매 환자를 돌볼 때도 추억으로 남을 순간들이 생겨난다.

### 거울아, 거울아, 벽에 붙은 거울아…

거울 앞에 설 때마다 떠오르는 웃기는 일화가 있다. 아버지가 쓰던 방의 벽장 문에는 거울이 두 개 달려 있었다. 아버지가 우리 집으로 옮겨 와 산 지 몇 주일 지났을 때 아버지가 방에서 얘기하는 소리가 들렸다. 집에는 우리 세 식구밖에 없었으므로 남편과 나는 조용히 아버지의 방으로 걸어가 열려진 문 앞에 섰다. 눈앞에 펼쳐진 광경에 우리는 웃음을 참기가 어려웠다. 아버지는 벽장 거울 앞에 서서 거울에 비친 당신과 대화를 나느고 있는 게 아닌가!

우리 부부는 서로를 바라보며 가만히 웃은 뒤 아버지의 모습을 계속 지켜보았다. 아버지는 거울 속 상대방이 아무 반응을 보이지 않자 짜증을 내기 시작했다. 남편과 나는 거실로 돌아가 방금 전 우리가 본 광경에 대해 생각을 해보았다. 황당한 상황인지라 우리는 뭘 어떻게 해야 할지 알 수가 없었다.

아버지의 이런 행동은 계속 이어졌다. 아버지는 방에서 우리를 부르더니, 당신을 따라하는 사람이 있다며 우리에게 보여 주었다. 아버지는 저 사람 때문에 여간 성가신 게 아니라고 했다. 우리 부부는 어떻게 대처해야 할지 몰랐다. 아버지는 말했다. “저 사람 좀 봐라! 저 사람은 나만 따라하면서 내가 묻는 말엔 대답도 안 해. 멍청한 놈 같으니.” 그 사람은 바로 아버지 자신인데 그렇게 얘기하다니.

우리 부부는 묘안을 짜 보았다. 비디오 카메라를 이용하면 거울이나 텔레비전에 비치는 모습과 실제 자신의 모습의 차이를 깨닫는 데 도움이 될지도 모른다는 생각이 들었다. 우리는 아버지를 만지면서 우리의 손길이 느껴지냐고 물었다. 아버지는 느껴진다고 했다. 우리는 아버지를 다시 만지며 거울에 우리 모습을 비춰 보이고, 우리 모습을 촬영한 비디오도 보여 드렸다. 하지만 별 효과는 없었다. 아버지는 우리 부부의 경우에는 실제 모습과 거울

이나 텔레비전에서 보여지는 모습 간의 차이를 깨달았지만 거울이나 텔레비전 속에 등장하는 인물이 당신과 동일인이라는 사실은 이해하지 못했다. 거울과 텔레비전 화면 속에 등장하는 인물은 아버지에게 있어서는 당신이 아닌 다른 사람이었다.

아버지는 텔레비전 속에 자신과 똑같이 생긴 사람이 나오니 방송국에 연락 좀 해보라는 말을 한 적도 있다. "애야, 너나 네 남편이나 방송국… 사람한테… 편지 좀 쓰거라. …저게 몇 번이었지? 저기에 꼭 나같이 생긴 사람이 나와. 방송국 사람들한테 좀 알아봐 달라고 해."

비디오 카메라까지 찍어 가며 아버지에게 이해를 시켜 드리려던 나는 '차라리 〈시청자 폭소 비디오〉에나 보내는 게 낫겠다. 딱해라, 전혀 알질 못하네. 지금 찍은 이 비디오 테이프를 치매 연구기관에 보내면 치매 환자들의 사고 체계를 연구하는 데 혹시 도움이 되진 않을까?' 하고 생각해 보았다.

몇 주일 뒤 남편은 벽장문 바깥에 붙어 있던 거울을 떼어 벽장문 안쪽에 바꿔 달았다. 이렇게 함으로써 방의 인테리어에는 별로 도움이 되지 못했으나 아버지에게 마음의 평화를 가져다 드리는 데에는 분명 도움이 되었다.

### 데이빗 돌아버리다

내가 댈러스에 출장을 가 있는 동안 남편은 내게 두 통의 이메일을 보냈고, 나는 노트북을 열어 이메일을 받아 읽었다.

> 여보,
>
> 아무래도 나 돌아버릴 것 같아. 장인 어른의 세금 고지서는 내가 가지고 있는 게 맞아? 아니면 사무실 벽장 상자 위에 있던가? 출장 가 있는 사람한테 이런 걸 물어서 미안하지만 장인 어른이 밤마다 우리 방에 들어오니 서류들도 빼내 갈 수 있을 것 같아서 그래.
>
> 장인 어른은 새벽 3시 30분에 일어나서 면도를 하고는 집 안을 돌아다니다가 주무시러 다시 들어갔어. 장인 어른이 가스라도 틀어 놓을까 봐 나는 잠들지 못하고 깨어 있어야 했어. 전에 난로 가스 밸브를 열어 놓은 적이 있어. 다행히 그때는 내가 얼른 밸브를 잠갔지만.
>
> 하지만 어젯밤은 정말 힘들었어. 자다 깨다 자다 깨다 하고 있는데 침대 위에 나 말고 무언가가 또 있었어. 크기는 고양이만했는데, 그 정체불명의 것이 내 몸을 만지작거렸어. 나는 '전에도 이런 적이 여러 번 있었어.' 라면서 전혀 두려워하지 않았어. 나는 움직일 수 없었어. 정신은 깨어 있었지만 꼼짝도 할 수가 없었어. 그게 이기나 내가 이기나 버텨 보기로 했어.
>
> 내가 이겼어! 침대 위에 있던 것은 방을 가로질러 날아올랐어.
>
> 옷걸이 옆에 사람인지 물건인지 무언가가 있다고 생각하고 손전등을 비춰 보았지만 아무것도 없었어. 하지만 침대 위에 분명 무언가가 있기는 했어. 내 목숨을 걸고 장담해. 혹시 장인 어른이 나 모르게 (그리고 본인 자신도 모르는 채) 뭔가를 움직이게 조종하는 건 아닌가 하는 생각이 들어.

내가 당신한테 이 얘기를 하는 이유는 이 일이 하루종일 나를 신경 쓰이게 하고 이번 주일 내내 계속 그럴 것 같아서야. 그건 그렇고 내가 세금 고지서를 어디다가 쑤셔 박아 두었는지 통 모르겠어. 나도 치매가 오나 봐.

### 데이빗 발가락이 부러지다

사흘 뒤, 남편이 다시 이메일을 보내 왔다. 당시 샐리가 아버지를 돌보는 일을 거들어 주고 있었는데, 남편과 아버지를 불러 저녁을 먹었다고 했다.

여보,

샐리네 집에서 저녁은 잘 먹었지만 저녁 먹는 중에 장인 어른은 투정을 부렸어. 장인 어른은 밥을 먹고 나서 무언가를 드시고 싶다고 했는데 그 무언가가 뭔지를 내게 알려 주질 않고 나보고 알아맞혀 보라고 하는 거야. 그게 뭐였냐 하면 이쑤시갠 아니었고, 식빵이었어. 우유탄산음료랑 식빵을 드셔야 한다는 거야. 장인 어른은 식빵을 정말 좋아하셨어.

집에 돌아오자 장인 어른은 바로 자리에 눕고 싶어했어. 장인 어른 잠자리를 봐 드리는데, 거실에서 이상한 소리가 들렸어. 고양이들이 막 밥을 먹고 난 직후라서 그것들이 내는 소리인 줄 알았어. 나비 녀석이 커튼 위에다 쉬를 할 것 같아서 난 거실로 뛰어갔어. 벽난로 밑부분이 콘크리트로 되어 있으니 그 옆을 지날 때는 발을 들어올려야 되는데 그 사실을 잊었지 뭐야. 발에서 우두둑 하는 소리가 났어. 지금은 셋째와 넷째 발가락이 부어올라 있어. 걷는 것도 힘들어.

생각해 보니 나는 사람이 없을 때면 아무데서나 쉬 하려고 하는 고양이들 세 마리와 집 안에서 헤매고, 잘 보지도 듣지도 못하고 정신도 온전치 못한 여든여섯 노인과 한 집에 살고 있어. 이제 나도 절름발이가 됐지만 어쨌거나 집의 '동물'들을 (하루 종일) 관리하고, 차를 몰아 140킬로미터 떨어진 직장에 가서 일하다가 집으로 와 같은 질문들을 서른 번씩 들어야 해.

인생은 멋지고, 내 기분은 끝내줘! 물론 이 모든 건 농담이야. 그럭저럭 지낼 수 있겠지.

사랑해.

데이빗

다음 날, 남편은 병원을 찾아가 엑스레이를 찍었다. 그가 들은 우두둑 소리는 뼈가 부러지는 소리였다. 그는 발가락에 깁스를 해야 했고, 발가락뼈가 다시 붙기까지 6주가 걸렸다.

**폴, 집에 불내다**

치매 환자 가족 모임 사람들이 모임을 가졌을 때 모임의 일원인 폴은 자신이 겪은 큰일 날 뻔했던 일을 들려주었다.

"집사람은 햄과 콩 요리를 좋아하죠. 나는 집사람이 요양하고 있는 요양원에 갈 때 집사람에게 갖다 주려고 햄과 콩 요리를 준비하여 오븐 속에 넣었어요.

그런 다음 아침밥을 먹기 위해 식당에 갔죠. 밥을 먹고 있는데, 사이렌 소리가 들리고 불자동차가 달려가는 게 보이더라고요. 나

는 '저런, 누구 집에서 불이 났나?' 하고 궁금해하면서 식사를 마치고, 집사람을 놀라게 해줄 햄과 콩 요리를 가지러 집으로 향했죠. 그런데 우리 집 있는 골목에 소방차들이 잔뜩 와 있는 게 아니예요. 우리 집 앞에 와서야 소방차들이 우리 집에 왔다는 사실을 깨달았죠! 대체 어찌 된 일인지 영문을 알 수가 없었어요.

옆집 사람이 오더니 설명을 해주었죠. 우리 집에서 화재경보가 울리기에 소방서에 신고를 했다는 겁니다. 내가 뒷문을 열어 놓고 나갔기 때문에 소방서 사람들은 집 안으로 들어올 수 있었는데, 오븐이 켜져 있었고 그 속에서 햄과 콩이 말라 비틀어져 가고 있었지 뭡니까.

나도 참 정신 나갔지! 아침 먹으러 나가면서 오븐 끄는 걸 잊다니!"

## 닫힌 차고문으로 돌진하다

젊은 사람이든 나이 든 사람이든 나이에 상관없이 우리 모두는 어떤 것에 대한 생각에 골몰하다가 자신이 하던 일에 순간적으로 정신을 놓아 버린 경험이 있을 것이다. 내 나이 30대 후반, 내 일, 아버지 문제로 걱정에 빠져 정신이 잠깐 나갔었나 보다. 차고 문을 열기도 전에 나는 차고로 향해 차를 후진시켰다! 그리고 그 결과로 인한 피해 상황을 금전으로 환산해 보니 동력 안테나 두 개 120달러, 차고문 두 짝 교체 비용 850달러(이중 한 짝만 갈았다.), 찌그러진 차체 수리비용 750달러에 달했다.

## 원수는 외나무다리에서 만난다

가끔 어린 시절에 알던 이들을 생각할 때가 있다. 그들이 마음속에 떠오를 때면 그들은 지금 어떻게 지내고 있을지 궁금해진다.

초등학교 5학년 때 우리 반 여자아이 중에 나를 괴롭히던 아이가 하나 있었다. 그 아이가 운동장에서 내게 다가오면 나는 그 아이를 상대하지 않으려고 했지만 그 아이는 나를 때렸다. 내가 다른 곳으로 피하면 그 아이와 그 아이를 따르는 무리가 나를 쫓아왔다. 이런 상황은 계속됐고 마침내 나도 더 이상 견딜 수가 없었다. 그 아이는 나를 세게 때렸고 나는 울음을 터뜨렸다. 나는 겁이 났고, 당황스러웠다.

그리고 세월이 흘렀다. 나는 가끔 그때의 그 아이가 궁금했다. '그 여자애는 그 뒤 어떻게 되었을까? 학교는 제대로 마쳤을까? 자식은 낳았을까? 지금은 어디서 살고 있을까?'

집 안 물건들을 정리하여 팔기 시작하기 직전 나는 이것을 비디오로 찍어 두고 싶었다. 동산 처리 대행업자는 내가 돌아다니며 이것저것 설명하는 모습을 비디오 카메라로 찍어 주겠다고 했다. 우리는 보도(步度)에서부터 촬영을 시작하기로 했다. 집 옆에 내가 선 모습을 광각(廣角)으로 담아 집에 대해 내가 막 말을 시작하려는 순간 길 건너편 공원에 밴 한 대가 멈춰 섰다. 뒷문이 열리더니 갑자기 조그만 검은 개 한 마리가 뛰어 나왔다. 어떤 여자가 개를 부르며 개를 쫓아 보도로 뛰어왔다. 우리는 촬영을 멈췄다. 여자는 개를 집어 올려서는 꾸짖은 뒤 밴에다 실었다. 그런 다음

그녀는 고개를 돌려 나를 쳐다보았다.

순간 나는 어린 시절 나를 괴롭히던 그 여자애가 생각났다.

'아니야, 그럴 리 없어.'

여자가 말했다.

"당신 언니랑… 아니 어쩌면 당신이랑 같이 학교 다녔던 것 같은데, 이름이 어떻게 되죠?"

몸이 오싹해졌다. 옛날 그 여깡패 주먹대장이 다시 등장했다! 나는 냉큼 대답했다. "브렌다." 27년이나 지났는데도 여전히 벌벌 떨며 냉큼 대답해 올리는 내 꼴이라니!

내가 뭘 물을까 생각하기도 전에 그 여자는 다음 질문을 던졌다.

"나이는 어떻게 되죠?"

"서른일곱."

"그러면 당신이랑 학교 다녔구나!"

아이고오, 우어째 이런 일이? 안 되는데, 이렇게 되면 안 되는데! 나는 마음의 평정을 유지하려고 애쓰는 한편 내 직감이 틀린 것이기를 바랐다. 나는 태연한 표정을 지으려 애쓰며 물었다.

"어머, 그런가요? …근데 당신은 이름이 뭐지요?" 제발 그 이름이 아니기를, 제발 제발, 제발!

그녀의 입에서 나온 이름은 바로 그 이름이었다. 그 애라니! 말도 안 돼. 헤이즈 초등학교 교정에서 나를 때려 울게 만들던 그 애는 아닐 거야. 아니야, 걘 아닐 거야. 27년이 지난 뒤에 그 애를 다시 만나게 됐단 얘기야? 나는 다시 감정을 조절하려 애를 썼다.

나는 그녀의 이름을 말한 뒤 잠시 있다 다시 중얼거렸다. 나는 문득 생각난 듯한 투로 "네가 바로 헤이즈 초등학교 시절 나를 때리곤 하던 개니?"

"응, 내가 그랬었지."

그녀는 다 기어 들어가는 목소리로 대답했다.

"어쩌면!"

내가 무슨 말을 해야 할까?

그녀는 가정에서 제대로 된 양육을 받지 못하고 자라났고, 남들에게 주먹을 휘두르는 것으로 매사를 해결하려 했다고 짤막하게 변명했다. 그래, 그래서 나를 그렇게 때렸단 말이지! 자신은 이제 옛날의 불량소녀가 아니라고 그녀는 주장했다. 그 말이 사실이길 바란다! 자신도 이젠 애 엄마라고 했다.

"어쩌면!"

나는 무슨 말을 해야 좋을지 몰랐다. 세월이 흐르고 흐른 뒤에 아버지 집 물건정리 세일 때 여깡패 주먹대장과 다시 마주치게 되다니!

그녀가 집을 둘러보았고, 나는 그런 그녀를 친절하게 응대했다. 집을 둘러본 그녀가 살 물건들을 골라 들었을 때 나는 사람들에게 그녀를 초등학교 시절 나를 때리곤 하던 아이였다고 소개했다. 난처해진 그녀는 내 입을 다물게 하려고 입술에 검지손가락을 갖다대며 양눈썹을 모아 붙이고 고개를 저었다. 예전의 기세는 사라지고 기가 꺾여 있는 그녀의 모습을 확인한 나는 진상 폭

로를 계속해 나갔다.

그녀가 스스로 자신을 소개했다는 사실은 묘하게도 내게 스릴감을 느끼게 했고 고마운 생각마저 들었다. 이로써 나는 내 삶의 한 부분을 종결할 수 있게 되었다. 자칫 오랜 세월 심리 치료를 받아야 했을지도 모르는 마음의 상처가 단 몇 분 만에 치유된 것이다.

그녀와의 재회는 코믹하게 끝을 맺었다. 그녀가 골라 든 물건들을 계산하기 위해 동산 처리 대행업자 앞으로 왔을 때 나는 대행업자에게 그녀를 내 초등학교 동창이라고 소개했다. 대행업자는 그녀가 골라 든 물건들을 살펴보고 총액을 알려 줬다. 셈을 치른 뒤 그녀는 가 버렸다. 내가 폭로한 진상을 들었던 사람들은 계산대 앞에서 다음 차례를 기다리며 내게 그녀의 머리칼을 잡아 당기거나 발길질을 해서 집 밖으로 쫓아냈느냐고 물었다. 이 말을 들은 동산 처리 대행업자는 당황스러워하는 표정을 지었다. 사람들은 직원에게 조금 전에 물건을 사간 여자는 예전에 나를 때리곤 한 여깡패 주먹대장이었다고 알려 주었다. 직원은 나를 쳐다보며 말했다. "난 그런 줄도 모르고 값을 깎아 줬지 뭐예요!"

### 다섯 걸음 뒤에서 따라가라

치매 노인 가족 모임 자리에서 한번은 참석자 한 사람이 물었다. 자신과 노모와 나란히 걷지 않고 노모를 자기보다 몇 걸음 뒤에 떨어져 걷게 해도 괜찮은 거냐고. 나 역시도 그 점이 궁금하던 참이었다.

대만에 출장을 갔었을 때 보니, 가장(家長)이 맨 앞에 서서 가고 부인과 아이들은 그보다 몇 걸음 뒤에 서서 가장을 따라가는 광경이 눈에 많이 띄었다. 나이 든 사람들에게 특히 그런 경우가 많았다. 그것은 서구 문화의 시각으로 볼 때는 분명 특이한 모습이었다. 신사는 숙녀 옆에 서서 걷고, 숙녀를 위해 문을 열어 주고, 문을 통과할 때는 숙녀를 먼저 안으로 들어가게 한 뒤 숙녀의 뒤를 따라가야 한다고 가르친다.

아버지는 신사였다. 밀워키에서 살던 시절, 아버지와 나는 나란히 걸었고, 문이 나오면 아버지는 문을 잡고 서서 나를 먼저 들어가게 한 뒤 내 뒤를 따라 들어갔다. 하지만 캘리포니아로 옮겨 온 뒤, 아버지는 우리 부부와 함께 외출하게 될 때면 우리보다 몇 걸음 뒤에서 따라오곤 했다. 아버지를 모시고 쇼핑을 나가면 아버지는 "네가 앞장서라, 내 뒤따라가마."라고 말하곤 했다. 내가 걸음을 늦추면 아버지도 따라서 걸음을 늦췄다. 그것은 마치 우리 사이에 보이지 않는 벽이 존재해서 우리에게 일정한 간격을 유지케 하는 것 같은 느낌이었다.

우리는 이를 이상하게 여겼다. 어떨 때는 우리 뒤에 조그만 강아지가 졸졸 쫓아오는 것 같은 느낌이 들기도 했다. 또 어떨 때는 아버지가 혹시 우리에게 서운한 일이 있어서 저렇게 거리를 두려는 건 아닌가 하고 걱정이 되기도 했다.

치매 환자 가족 모임의 한 회원은 또 다른 가능성을 제시했다. 치매 환자들은 자신들의 보호자가 자신들 앞에 있는 것을 볼 수

있을 때 더욱 안정감을 느끼기 때문에 그런다는 것이었다.

그 이유야 어떻든 문제는 우리 뒤를 따라오던 아버지가 중간에 다른 곳으로 발길을 돌려 휙 사라져 버리는 경우가 발생한다는 거였다. 그럴 때면 우리는 발길을 돌려 아버지를 찾아 헤매야 했다.

### 위법을 저지르다

몹시 바람 불던 어느 날, 루 아저씨와 아버지와 나는 앤텔로프 밸리의 캘리포니아 양귀비 보존 지역을 구경하러 갔었다. 우리는 그곳에서 많은 사진을 찍었고, 비디오 촬영을 했으며, 아버지가 위법 행위를 저지르는 순간도 거기에 고스란히 포착됐다.

주홍양귀비는 캘리포니아의 주화(州花)로, 이 꽃을 꺾는 행위는 법으로 금지되어 있다는 얘기를 들었다. 그런 사실을 알지 못했던 아버지는 예쁜 꽃을 보고는 냉큼 그것을 꺾었다. 아버지는 자랑스러운 노획물을 가지고 집까지 왔다. 다행히 아버지는 걸리지 않았다.

### 작별의 인사 대신

작별의 인사는 어렵다. 우리는 아끼는 이에게는 작별의 인사를 하는 순간이 없기를 소망한다. 연인들은 전화통화를 끝내며 작별의 인사를 해야 할 때면 힘들어한다.

"싫어, 네가 말해."

"나도 싫어. 네가 말하고 전화 끊어."

"난 전화 끊기 싫은데."

"좋아, 그럼 우리 작별인사는 하지 않기다."

그러면서 그들은 다시 통화를 이어가고, 5분, 10분, 때로는 15분도 넘게 이어진다. 사랑하는 이들은 작별인사를 원하지 않으므로.

우리가 사랑하는 사람이 치매 환자일 경우에도 이는 마찬가지다. 남편과 나는 작별인사는 존재하지 않으며 만남의 인사만 있음을 배웠다.

아버지를 찾아뵐 때마다 우리는 아버지에게 진심 어린 마음으로 "그간 잘 지내셨어요?" 하고 인사를 드렸다.

아버지는 눈썹을 모아 붙이고, 우리 부부의 얼굴을 바라본 뒤, 환하게 미소를 지으며 "너희 둘을 보게 되어 기쁘구나!"라고 말하곤 했다.

아버지와 한두 시간 함께 있다가 일어서야 될 때면 대개 우리는 인사 없이 그냥 걸어 나왔다. 때로 아버지는 "너희들 여기 맘대로 있어도 돼. 너희들 하고 싶은 거 해. 나는…" 하고 말하고는 방에서 나가거나 혹은 그냥 앉아 쉬겠지. 아버지가 두얼 하건 우리는 아버지를 한동안 지켜보았다. 아버지가 당신의 마음속에 만든 세계로 들어갈 때면 아버지가 우리를 잊어버렸음을 알고 우리는 떠난다.

처음에는 그런 식으로 아버지 곁을 떠나가는 것이 너무 박정한 짓이 아닐까 싶기도 했으나 아버지는 아무것도 기억하질 못했다. 아버지 입장에서는 우리가 "안녕히 계세요." 하고 작별인사를 하

는 편이 더 고통스러울 것 같았다.

아버지는 묻곤 했다. “너희들 언제 다시 볼 수 있겠냐?”, “너희들 어디 가냐?”, “나도 너희랑 같이 갈 거야.”

우리는 우리가 아버지를 있는 상태 그대로 있게 한다면 작별인사를 할 필요가 없다는 사실을 배웠다.

이는 우리에게도 깊은 영향을 미쳤다. 언젠가는 아버지가 우리와 더 이상 함께하지 않는 날이 오리라는 것을 우리는 깨달았다. 그래서 우리는 이번에 찾아뵙는 게 마지막일지도 모른다는 사실을 생각하며 매순간을 소중히 여기고 있다.

17

# 다른 사람들과의 시간

아버지가 처음 우리 집에 와서 살게 되었을 때 생각이 가끔 난다. 1996년 가을, 그때 나는 사회 생활과 관련하여 이런저런 바깥일들이 많았다. 나는 아버지가 나의 지인들, 동료들, 거래처 사람들과 함께 어울려 미소짓고 웃는 모습을 보는 것이 좋았다. 당시 아버지는 이틀에 한 번씩 샤워를 했고, 옷도 항상 잘 입고 다녔다. 우리는 아버지의 옷을 세탁소에 보내기도 했고, 아버지는 당신 바지의 다림선에 대해 언급하기도 했다. 아버지는 멋진 차림새를 하고 있었고, 예의 바르며, 사람들은 그런 아버지와 함께 시간을 보내는 것을 좋아했다. 아버지는 완벽한 신사였다.

### 비즈니스 미팅에 참석한 아버지

아버지는 이곳저곳 마냥 배회하는 버릇이 있었으므로 우리는 항상 아버지를 지켜보고 있어야 했다. 남편과 나는 교대로 집에 머물며 아버지를 보았는데, 그러다 보니 우리 일은 별로 진척이 없었다. 한번은 우리 부부가 같이 참석해야 하는 미팅이 있어서 우리는 아버지를 그리로 모시고 갈 수밖에 없었다. 처음에는 바늘방석에 앉은 심정이었다. 도대체 비즈니스 미팅에 부모를 모시고 오는 사람이 누가 있으랴. 더욱이 치매 증세가 있어 언제 어떤 황당한 행동을 일으킬지 모르는 분을 말이다.

그러나 우리의 우려는 기우였다. 우리의 비즈니스 파트너들에게 아버지는 유쾌함을 가져다 준 존재가 되었다. 아버지는 많은 관심을 받았고, 심각한 얘기들을 나누는 자리에 분위기 전환을 해주며 균형을 맞추었다. 아버지 자신도 당신이 관심을 끌었다는 것을 인정했다. 우리의 비즈니스 파트너들은 아버지를 잘 상대해 주며 즐거운 시간을 보냈고, 다음 번 미팅 때도 아버지를 모시고 오라고 당부할 정도였다.

행여 우리 파트너들에게 누가 되지 않을까 걱정했는데 나의 이 같은 걱정은 곧 사라졌다. 다음에 소개하는 일화를 보면 아버지가 어떤 식의 관심을 받았는지 알 수 있을 것이다.

우리의 비즈니스 파트너들 중에 검은 머리를 길게 기른 조그만 체격의 젊은 여성이 있었는데, 그녀는 곧 아버지의 관심을 끌었다. 그녀는 아버지가 던지는 농담에 웃음으로 응수하고, 어깻짓

으로 아버지에게 메시지를 보냈다. 미팅에 들어가기에 앞서 그녀는 아버지를 집 뒷마당에 있는 그네로 불렀다. 그네 위에서 아이처럼 몸을 구르며 깔깔 웃어 대는 그들의 모습을 보니 비디오 카메라가 없는 게 그렇게 아쉬울 수가 없었다.

그 뒤로 나는 비디오 카메라를 구입하여 아버지가 특별한 순간들을 맞을 때마다 찍었다. 이때처럼 즐거운 순간들을.

### 아버지를 돌봐 준 특별한 친구들

아버지가 캘리포니아에 온 지 한 달이 채 안 되었을 때, 나에게 출장을 갈 일이 생겼다. 낮 동안에는 탁노소에 가 있을 테니까 새벽, 아침나절과 초저녁에 아버지를 돌봐 줄 데를 찾아야 했다. 아버지는 탁노소에서 여섯 시간을 보내고, 남편은 출퇴근 네 시간, 직장에서 아홉 시간, 총 열세 시간 동안 밖에 나가 있어야 했으므로, 그 사이 일곱 시간 동안 아버지는 뭘 해야 할까?

이리저리 생각하고 궁리한 끝에 우리의 아주 특별한 친구 두 사람이 아버지를 돌봐 주게 되었다. 아침에는 잰이 아버지를 돌봐 주고, 저녁에는 샐리가 아버지를 돌봐 주기로 한 것이다.

샐리는 자신의 아버지를 모시고 있었으므로 우리 아버지도 같이 돌봐 드릴 수 있었다. 샐리의 남편도 경우에 따라 거들어 줄 수 있는 입장이었다. 또한 그들의 집은 철창 담이 쳐져 있어 아버지가 슬쩍 빠져나갈 염려도 없었다.

잰은 샐리네 부부와는 상황이 또 달랐다. 그녀의 남편이 새벽 6

시 15분에 출근하면 그녀는 혼자서 아버지를 돌봐 드려야 했다. 잰의 집은 대지가 몇백 평에 달하는 전원 지역이었지만 가까이에 혼잡한 거리가 있기 때문에, 아버지가 슬쩍 밖으로 나가 사라져 버리기라도 한다면 그녀를 크게 고생시키게 될 것 같았다.

새벽 4시 30분에 남편이 아버지를 잰의 집에 데려다 주면 아버지는 그곳에서 서너 시간 정도 지내며 잰과 함께 신문을 읽고, 주스를 마시고, 머핀으로 아침식사를 한 뒤 잰이 아버지를 탁노소로 모셔다 드렸다. 다행히 이 모든 일들은 순조롭게 지나갔다. 아버지는 당신이 지금 어디에 있는지를 확인하고 싶어하며 지도를 가져다 달라고 요구하곤 했다고 잰은 말했다.

자신이 어디에 있는지를 아버지는 알지 못한다는 것을 깨닫는 것은 서글픈 일이었다. 산과 들로 둘러싸인, 360도의 시계(視界)를 제공하는 넓은 계곡, 이제는 새 주택 건설에 자리를 내어준 유카(백합과의 식물 — 역주)가 박혀 있는 계곡인 이곳 고지대의 사막 지역에서는 모든 것이 매우 다르게 보인다. 이 이상하고 낯선 곳에서 아버지는 친절하고 다정한 이들로부터 위안을 얻어 냈다. 하지만 아버지는 결코 깨닫지 못했다. 당신과 어머니의 오랜 꿈이었던 캘리포니아로의 이주가 이루어졌다는 사실을.

우리가 세웠던 계획은 순조롭게 진행되어 나갔다. 이후에도 내가 외부에 나가 있게 될 경우 이런 식으로 하면 될 것 같았다. 잰과 아버지는 서로에게 감복했다. 잰이 무척이나 마음에 들었던 아버지는 그녀를 '맨발 부인'이라고 부르기 시작했다. 잰은 맨발

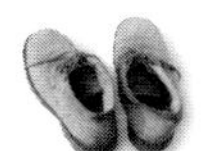

로 다니기를 좋아해서 집에서는 신발과 양말을 신는 법이 거의 없었다. 아버지는 사람들의 이름을 잘 기억하지 못했다. (아버지를 닮았는지 나도 사람들의 이름을 잘 기억하지 못한다.) 우리 모녀는 잰에 대해 얘기할 때 그녀를 '맨발 부인'으로 지칭했다. 아버지는 이 별명을 쉽게 기억해 냈고, 잰의 생김새와 그녀가 사는 곳에 대해 묘사했다.

잰은 아버지가 호감을 느끼게 하는 분이며 자신의 아버지를 떠올리게 하기 때문에 아버지가 마음에 든다고 했다. 한번은 우리 부부가 아버지와 함께 잰의 집에 놀러 갔다. 서늘한 가을 오후였다. 남편과 아버지, 잰의 남편은 뒷마당에 무언가를 보러 나갔다. 잰과 나는 따뜻한 부엌에 서서 창 밖을 내다보며 음료를 마시고 있었다. 갑자기 잰이 내 팔뚝을 잡더니 감정을 주체할 수 없다는 듯 감탄조로 외쳤다. "저기 좀 봐!" 그녀는 손가락으로 아버지를 가리켰다. "어쩌면 저렇게 우리 아버지랑 닮았지!"

과거 우리의 비즈니스 파트너였으며 잰이 사는 동네로 새로 이사 온 한 친구는 잰과 아버지 사이에 특별한 관계가 맺어져 있음을 알아보았다. 내가 미시시피에 출장 가 있을 때 그녀는 내게 다음과 같은 이메일을 보냈다.

안녕, 친구!

정말 좋은 시간을 보내고 있는 것 같군요.

우리는 금요일에 전시회를 할 계획이에요. …당신이 돌아오면 의견을 나누도록 하죠….

며칠 전 아침에 잰이 당신 아버님이랑 함께 있는 걸 봤어요. 잰은 아버님에게 우편함을 보여 주고 있었어요. 참 좋은 여자 같아요. 그녀를 좀더 잘 알게 되면 좋겠어요.

남부 지방에서 좋은 시간 보내세요. 난 그쪽 출신이거든요. 그곳이 그립네요.

돌아오면 봐요.

때로 꼭 필요한 시기(나는 내가 없을 때 아버지를 돌봐 줄 사람이 필요했다.)에 선물(우리 아버지는 잰에게 그녀의 아버지를 떠올리게 했다.)이 주어질 때가 있다.

늦은 오후가 되면 샐리가 탁노소에서 아버지를 모셔 왔다. 일주일에 2~3일은 샐리의 아버지도 탁노소에 갔다. 그럴 때면 샐리는 두 분을 한꺼번에 모셔 오면 됐으므로 별로 번거로울 것이 없었다. 그러나 그녀의 아버지가 집에 있는 날에는 샐리는 우리 아버지를 모셔 오기 위해 일부러 탁노소까지 가야 했다. 남편이 모시러 올 때까지 아버지는 두세 시간 정도 샐리의 집에 머무르면서 책을 읽거나 텔레비전을 보거나 지도를 들여다보았다. 간혹 남편의 퇴근이 늦어질 때면(로스앤젤레스 지역은 워낙 교통 체증이 심했

다.) 아버지는 샐리네 가족들과 함께 저녁을 먹었다.

와! 친구란 정말 소중한 존재이지 않은가?

### 마르딕, 라스베이거스에 가다

추수감사절 때 우리는 아버지랑 같이 라스베이거스에 가기로 마음먹었다. 시부모님이 그곳에 살고 있었고, 시동생도 올 예정이었다. 시댁에서 함께 추수감사절 만찬을 즐긴 뒤 카지노에 놀러 가면 좋을 것 같았다. 우리는 만약을 대비해 예비 침낭을 준비하고 추수감사절 날 아침 일찍 차에 올랐다. 아버지는 앞좌석 남편 옆에 앉았고, 나는 비디오 카메라를 들고 뒷좌석에 앉았다.

라스베이거스까지 가는 네 시간 동안 별다른 일은 없었다. 남편과 아버지는 이야기를 나눴고, 나는 잠을 자다가 라스베이거스로 들어서면서부터는 비디오 카메라로 촬영을 했다. 아버지는 우리가 라스베이거스에 왔다는 사실에 놀랐다. 아버지는 우리가 와 있는 곳이 라스베이거스라는 사실은 알았으나 우리가 캘리포니아에서 이리로 왔다는 사실은 알지 못하는 것 같았다. 내가 보기에 아버지는 우리가 밀워키에서 네 시간 걸려 이리로 온 걸로 생각하는 것 같았다.

우리는 시댁 근처의 슈퍼마켓에 들러 몇 가지 물건들을 산 뒤 시댁에 들어갔다. 나는 시부모님이 우리 아버지를 맞는 순간을 잡기 위해 카메라를 들고 뒤에 가서 섰다. 아버지가 사돈을 알아볼 것 같진 않았다. 시어머님은 환하게 미소를 지으며 아버지를 덥석 안았다. 누구도 예상하지 못한 일이었다. 덕분에 분위기는 금방 화기애애해졌다.

사돈 댁에서 아버지는 신문을 읽었고, 시동생과 함께 텔레비전을 보았고, 대화와 웃음이 오가는 식탁에서 푸짐하게 차려진 추수감사절 음식들을 잘 드셨다. 시동생은 우리들이 미처 알아채지 못하는 사이에 줌 렌즈로 아주 가까이에서 비디오 카메라를 찍었다. 음식을 씹고, 몸짓을 하고, 이야기를 나누는 우리의 모습이 클로즈업되어 나오는 것을 보고 우리는 웃음을 터뜨렸다.

그날 밤, 아버지는 손님용 침실에서 잤고, 우리는 거실 바닥에서 잤다. 아버지는 배회하는 습관이 있었으므로 우리는 밤에도 아버지를 잘 지켜봐야 할 필요가 있었다. 때문에 그날 밤 우리는 잠을 제대로 잘 수가 없었다. 한밤중에 깨어난 아버지는 어리둥절해했다. 아버지는 화장실에 가고 싶어했지만 화장실이 어디에 있었는지를 기억하지 못했다. 남편은 아버지를 화장실로 모시고 갔다온 뒤 아버지는 지금 사돈댁에 와 있다는 것을 알려 드렸다. 남편이 달래고 다독인 끝에 아버지는 다시 자러 들어갔다. 오, 정녕 '부모'됨은 희생 정신을 요구한다.

다음 날 오후에 우리는 시저스 팰리스에 놀러 갔다. 시아버님은 아버지에게 슬롯머신을 조작하는 법을 알려 주었다. 뿅뿅거리는 소음과 빤짝빤짝거리는 불빛들 속에서 아버지는 즐거워하는 것 같았다. 아버지는 돈을 따기까지 했다! 다음 코스로 우리는 고래들이 나오는 아이맥스 영화관에 갔다. 아버지는 다소 멀미 증세

를 보이기는 했지만 좋아했다. 이어서 우리는 호프집에 갔고 그곳에서 아버지는 생선과 감자튀김을 주문해서 먹었다. 그런 다음 우리 부부는 아버지를 사탕가게로 데리고 갔다. 아버지는 이곳을 가장 좋아했다.

오후 늦게 우리는 시부모님에게 인사를 드리고 시저스 팰리스를 나와 집을 향해 차를 몰았다. 석양이 질 무렵, 우리는 가솔린을 넣기 위해 주유소에 들렀고 나는 화장실에 갔다 왔다. 차가 주유소에 멈추자 아버지는 혼란스러워했다. 아버지는 돌아가고 싶어했다. 아버지는 우리가 엉뚱한 방향으로 들어섰다고 억지를 부렸다. 아버지가 하도 확신에 찬 태도로 말해서 우리는 정말 길을 잘못 들어섰나 하고 순간적으로 착각을 일으킬 정도였다. 아버지는 돌아가고 싶어했다… 밀워키로. 우리는 아버지에게 상황을 이해시켜 드리기 위해 진땀을 뺐다. 여전히 우리의 태도가 미덥진 못했지만 결국 아버지도 고집을 꺾었다.

우리 부부는 아버지가 일단 집에 도착하면 아버지의 물건들과 눈에 익은 주변 모습들을 보고 안정을 되찾을 거라고 기대했으나 아버지는 당신의 방과 물건들을 우리가 이 새로운 장소에 갖다 놓고 당신을 속이려 한다고 생각했다. 아버지는 계속 사람들이 당신이 오기를 기다리고 있는 집으로 돌아가야겠다고, 이곳에는 나중에 오겠다고 고집을 피웠다. 아버지를 파자마로 갈아 입히고 잠자리에 들어가게 하기까지 두 시간이 걸렸다. 아버지는 여전히 납득을 못했으나 계속 고집을 부리기에는 너무 피로한 상태였기 때문에 결국 자리에 누웠다.

다음 날 아침, 아버지는 평소처럼 기운차고 명랑한 모습을 보였다.

### 마르딕, 카탈리나 섬으로 날아가다

아버지가 치매 노인 요양시설에 들어가 지낸 지 한 달 반 정도 지났을 때 카탈리나 섬(로스앤젤레스 해안에서 36킬로미터 떨어진 휴양지로 유명한 섬 —역주)에 놀러 갈 기회가 생겼다. 아버지는 여행을 꿈꿔 왔었다. 우리는 아버지가 더 늙고 쇠약해지기 전에 아버지의 꿈을 이뤄 드리고 싶었다. 이것은 아버지의 마지막 여행으로 기록될 듯싶다.

1997년 3월, 우리의 좋은 친구 루 아저씨는 카탈리나로의 여행을 계획하고 있었다. 실력 있는 스틸 사진 작가인 루 아저씨는 사진 촬영을 위해 그 섬에 가려는 것이었다.

루 아저씨는 아버지와 공감대를 지니고 있었다. 만난 지 몇 달밖에 안 되었음에도 루 아저씨에게서 친밀감을 느끼는 이유를 아버지는 설명하지 못했지만 말이다. 어쨌든 우리는 카탈리나 여행이 두 친구가 재미있는 모험을 함께 누릴 수 있는 좋은 기회가 될 수 있을 거라고 생각했다.

남편과 나는 1년 전에 카탈리나에 놀러 간 적이 있었는데, 그곳이라면 아버지도 즐거운 시간을 보낼 수 있을 거라는 생각이 들었다. 루 아저씨는 예순 줄이었으나 나이가 믿어지지 않을 정도로 젊은 체력과 활력을 지니고 있었다. 아저씨의 반응을 들어보

기도 전에 우리는 미끼를 드리웠다. 카탈리나 섬까지 배를 타고 가면 한 시간이 걸렸는데, 나는 루 아저씨에게 만일 우리 아버지를 데리고 같이 가 주면 섬까지 15분이 소요되는 헬리콥터를 신청하겠다고 제안했다. 루 아저씨는 좋다고 했다.

이제 우리가 할일은 순서에 맞춰 일을 진행시켜 나가는 것이었다. 우리는 시설에 전화를 걸어 출발일에 새벽 5시까지 아버지가 옷을 차려 입고 떠날 채비가 마쳐지게 준비를 해달라고 했다. 그리고 아버지에 대한 일체의 보호책임과 결정권을 루 아저씨에게 부여한다는 편지를 써서 아버지의 신분증과 함께 루 아저씨에게 주었다. 남편은 루 아저씨에게 휴대전화를, 나는 비디오 카메라를 빌려 주었다.

출발하는 날 새벽 4시 30분에 우리는 시설 앞에서 루 아저씨를 만났다. 아버지는 벌써 옷을 챙겨 입고 떠날 준비를 다 해놓고서 기다리고 있었다. 오렌지색, 분홍색, 갈색으로 물들여진 하늘에서 3월의 태양이 솟아오르고 있었다. 루 아저씨는 오색찬란한 배경 속의 태양을 몇 장 찍었다. 우리는 두 사람의 무사를 기원하며 포옹했다. 그런 다음 루 아저씨와 아버지는 차에 올랐고, 우리 부부는 떠나가는 그들을 지켜보고 서 있었다. 마치 자식을 야영훈련 캠프에 보내는 심정이었다. 다소 걱정이 되긴 했으나 만사가 순조롭게 되기를 기원했다. 두 사람은 롱비치 항구에서 차에서 내린 뒤 헬리콥터에 탈 것이다. 아버지는 헬리콥터에 타는 게 이번이 처음이었다.

얼마 뒤 루 아저씨는 카탈리나 여행을 상세히 기록한 다이어리와 사진 앨범 두 권을 만들었다. 앨범 속에는 아버지의 모습, 카지노, 링글리 박물관과 운동장, 다양한 식물군(群), 바닥이 유리로 된 배를 타고 여행한 장면들이 고스란히 담겨 있었다. 루 아저씨는 우리에게 사진들과 앨범, 다채로운 색깔의 조개껍데기들을 선물로 주었다. 우리는 아버지의 카탈리나 섬 여행의 아름다운 기념품을 모은 것이다.

18

# 인생의 의미는 무엇일까?

어느 날 오후, 나는 시설 활동실 의자에서 잠든 아버지를 옆에 두고 앉아 텔레비전 토크쇼에 가끔씩 눈길을 던지며 시설에 거주하는 노인들을 관찰하고 있었다. 치매 환자로 시설에서 살아가야 하는 삶은 대체 어떤 것일까를 생각해 보았다. 그러면서 나는 '인생의 의미는 무엇일까?' 라는 의문을 갖게 되었다.

### 남의 옷 입기

시설에 가족을 보낸 이들이 익숙해져야 할 것들이 여러 가지 있다. 그 중 하나가 원생들이 다른 원생들의 옷을 서로서로 돌려가며 입는다는 것이다. 아버지가 다른 이의 옷을 입고 있고, 다른 이들이 아버지의 옷을 입고 있어도 남편과 나는 애써 못 본 척 넘어가야 했다. 우리는 아버지의 안위와 관련하여 더 중요한 부분들에 초점을 맞추려 노력했다. 이런 일도 있었다. 아버지가 시설에 들어가기 전에 우리는 아버지의 시력을 검사받아 아주 좋은 안경을 해드렸다. 가격이 250달러였던 그 안경은 가벼운 플라스틱 렌즈로 되어 있어서 아버지의 코에 부담을 주지 않았다. 아버지가 안경을 사용하지 않을 때는 벗어서 목에 걸고 다닐 수 있도록 빨간색 안경끈도 해드렸다.

그런데 얼마 안 가 아버지는 안경도 안경끈도 모두 잃어버렸다. 우리는 시설 직원에게 얘기했고, 직원은 이를 찾아 줬다. 얼마 뒤 아버지는 또다시 안경과 안경끈을 잃어버렸고, 다시 직원들이 찾아 주었다. 하지만 얼마 안 가 아버지는 다시 잃어버렸다. 이런 일이 두세 달 동안 계속됐고, 이제 직원들은 더 이상 아버지의 안경을 찾아 주지 않았다. 아버지는 당신의 안경을 다른 사람들의 방에 놓아 두고 손에 집히는 대로 남의 안경을 쓰고 다닌다고 직원들이 얘기했다. 가만 보니 아버지는 테가 크고 색이 화려한 여자 안경을 좋아했다. 두 달 사이 우리가 찾아뵐 때마다 아버지는 그때그때 다른 안경을 쓰고 있었는데, 솔직히 말해서 그것들이 아버지의 원래 안경보다 아버지에게 더 잘 어울렸다. 그것이 깨끗하고 몸에 맞고 입은 사람 마음에 든다면 누구의 옷을 입었느냐는 문제될 것이 없다는 사실을 남편과 나는 깨달았다.

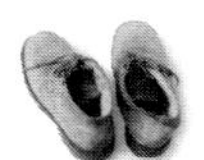

### 〈오프라 윈프리 쇼〉 시청하기

어느 날 오후, 나는 활동실에 앉아 있었다. 아버지는 내 옆에 앉은 채 졸고 있었다. 매일 매순간 무엇인가를 해야만 하는 나는 내 일을 하지 못하고 있다는 사실에 불안감이 밀려오고 있었다. 나는 시선을 텔레비전에 던졌으나 마음속은 온통 내가 해야 할 일들에 대한 생각으로 꽉 차 있었다. 텔레비전에서는 〈오프라 윈프리 쇼〉가 나오고 있었는데, 이 날의 특별 손님으로 티나 터너가 나와서 사람들의 꿈을 실현시켜 주고 있었다. 오프라 윈프리와 티나 터너는 둘 다 내가 존경하는 여성들이었기에 나는 마음을 진정시킬 겸 텔레비전을 좀 보기로 했다. 나는 이곳에서 얼른 나오고 싶었다. 하지만 아버지에게 인사도 없이 몰래 빠져나가는 짓은 차마 할 수가 없었다. (이때는 아직 작별인사를 드릴 필요가 없다는 사실을 깨닫기 전이다.) 아버지가 의자 위에서 곯아떨어진 걸로 보아 아버지는 피곤했던 모양이었고, 나는 이런 아버지를 쉬게 해드리고 싶었다. 때문에 나는 아버지가 깨어날 때까지 기다리기로 했다.

나는 활동실에 앉아 다른 노인분들을 돌아보았다. 휠체어에 앉은 한 할머니는 앞에 붙은 접이 테이블을 마구 쳐대며 소리를 지르고 있었다. 할머니의 얼굴에는 절박함과 크나큰 고통이 어려 있었다. 전쟁으로 폐허가 되어 버린 곳에서 남편 혹은 아들을 잃고 비탄에 젖어 절규하는 어머니의 모습이 내 머리에 떠올랐다. 나는 할머니에게 다가가 위로를 해드리고 싶은 심정이었지만 그러지 못했다. 자칫 할머니가 나를 오랫동안 붙잡고 있을 수도 있고 그러는 사이 아버지가 깨어날 수도 있다. 그렇게 되면 할머니를 놓아 두고 아버지에게로 휙 가 버리기도 쉽지 않을 것이다.

나는 방 안을 계속 둘러보았다. 야구모자를 쓴 비만한 할아버지가 있었다. 아버지의 방 근처 복도에서 이 할아버지가 걸어다니는 모습을 자주 본 적이 있었다. 이 할아버지 옆을 지나게 될 때마다 나는 무슨 일이 벌어질까 경계심을 늦추지 않았다. 할아버지의 입은 조금 벌어져 있었고 그 입에서 침이 흘러나와 셔츠를 적시고 있었다. 할아버지의 눈은 깊었고 시선은 강렬했다. 나는 이 할아버지가 느닷없이 내 앞을 가로막고 소리를 지를 것 같아 두려웠다. 그리고 엘리자벳이 있었다. 엘리자벳은 잡지를 한 장 한 장 조심스럽게 넘기고 있었다. 그녀는 매 페이지를 위에서 아래로 세밀히 훑어 내렸고 그때마다 그녀의 고개도 천천히 내려갔다. 그녀의 표정은 잔잔했다.

엘리자벳과 그녀의 남편 조너던은 서로를 도와 가며 지내고 있었다. 두 사람은 80대 초반이었다. 엘리자벳에게 노인성 치매 진단이 내려진 것은 몇 년 전이었다. 그녀를 보고 있으려니 내 마음은 서글퍼졌다. 엘리자벳은 작가이자 교사였다. 오랜 세월 그녀는 지식과 지혜의 원천이라는 평을 들어왔다.

내가 이들 부부를 알게 된 것은 최근의 일로, 치매 노인 가족 모임에서 조너던을 만나면서부터였다. 조너던은 친절하게도 자신의 부인이 쓴 책을 내게 소개해 주었다. 나는 그가 소개한 《살아있는 원자(原子)와 인간》이라는 책을 읽은 뒤, 조너던을 만나 그에

게 몇 가지 질문을 했다. 이 책에서 엘리자벳은 우리의 일상 생활에서 원자의 육체적, 영적, 정신적, 감정적인 상징적 역할에 대해 기술했다.

어째서? 어째서 엘리자벳은 그녀의 남은 생애를 이런 치매 노인 수용시설에서 지내게 된 것일까? 어째서 저 할머니는 휠체어에 붙은 테이블을 쾅쾅 쳐대고 있는 것일까? 어째서 저 할아버지는 남은 생애를 치매로 인해 침을 질질 흘리며 살아가야 하는 것일까? 어째서 우리 아버지는 치매에 걸려야 했던 것일까?

내 눈에 관찰된 노인들의 모습은 내겐 충격적이었다. 텔레비전 속 〈오프라 윈프리 쇼〉에서는 어떤 여인이 빚지고 있던 5만 8000달러를 '꿈을 이뤄드립니다' 라는 코너를 통해 대신 갚아 주는 장면이 나오고 있었다. 나는 한순간에 한 사람의 꿈이 이뤄지는 광경을 목격했다. 나는 방 안의 노인들을 살펴보았다. 텔레비전 프로그램 따위는 치매 노인들의 안중에 없었다. 오프라 윈프리가 한 여인의 꿈을 이뤄주든 말든 그것은 이들 노인들에게 관심사가 되지 못했다. 텔레비전에서 광고가 나오든 말든, 노인들에게 돈이 있든 말든, 노인들이 맛있는 커피 한 잔을 더 마실 수 있든 말든, 그들에게 새 자동차가 있든 말든, 그런 것들은 노인들에게 아무런 문제도 관심거리도 되지 못했다.

그렇다면 그들의 관심거리는 무엇이고, 그들에게 있어 문제가 되는 것은 무엇인가? 나로서는 알 수 없다. 오프라 윈프리도 티나 터너도 조금 전에 꿈을 이뤄낸 행운의 여인도 그 어떤 존재도 이

방 안의 노인들에게는 관심거리가 되지 못했다.

그렇다면 그들에게 있어 중요한 것은 무엇인가? 인생의 의미는 무엇일까?

그날 오후 활동실에 앉아 있으면서 나는 깊은 감동을 느꼈다. 우리들 중 그런대로 건강한 참 많은 이들이 우리의 욕구, 목표, 필요, 열망에 지배되어 움직인다. 우리는 인생에서 성공을 열망한다. 이것이 뜻하는 바는 무엇인가? 성공이라는 게 뜻하는 바가 무엇이냐고 질문을 받는다면 우리는 돈을 많이 갖는 것이라고 대답할 것이다. 2년에 한 번씩 새 차를 사기 위해 우리는 돈을 필요로 하는가? 고급 레스토랑에서 식사를 하기 위해 우리는 돈을 필요로 하는가? 다이아몬드가 박힌 멋진 금 장신구를 사기 위해 우리는 돈을 필요로 하는가? (한 남자의 사랑을 측정하는 기준은 그가 다이아몬드를 사주는 데 자신의 연봉 몇 퍼센트를 쏟아 붓느냐에 있는 것인가?) 이 모든 것들이 정말 중요한 것일까?

그 대답은 각 개인의 시각에 따라 다를 것이다.

지난 몇 년 간, 대지진이 일어난 뒤로는 특히 더, 나는 내 인생에 있어 필요치 않은 것들을 처분해 나갔다. 캘리포니아에서 살다 보니 나는 각종 재난들을 여러 차례 보아 왔다. 만일 큰일(지진)이 일어난다면 무엇을 챙겨서 피신할 것인가? 이런 생각에 나는 생활에 꼭 필요한 것들(과 그 외 몇 가지)만 두고 살게 되었다. 이보다 더 지니고 있다면 중요한 순간에 나는 우왕좌왕하고 그것들을 잃어버릴까 봐 전전긍긍하게 될 것이다. 때문에 나는 자잘한 장

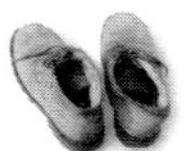

신구며 장식품들을 모으지 않는다. (그것들을 깨끗하게 유지하는 것도 꽤나 수고로운 일이다.) 나는 입지 않는 옷들은 남들에게 주고, 내가 사용하지 않는 것들은 받지 않는다.

치매 노인 요양시설의 노인들은 내가 인생의 진정한 의미가 무엇인지를 생각해 보는 데 도움을 주었다. 나는 이제 서른여덟 살이고, 내가 아직 경험하지 못한 것들이 많이 있다. 2년 전만 해도 나는 이 노인성 치매라는 질환을 통해 내가 무엇을 배우게 되리라고는 짐작도 못했었다.

이곳의 노인들은 많은 것을 소유하지 않았다. 이곳에 노인을 보낸 어떤 가족은 이런 농담을 하기도 했다. "시설로 들어가는 모든 것들은 모두에 의해 공유되죠. 이곳에서는 사회주의가 잘 살아 있어요." 이곳에 사는 노인들 대부분은 장신구도 걸치지 않았고, 지갑도 돈도 지니고 다니지 않는다. 노인들 대부분은 입기에 편하고 활동하기에 좋은 면혼방 티셔츠와 바지 차림이다. 그들은 이틀에 한 번씩 샤워를 하고, 흰색 면혼방 시트와 면 담요가 덮인 소박한 침대에서 잠을 자고, 권장영양지수에 의거한 식단으로 조리된 음식들을 하루 세끼 먹는다.

가끔씩은 그들도 어느 곳에 가고 싶다든지 무엇이 필요하다고 투정을 부리긴 하지만 전반적으로 그들은 자신들의 공상과 그들이 만들어 낸 세계 속에 빠진 채 평화로워 보인다. 그들은 자신들만의 상상의 세계 속에 몇 시간이고 빠져 있는 아이들과 비슷하다. 그들이 앓고 있는 병은 그들에게 많은 곳을 여행하는 것처럼 믿게 해준다. 최근 아버지는 영국, 아프리카, 위스콘신, 일리노이, 보스턴, 뉴욕 등지를 다녀왔다. 많은 노인들이 상상 속에서 매일 차를 운전한다. 아버지는 차를 몰고 엄마네 집에 갔다 왔다. 버스를 타고 다니는 노인들도 있다. 상상 속에서 노인들은 가족들, 특히 부모들을 만난다. 이것이 그들이 살아가는 방식이었다. 그들은 나로 하여금 우리의 삶에 있어서 진정으로 중요한 것은 무엇인지를 생각하게 해주었다. 그것은 다른 사람들과 가진 즐거운 시간들의 기억이었다.

인생은 사람들과 특별한 기억을 만들어 가는 과정이다. 그것이야말로 인생의 진정한 보물인 것이다.

이 사실을 깨닫고 나는 미소를 지었다. 우리는 우리의 생이 얼마나 이어질지 생을 마치는 순간까지 결코 알지 못한다. 생을 마치는 순간에는 너무 늦다. 때문에 나는 다른 이들은 어떠한 판단을 내렸으며 그들의 판단이 그들의 인생에 어떻게 영향을 미쳤는지를 관찰하려 노력한다. 자기 자신의 인생을 들여다보는 것보다는 다른 사람의 인생을 들여다보는 것이 훨씬 수월하다. 내가 A&E 방송의 〈자서전〉이라는 프로그램을 시청하는 이유도 그 때문이다. 나는 이곳 노인들의 삶에는 무엇이 남아 있을지가 궁금하다. 휠체어 테이블을 두드려 대는 할머니처럼 크나큰 고통이 남겨진 이도 있고, 엘리자벳처럼 평화로이 쉬고 있는, 따뜻한 기억이 남아 있는 이도 있다. 그런데 어째서 어떤 노인들에게는 찾아오는 면회객들이 있는데, 어떤 노인들에게는 찾아오는 이가 없

을까? 이것은 과연 이치에 맞는 것인가?

나는 오늘날의 광고들에 그려진 이미지들과 나의 생각들을 대조해 보았다. 이 모든 것들은 다 무엇을 위한 것인가? 끝에 가서는 고급 승용차를 몰고 캘리포니아 해변을 드라이브하는 것이 뭐 그리 중요한가? 워싱턴 D. C.의 별 다섯 개짜리 레스토랑에서 식사를 하는 것이 무슨 의미가 있는가? 주지사의 연례 바비큐 파티에 초대받는 것이 뭐 그리 대수인가? 내가 투자한 주식이 대박을 쳤다 해도 그것이 그렇게 중요한가? 뮤지컬 〈오페라의 유령〉을 VIP석에서 보는 것이 그렇게도 중요한가?

내가 의자 앞 테이블을 내리치고, 잡지들을 훑어 넘기고, 옷에다 침을 흘리고, 치매 노인 요양시설 활동실의 텔레비전 앞에서 졸게 되는 시기에는 그 모든 것들이 무슨 의미가 있을까?

19

# 작은 것이 가장 소중하다

아버지와 같이 있을 때면 나는 현재의 순간에 주의를 집중했다. 나는 예전의 아버지 모습이 아닌 현재의 아버지 모습을 있는 그대로 받아들이자고 스스로에게 상기시켰다. 하지만 병이 진행되어 아버지의 두뇌를 점점 침범해 가면서 현재 아버지의 모습 그대로를 받아들이는 것 역시 점점 어려워져 갔다. 아버지가 주변 상황을 이해하려 애쓰는 모습을 지켜보는 것은 나로서는 힘든 일이었다. 자신의 세계를 깨닫기 위해 처절히 애쓰고, 언어 능력이 서서히 떨어지는 가운데 당신을 표현할 낱말들을 찾느라 진땀을 쏟으며 아버지가 말하는 걸 들을 때마다 내 마음은 편치 못했다. 당신의 가족, 아이들, 아내, 형제들을 떠올리려 애쓰는 아버지의 모습을 나는 보았다. 아버지의 세계는 서서히 작아지고 있었고, 과거의 기억들은 사라져 갔고, 자잘한 기억들만 남았다.

아버지와 같이 시간을 보내는 동안 나는 가장 중요한 것들은 큰 것들이 아니라 작은 것들이라는 사실을 깨닫게 되었다. 지나간 내 인생을 떠올려 보니 생생하게 기억나는 것들은 작은 것들이었다. 이 작은 것들을 한데 엮어 보니 아주 유쾌한 기분이 들었고, 나는 의자에 앉아 미소를 지으며 휴식을 할 수 있었다.

### 아버지의 여든일곱 번째 생일

아버지의 생일날 남편과 나는 아버지를 집으로 모셔 오고 싶었으나 이는 사실상 불가능했다. 아버지는 현재 살고 있는 요양시설이 자신의 집인 줄 알았고, 그곳을 나오면 불편해했다. 우리 부부는 이를 이해할 수 없었다. 우리 생각에는 가끔 변화를 주는 것이 기분 전환에도 좋을 것 같았다. 아버지도 가끔 바깥바람 쐬는 걸 좋아하지 않았던가?

어쨌든 요양시설 안에서라도 아버지의 생일축하 파티를 마련해 드리기 위해 우리 부부는 준비를 해나갔다. 우리는 버터크림이 수놓아진 마블케이크를 주문했다. 아버지는 단 것을 무척 좋아했으므로 케이크는 단 것일수록 좋았다. 우리는 케이크 위에 예쁜 장식들과 리본을 붙이고 아버지의 이름과 '축 87회 생일'이라는 글자를 새겨 달라고 주문했다. 요즘 들어 아버지는 당신이 얼마나 나이를 먹었는지도 잊었다. 아버지는 당신을 30대나 50대 정

도로 여겼다. 우리는 폭죽과 칼날에 톱니가 달린 케이크 칼, 플라스틱 포크, 종이접시를 사 왔다.

우리는 아버지가 우리 집에서 살 때 아버지를 보살피는 일을 도와 주었던 샐리, 잰과 그녀의 남편, 로버타를 초대했다. 조너던과 엘리자벳 부부, 시설의 직원들도 초대했다. 우리는 삶이라고 불리는 만만치 않은 여정을 아버지가 여든일곱 해 동안 이뤄 온 것을 다른 사람들도 함께 축하해 주기를 바랐다.

아버지의 생일날(그리고 나의 생일날이기도 하다!), 계획했던 대로 사람들이 와 주었다. 아버지는 당신을 위해 이렇게 법석을 떠는 것에 조금 놀라는 눈치였지만 흐뭇해하는 것 같았다. 하지만 아버지는 오늘이 당신의 생일이라는 사실은 모르는 것 같았다. 아버지는 케이크를 썰기 위해 톱니 달린 칼을 집어 들었다.

아버지는 버터크림이 듬뿍 뒤덮인 케이크의 한 귀퉁이를 자르더니 칼날 끝으로 한 입 떴다. 우리는 아버지의 손에서 칼을 뺏어 쥐고 싶은 마음을 억누르며 가까이에서 조마조마한 마음으로 이 광경을 지켜보고 있었다. 나는 아버지가 잘 하리라고 믿지 않을 수 없었다. 케이크를 떨어뜨리지 않으려고 조심하는 모습이 애처로웠다. 아버지는 노인성 치매를 앓고 있지 않은가. 조심조심 균형을 잡아 가며 들어올린 칼 위의 케이크를 아버지는 입으로 가져갔다. 우리는 말없이 조용히 지켜보고 있었다. 그때 누군가가 한숨을 내쉬었다. 요양시설의 활동 지도자였다. 그를 본 아버지는 그의 입 앞으로 케이크 칼을 들이밀었다. 다행히 그는 무사했다. 우리는 안도의 웃음을 터뜨리며 플라스틱 포크를 집어 들고 아버지에게로 향했다. 그런 다음 우리는 아버지가 케이크를 먹는 동안 생일축하 노래를 불러 드렸다. 아버지는 입가에 크림을 묻힌 채 함박웃음을 지었다. 아버지는 즐거워했고, 우리 역시 즐거웠다.

정말 멋진 생일파티였다. 그날은 내 생일이기도 했지만 그날의 스타는 단연 아버지였다.

### 어머니의 다림질

기억난다. 매주 어머니는 다림질하는 데 많은 시간을 보냈다. 어머니가 위층 침실에서 다림질을 했던 게 기억난다. 여름에는 아래층 거실이나 일광욕실에서 다림질을 하기도 했다. 날이 특별히 좋을 때나 부드러운 산들바람이 살랑살랑 불어올 때면 어머니는 바깥에서 다림질을 하기도 했다. 어머니는 일광욕실 바깥, 식당 창문 부근에서 다림질을 했다. 어머니가 바깥에서 다림질을 하는 걸 처음 보았을 때는 이상하다는 생각이 들었다. 바깥에서는 다림질을 하는 게 아닌데! 그럴 때면 나는 행여 이웃들이 이 광경을 볼까 봐 걱정이 되었고, 창피한 마음에 집 안에 들어가 있었다. 하지만 시간이 지나면서 나도 바깥에서 다림질하는 광경을 보는 것에 익숙해졌고, 어머니가 다림질하는 걸 거들기도 했다.

어머니가 아버지 옷을 다리던 게 기억난다. 바지, 셔츠, 손수건, 사각팬티까지. 거실에서 다림질을 하는 어머니 옆에 서서 그 광경을 지켜보며 때로는 어머니를 거들어 드리기도 했지만 대개는 걸리적거리만 했다. 어머니가 다림질한 옷을 바닥에 내려놓으면 나는 말끔하게 다려진 바지와 셔츠들을 갖고 놀았다. 나는 아버지 바지의 다리통과 셔츠의 소매통을 이리저리 뒤집고 접으며 놀았다. 어머니가 나를 쫓아내도 나는 다시 들어와 계속 그런 장난을 했다.

그때 나는 이런 생각들을 해보곤 했다.

'나도 크면 다림질을 해야 되나? 다림질은 시간이 너무 많이 걸려! 해도 해도 끝이 없어! 나는 크면 다림질 같은 건 안 할 테야. 그럼 누가 하지? 대신 다림질 해주는 사람을 고용하면 될 거야.'

부모님은 언니와 내가 태어나기 전에 빈방들에 하숙을 친 적이 있었는데, 하숙생들의 빨래와 다림질도 어머니의 몫이었다. 어머니는 하숙생들이 쓰는 린넨 시트와 베갯잇도 다려야 했다.

그때의 어머니를 떠올리며 나는 다림질을 하고 있었다. 나는 밀워키 친정집에서 가져온 어머니의 물건들 몇 가지를 다리기로 했다. 어머니가 수놓은 작품(어머니 표현대로라면 아르메니아 말로 수공예품을 뜻하는 '체라 코르즈')을 다림질판 위에 올려놓고 작품에 손상이 가지 않도록 나는 조심스럽게 다림질을 시작했다. 나는 손님용 침실에 서서 다림질을 했다. 나는 인형, 손수건, 베갯잇, 테이블보 등을 다렸다. 이 모든 것에는 어머니의 '체라 코르즈'가 수놓아져 있었다. 나는 선 자세로 다림질을 했고 안 그래도 안 좋은 손목이 더 아파 왔다.

내가 엄마의 다림질하는 모습을 보았던 것은 30년도 더 전이었다. 지금 나는 과거를 재생하고 있었다. 그때와의 차이점이라면 내가 엄마가 되고, 그녀의 옆에는 상상 속의 '꼬마 브렌다'가 서 있다는 점이었다. 나는 평화롭게 다림질을 하면서, 거들고 싶어 하는 어린 나의 예전 관점으로 나(그녀)를 보고 있었다. 나는 천들을 조심스럽게 다림질판 위에 올려 놓고 실수로 구김이 생기거나 자수 위에 다리미 끝이 걸리지 않도록 조심하면서 다리미를 밀었다. 아아, 다림질이란 게 이렇게 수고로운 일이었구나.

주름 잡은 조그만 원피스에 수가 놓인 하얀 발목양말, 검은색 가죽구두를 신은 내가 거기에 있었다. 나는 다림질하는 어머니를 거들고 싶어한다.

그리고 여기에 내가 있었다. 주말을 다림질로 허비하고 싶어하지 않는 어른인 내가 있었다. (우리 부부는 세탁물을 세탁소에 맡겼다.) 그러나 지금 나는 이것들을 다림질해야만 했다. 그러한 행위를 통해 나는 어머니에게 경의를 표하고 있다는 생각이 들었다. 나도 어머니의 자리를 깨닫는 시간이 온 것 같았다. 어머니는 "너도 자식을 낳으면 알게 될 거다."라고 말하곤 했었다. 우리 부부는 30대 후반이었고, 아직까지 자식이 없었다. 그러나 바로 이 순간, 나는 어머니의 자리를 이해할 수 있을 것 같았다. 아주 어렴풋이나마.

어머니를 생각하니 새로이 힘이 솟았다. 나는 선 채로 계속 다림질을 해나갔다. 나는 어머니의 '체라 코르즈'들을 모두 다 다린

뒤, 티슈로 조심스럽게 싸서 흰색 선물 상자에 넣었다. 나는 그것들을 때때로 풀어 보고, 가구 위에 장식해 놓을 것이다. 어머니는 그것들을 꼭꼭 싸 두었지만 나는 그것들을 사용할 것이다. 내가 그것들을 볼 때마다 혹은 손님들이 그것들에 대해 언급을 할 때마다 나는 우리 어머니의 수고를 새삼 깨달을 것이다. 이런 식으로 어머니의 작품은 보여질 것이고, 어머니는 기억될 것이다.

### 형제간의 경쟁

우리는 삼남매였다. 오빠는 나보다 여덟 살이 많았고, 언니는 나보다 두 살 위였다. 어린 시절을 생각해 보면 우리 남매는 경쟁심을 유발하도록 키워졌던 것 같다.

건전한 경쟁심이 길러지도록 유도한 대표적인 매개물은 아버지와 우리 남매들간의 체스 게임이었다. 체스를 할 때면 엄마는 아버지 옆에 가까이 앉아 아버지 몰래 체스판 위의 말 하나를 슬쩍 빼내곤 했다. 아버지는 주변에는 신경을 쓰지 않았기 때문에 가능한 일이었다. 그럴 때면 우리 남매는 무슨 일이 벌어졌는지도 모르는 아버지의 모습이 우스워 웃음을 터뜨렸다. 그러면 영문을 모르는 아버지는 어리둥절해했고, 우리는 진상을 폭로했다. 꼬리가 잡힌 어머니는 슬쩍 눈길을 돌렸고….

우리의 키 역시 경쟁 대상이었다. 오빠의 키가 가장 컸고, 다음으로 언니, 그리고 막내인 내가 제일 작았다! 상황은 지금도 마찬가지다. 하지만 아버지보다는 더 크니 그만하면 성공이다!

오빠, 언니는 모든 것을 나보다 잘 하니(어린 시절 언니, 오빠는 자신들이 나보다 우월한 존재임을 내게 세뇌시켰다.) 대체 나는 무얼 해야 그들을 이길 수 있을지를 생각해 보았다.

아이들은 성인으로 커 나가면서 어떤 사람이 되느냐 하는 경우의 수가 얼마나 다양할 수 있는가를 생각해 보면 참으로 놀랍기만 하다. 성장 과정이 지금의 우리로 커 나가는 데 얼마나 영향을 끼쳤는지에 대해 친구들과 이야기를 나누던 중 나는 지금의 나와는 완전히 다른 사람이 되어 있을 수도 있었다는 사실을 새삼 깨달았다. 나는 열등감으로 자포자기할 수도 있었고, 오직 승리의 쟁취만이 전부인 경쟁적 인간이 되었을 수도 있었다.

이제 나는 무엇을 해야 이길 수 있을까? 내가 언니, 오빠보다 잘 할 수 있는 게 대체 무엇이 있었을까? 그들은 나보다 나이도 많고 무엇이건 시작이 나보다 더 빨랐다. 그들이 뭐든지 다 먼저 해나갔으니 대체 내게는 무엇이 남아 있을까?

그 시기는 내가 열여섯 살에 고등학교를 졸업하면서 다가왔다. 부모님과 같이 살고 싶지 않다는 생각을 한 것은 내가 대학교 2학년 때였다. 나는 반항아였고, 새로운 것을 시도하는 존재였으며, 부모님의 뜻을 자주 거스르는 자식이었다. 나는 독립적이었고, 열여덟의 나이에 모든 것을 다 안다고 생각하는 아이였다. 나는 나만의 날개를 펴고 싶었다. 나는 열여덟 살 생일이 지난 몇 달 뒤 집에서 나와 따로 살기 시작했다. 우리 형제들 중에서 맨 처음으로 독립 생활을 시작한 것이다! 얼마 뒤 언니도 집에서 나왔다.

당시 언니는 스무 살이었다. 오빠는 내가 아버지 집을 팔기로 결정을 내리기 직전까지 부모님 집에서 살았다. 오빠는 졌다. 오빠는 마흔여섯 살까지 부모님 집에서 살았다. 내가 이겼다! 아, 나도 승리를 거둔 것이다!

다른 부분에서도 내가 이겼다고 생각된다. 언니, 오빠는 부모님이 주는 돈으로 대학을 다녔지만 나는 내가 벌어서 대학을 졸업했고, 내 힘으로 대학원도 마쳤다. 물론 그러기까지 고생도 많이 했다. 하지만 그런 고생들을 통해 수많은 장애물과 유혹이 길을 가로막고 있을지라도 살아남고 성공하는 방법들을 배울 수 있었다. 이제 이기고 지고는 더 이상 중요하지 않았다. 나는 목표를 세우고 그것들을 이룸으로써 나 자신을 입증했다. 더 이상 오빠, 언니와 비교할 필요성을 느끼지 않았다. 중요한 것은 나 자신을 위해 목표를 이뤄낸다는 것이었다.

20

# 귀한 선물

어느 가을날 오후, 바람이 어찌나 세차게 몰아치는지, 자동차는 도로 위 차선을 달려가기도 헉헉댔다. 방금 전 나는 노스 로스앤젤레스 카운티 여성 작가 네트워크 오찬모임에서 대단히 고무적인 평을 듣고 나오는 참이었다. 차는 세찬 바람에 휘청거렸지만 나의 생각은 오로지 이 책에 빠져 있었다.

나는 아버지를 찾아가는 길이었다. 이 책의 발췌본이 뒷좌석에 얌전하게 놓여 있었다. 아버지의 흥미를 불러일으킬 만한 부분들을 내가 따로 골라낸 페이지들이었다. 내가 아버지에게 바치는 글을 아버지가 읽는 모습을 아버지 옆에 앉아 얼른 보고 싶은 마음에 나는 조급해졌다.

이 얼마나 귀한 선물인가! 내가 이 책을 완성할 때까지 아버지가 살아 있다니. 비록 아버지의 집중력이 예전 같지 않아졌지만 나는 일부분이라도 아버지가 읽게 되기를 바랐다. 이제 아버지는 당신이 읽는 것을 잘 이해하지 못했다. 때로는 당신이 읽은 내용을 실제 상황과 혼동하기도 했다. 몇 개월 전 아버지는 《내셔널 지오그래픽》 과월호를 훑다가 아프리카의 밀렵꾼에 관한 기사를 읽었다. 그날 종일 아버지는 당신이 아프리카에 살고 있으며 밀렵꾼들을 막으려고 노력하고 있다고 생각했다. 아버지는 우리에게도 밀렵꾼을 막는 일을 함께 해나가자고 하기도 했다. 또 한 번은 2차 세계대전에 참전하기 위해 아버지의 상상 속의 모국인 영국으로 떠나기도 했다. 아버지가 이러한 실정에 있음을 알고 있는지라 나는 아버지가 어떤 반응을 보일지라도 — 책을 읽든, 책의 존재를 무시하고 넘어가든 — 받아들일 준비가 되어 있었다.

우리는 살아가면서 무언가를 해내면 부모님을 생각하며 부모님이 과연 뭐라고 말할까를 궁금해한다. 아직 부모님에게 연락을 하고 부모님을 찾아뵙거나 혹은 부모님을 오게 할 수 있는 행운아들이 있는가 하면 이젠 부모님이 이 세상에 계시지 않거나 건강이 안 좋아서 자식들이 이룬 성과를 놓고 함께 기쁨을 나눌 수 없는 경우도 있다. 우리는 다 커서도 부모님으로부터 칭찬받기를 소망한다. 오로지 부모님만이 줄 수 있는 따뜻한 미소, 칭찬의 말, 등을 쓰다듬는 손길과 포옹을 우리는 여전히 갈망하지 않는가?

아버지는 복도를 걷고 있었다. 나를 올려다본 아버지는 깊이 응시하더니 내가 "아버지, 안녕하셨어요." 하고 인사하자 환하게 미소를 지었다. 아버지는 뭔가 말을 했으나 나는 알아들을 수가 없었다. 아버지는 치매 증세가 빠르게 진행되어 가는 것 같았다. 하지만 나는 아버지의 말에 귀를 기울이며 미소를 지어 보이고 고개를 끄덕이고 "예, 그래요." 하며 응수했다. 아버지가 말하는 뜻 모를 문장들을 따라서 말하기도 했다. 당신의 생각이 소통될 수 있다는 사실에 아버지는 안도하는 것 같았다.

우리는 복도를 걸으며 이야기를 나눴다. 내가 아버지를 깜짝 놀라게 해드릴 일이 있다고 말하자 아버지는 미소를 지었다. 우리는 앉을 곳을 찾아 보았다. 널찍한 레크리에이션 룸이 비어 있었다. 우리는 탁자 앞에 나란히 앉았다. 아버지는 내 오른쪽에 앉았다.

책의 표지 부분을 빼내어 아버지에게 건넸다. 아버지는 읽기 시작했다. '아버지에게 바칩니다.' 라는 글귀와 저자의 이름이 당신의 딸이라는 사실 사이의 관계를 아버지가 알아볼 줄로 알았는데, 아버지는 아무 말도 하지 않았다. 하지만 당신이 읽고 있는 글의 내용을 아버지가 이해한다면 아버지는 무척 대견하게 여길 것임을 나는 알았다. '내 새끼' 가 '뭔가를 저 혼자 해냈다.' 며 흐뭇해할 것이다.

아버지는 다음 페이지를 내달라는 뜻으로 손을 내밀었다. 나는 서문 부분을 내드렸다. 아버지가 서문 부분을 읽고 있을 때 노인분들이 몇 사람 들어왔다.

그들은 우리 부녀가 있는 곳으로 걸어왔고, 한 할머니가 내 왼쪽에 앉았다. 나는 할머니를 쳐다보며 미소를 지어 보였고, 할머니도 내게 미소로 화답했다. 할머니는 하얀색의 조그만 토끼 봉제인형을 왼손에 안고 오른손으로 토끼인형의 머리를 사랑스럽다는 듯 쓰다듬었다. 언니네 집에 있는 토끼 두 다리가 생각났다.

아버지는 읽기를 계속해 갔다. 얼마 뒤 내가 물었다.

"그래, 어떻게 생각하세요?"

"괜찮은 역사구나."

아버지는 다시 읽어 내려갔다.

몇 분이 흘렀다. 알고 보니 아버지는 서문 페이지의 제일 아래 문장만 읽고 또 읽고 있었다.

나는 아버지에게 혹시 질문할 게 있느냐고 물었다.

아버지의 대답은 나를 놀라게 했다.

"그가 거둬들인 돈의 액수와 그가 자기 집에서 가족의 집으로 옮겨 간 사실이 놀랍구나."

세상에, 이것은 바로 아버지에 대한 얘기인데 정작 당사자는 자신이 읽고 있는 얘기가 다른 사람의 얘기인 줄 알고 있다니! 아버지는 당신이 지닌 10만 달러 상당의 제너럴 일렉트릭 사 주식 얘기와 당신의 집에서 우리 집으로 옮겨 오게 된 부분에 대해 읽었던 것이다.

바로 그때 또 다른 노인이 우리가 앉아 있는 쪽으로 걸어와 얼마 안 되는 거리에 섰다. 아버지는 나를 보고는 이것들을 치워 두자고 아르메니아 말로 말한 뒤 노인들을 바라보았다.

시설에서의 프라이버시 부족은 적응하기가 어려운 부분이었다. 이 같은 일은 하도 자주 발생하여 나로서는 달리 어쩔 도리가 없었다. 치매 노인들에게 다른 곳으로 가 달라는 말을 어떻게 할 수 있겠는가? 이곳의 노인들은 수긍과 친절을 필요로 하고 있었다. 비록 그들이 어깨 너머로 들여다볼지라도 그들은 자신들이 무엇을 보고 있는지를 알지 못한다는 사실을 나는 깨달았다. 어쩌다 이러한 광경이 직원이나 효도우미들의 눈에 띄면 그들은 노인들에게 다른 곳에 가도록 살살 달래어 우리 부녀가 프라이버시를 누릴 수 있도록 해주었다.

나는 아버지에게 책을 계속 읽으라고 말한 뒤 옆에 있던 노인이 사라졌음을 알려 주었다. 그런 다음 '작은 것이 가장 소중하다' 라는 장의 첫 페이지를 아버지에게 건넸다. 나는 87회 생일을 묘사한 부분을 가리키며 아버지에게 말했다. "아버지, 이건 바로 여기서 벌였던 아버지의 87회 생일파티에 대한 얘기예요." 아버지는 읽기 시작했다.

그 순간 나는 이것이야말로 귀한 선물이라는 생각이 들었다. 나는 그에게 바치는 글을 썼고, 그는 지금 그 글을 읽고 있다! 그의 견해를 덧붙이지 않을 이유가 없다. 나는 아버지가 이미 읽은 페이지들의 뒷면 여백에 잊어버리기 전에 메모를 해나갔다. 아버지와 내가 복도를 걷던 것, 함께 얘기 나눴던 것, 이 책의 서문에 대해 아버지가 보인 최초의 반응, 아버지가 언급했던 기타 부분들을 적었다.

아버지는 당신이 읽은 것에 대해 말할 때 '그'라는 3인칭 대명사를 사용했다. 몇 분 뒤 나는 87회 생일을 맞았던 이가 누구인지 아시겠느냐고 물었다. 아버지는 대답했다. "우리 둘 중의 하나겠지." 아버지는 좀더 길게 조용히 읽은 뒤 '그', '그를' 등으로 3인칭 대명사로 언급했다.

나는 "아버지, 이건 바로 아버지에 대한 이야기예요."라고 말하며 정정했으나 아버지가 납득했는지는 알 수 없었다.

이제 아버지는 어머니의 다림질 이야기가 나오는 부분을 읽어 내려갔다. 나는 다시 한 번 아버지에게 지금 읽고 있는 얘기가 누구의 얘기냐고 물었다. 아버지는 대답했다.

"아빠. 왜냐면 이건 아래층 얘기잖니. 엄마는 위층에 있었어." 아버지는 사람들이 집의 어느 곳에서 지냈는지에 근거하여 사람들을 기억하고 있는 건가?

"이거 기억나요?" 과연 아버지는 어머니가 다림질하던 걸 기억할까 싶어 내가 물었다.

"그래, 아빠의 옷을 갖고 놀았지." 마치 당신이 나인 것처럼 말하고 있었다! 이번엔 아버지가 물었다. "그 사람들 지금은 뭐 한대냐?"

아버지는 계속 읽었고 이따금 견해를 밝혔다. 나는 그런 아버지를 지켜보면서 이따금씩 우리가 있는 방 안을 둘러보았다. 몸을 심하게 흔드는 노인들이 부상 입는 것을 방지하기 위해 특별하게 고안된 '제리체어(gerichair)'라는 휠체어를 탄 한 할머니가 의자의 바퀴를 굴려 방으로 들어오더니 우리가 있는 오른편으로 다가왔다. 할머니의 짧은 곱슬머리는 하얗게 세어 있었고, 입고 있는 티셔츠에는 우스운 글귀가 새겨져 있었다. 할머니의 무릎 위에는 연분홍색 천이 놓여져 있었는데, 할머니는 그것을 일정한 면끼리 마주 닿게 조심스럽게 접었다가 펴기를 반복했다. 내가 지켜보는 동안만도 같은 동작을 여섯 번이나 반복했다. 할머니는 자신의 일에 푹 빠져 있어서 내가 몇 분 동안이나 자기를 보고 있는데도 전혀 알아차리질 못했다.

아버지가 입을 다시 열어서 나는 아버지에게로 돌아갔다.

"…연계되어 있지 않은 상황이 따뜻한 기억을 불러일으킨다…." 이것이 내가 들은 전부였다. 아버지는 오른손 집게손가락으로 한 단어씩 짚으며 몇 줄을 크게 소리내어 읽었다. "어머니의 다림질… 기억난다. 매주 어머니는 다림질하는 데 많은 시간을 보냈다. 어머니가 위층 침실에서 다림질을 했던 게 기억난다. 여름에는 아래층 거실이나 일광욕실에서 다림질을 하기도 했다." 아버지는 그 뒷부분부터는 소리 내지 않고 조용히 읽어 내려갔다.

우리가 체스 놀이를 할 때 어머니가 아버지의 말을 몰래 빼내던 부분을 아버지가 읽었을 때 나는 아버지에게 이 일에 대해 아느냐고 물어 보았다.

“내가 그걸 했었지. 아빠가.”

“당신이 이 일화 속에 등장하나요? 아버지 말이에요.”

“아니.”

“하지만 아버지도 알잖아요. 이….”

“상황 말이지. 그래.”

아버지는 내 말을 끝맺어 주었다.

아버지는 읽기를 멈추고 바깥을 바라보더니 다시 내게로 고개를 돌렸다.

“바깥에 있는 것들… 제대로 살펴 뒀니?”

어쩜! 아버지는 바깥에 바람이 세차게 부는 걸 알고 있다.

나는 대답했다.

“네.”

아버지는 내 말의 뜻을 확실히 이해하려는 듯 내 눈을 들여다보았다. 아버지는 항상 물건들을 제대로 살피고 챙겨져 있는지에 신경을 기울여 왔다.

다음 페이지를 보던 아버지가 한 구절을 손가락으로 가리켰다. 나는 아버지가 가리킨 부분을 들여다보았다. 우리 남매가 키를 놓고 경쟁하던 이야기가 등장하는 부분이었다. 나는 아버지에게 이게 누구에 대한 이야기인지 기억하느냐고 물었다. 아버지는 대답했다.

“아빠에 대한 얘기지. 아빠가 돈 벌어 오는 사람이었으니까.”

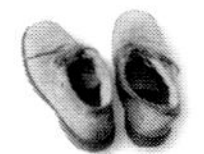

아버지는 짧은 구절 하나를 소리내어 읽었다. "아이들은 성인으로 커나가면서 어떤 사람이 되느냐 경우의 수가 얼마나 다양할 수 있는가를 생각해 보면 참으로 놀랍기만 하다…."

아버지가 읽기를 멈췄을 때 나는 아버지에게 "이건 아버지의 자식들에 대한 얘기예요."라고 말했으나 아버지는 대꾸가 없었다.

아버지는 내가 가지고 간 원고 일곱 페이지를 모조리 읽었다.

나는 전통적인 의미에서의 인정이나 감사는 받지 못했다. 그러나 내가 아버지에게 바치는 헌정문을 아버지가 저 세상으로 가기 전에 읽는 드물고 귀한 행운의 기회를 누렸다!

나는 다시 되풀이해 말했다.

"아버지, 이건 제가 아버지, 바로 당신에 대해 쓴 책이에요."

아버지는 말했다.

"앞으로 흥미로워지겠구나."

21

# 만일 아버지가 제정신으로 돌아온다면

멈출 수 없었다. 그 생각은 내 머릿속을 계속 맴돌았다. '만일 아버지가 정신이 온전해진다면? 이런저런 상황들을 아버지가 만일 알게 된다면?'

다른 사람들도 같은 말을 했다. 한 가족이 치매 환자 가족 모임 때 물었다. "만일 내가 어머니 집을 팔았는데, 우리 어머니가 나중에라도 정신이 온전해져서 당신 집으로 돌아가겠다고 하면 어쩌죠?" 그 자리에 있던 우리들도 모두 그 점을 궁금하게 여기고 있던 참이었기 때문에 우리는 웃었다. 일반적인 상식으로 얘기하자면 말도 안 되는 소리라고 일축해 버릴 수 있겠지만 우리 치매 환자 가족들에게는 그것이 관심사 중의 하나였다.

남편과 나는 아버지가 1952년에 구입한 집을 팔기 위해 힘들게 작업을 했다. 나는 집에 있는 물건들 가운데 기념할 만한 물건들 몇 가지를 언니, 오빠와 골라냈고, 그 나머지는 팔거나 기증하거나 처분했다.

그런데 만일 어느 날, 우리가 같이 앉아서 얘기 나누던 중에 아버지가 또렷하고 분명한 자세로 "여기서는 이제 볼일 다 끝났어. 나는 이제 집에 가련다."라고 말한다면….

"어, 저, 그게 그러니까…. 으음, 제가 아버지에게 뭐라고 말씀드려야 될지 모르겠는데, 저희가 아버질 캘리포니아로 모셔 오고 아홉 달 뒤에 아버지의 밀워키 집을 팔았어요."

"뭐야?" 아버지는 점잖은 분이니까 이렇게 말하겠지.

"어째서 너희들이 내 집을 팔았지?"

우리는 우리가 저지른 일에 곤혹감을 느끼며 아무 말도 하지 못할 것이다.

몇 달 전만 해도 아버지의 정신은 온전했었다. 아버지가 캘리포니아의 우리 집으로 들어와 살게 될 무렵, 아버지는 당신이 기억을 잃어가고 있음을 느끼고 있었다.

아버지는 평소 쓰던 영어 단어가 기억이 안 난다고 말했다. 나는 아버지에게 그러면 아르메니아 말로 얘기하라고 했으나 아버지는 웃으며 아르메니아 말도 잊어먹었다고 단어들이 금방 떠오르질 않는다고 말했다.

그런데 지금 만일 아버지의 정신이 온전하다면? 여태까지의 일

들은 한 편의 연극이었다면? 우리들이 어떤 반응을 보일지를 시험해 본 거였다면?

그렇다, 이것은 터무니없는 억측이라는 걸 나도 안다. 하지만 자꾸 이런 생각이 드는 것은 어쩔 수 없다.

22

# 작지만 소중한 순간들

오후 5시 50분. 남편과 내가 요양시설로 아버지를 면회 간 시간은 저녁식사 시간이 시작된 지 20분 뒤였다. 로비에 들어서자 안내 직원이 상냥하게 "안녕하세요?" 라고 인사를 하며 우리를 맞아 주었다. 우리는 원생들이 지내는 내부로 들어가게 해달라고 요청했다. 이제는 귀에 익은 벨소리를 들으며 우리는 자동으로 잠금장치가 풀리는 문 손잡이를 돌리고 안으로 들어갔다. 각기 다른 방향으로 난 복도 세 개가 나왔다. 한 복도는 우리 바로 앞으로 나 있었고, 다른 복도는 우리의 왼편으로, 또 다른 복도는 우리의 오른편으로 나 있었다. 아버지를 담당하는, 아르메니아 말을 할 줄 아는 효도우미가 우리에게 아버지가 식당에서 저녁식사를 끝내가고 있다고 알려 주어 우리는 앞으로 계속 걸어갔다. 효도우미는 우리에게 아버지에게 가 보라고 했다.

우리는 식당으로 걸어갔다. 식사하는 모습을 보게 되는 것은 이번이 처음이었다. 식사 중에 낯선 사람이 들어서면 노인들은 식사를 하다 말고 자리에서 일어서곤 하기 때문에 시설 측에서는 가족들에게 식사시간을 피해서 면회를 와 달라고 이른 바 있었다.

우리는 식당 문 앞에서 머뭇거리며 안을 들여다보고 아버지를 찾아보았다. 활동 담당 직원이 우리를 보더니 미소를 지으며 다가와 물었다.

"마틴 할아버지를 찾아오셨군요?"

그녀에게 고마움을 느끼며 그렇다고 대답하자, 그녀는 우리에게 들어오라고 했다.

"저를 따라오세요. 어르신은 여기서 저녁식사를 하는 중이세요."

우리는 그녀를 따라 아버지가 자주 앉는 뒤쪽 테이블로 갔다. 식당에 먼저 나오는 노인들은 입구 가까이에 앉았지만 아버지는 대개 거의 마지막으로 식당에 나왔기 때문에 뒤쪽에 앉는 경우가 많았다.

"마티인 어르신!"

직원은 '이' 자에 강세를 주며 아버지를 불렀다.

"따님이 보러 오셨어요!"

우리가 그녀에게 고맙다고 인사하자 그녀는 미소를 지어 보인 뒤 다른 노인들을 시중들기 위해 다른 쪽으로 걸어갔다. 아버지

는 먼저 나를 올려다본 뒤 이어서 남편을 쳐다보았다. 아버지의 눈이 휘둥그레 벌어졌다.

아버지는 "아이고, 보게 되니 반갑다!" 라고 말하며 손뼉을 쳤다. "와 주니 반갑다!" 열렬한 환영 인사를 받은 우리는 일단 자리에 앉기로 했다. 나는 아버지 옆에 남편은 내 옆에 앉았다.

"여긴 뭐 하러 왔냐?"

"그야 아버지 뵈려고 왔죠."

우리는 활짝 미소를 지으며 대답했다.

"나를?"

우리가 찾아온 이유가 당신 때문이라는 사실에 아버지는 놀란 듯이 되물었다.

"그래요, 아버지요!"

나는 장난스럽게 아버지의 어깨를 쿡 찌르며 외쳤다.

아버지는 "좋구나!" 라고 말한 뒤 음식이 놓여 있는 곳으로 고개를 돌렸다.

아버지는 우리에게서 신경을 거두고 음식을 드셨다. 어쨌든 뭔가를 드시니 잘 된 일이라고 생각했다. 남편과 나는 우리 일에 대해 조금 얘기를 나눴다. 아버지 맞은편에 앉은 노인 한 분이 우리에게 관심을 보였다.

"그 사람들이 내 차를 어디에다 주차시켰는지 아시오?"

"음…."

노인이 무슨 생각으로 그런 말을 묻는 건지 알 수 없었으므로 나는 뭐라고 대답해야 할지 몰랐다.

노인은 덧붙여 말했다.

"그 사람들이 라살르 앤 미시건 옆에 주차시켰나?"

"라살르 앤 미시건? 시카고에 있는 것 말인가요?"

노인이 자신의 말이 이해됐다고 느끼게 되기를 바라는 마음으로 내가 물었다.

순간 노인은 눈빛을 반짝이며 고개를 끄덕였다.

"네, 그 사람들은 영감님이 부탁하신 바로 그곳에다 주차시켜 놨어요."

"잘 됐군, 그럼 이따가 내가 가져가면 되겠구먼."

나는 남편을 쳐다보며 말했다.

"그것 참 희한한 일이네요. 여기 있는 분들은 모두 시카고 출신인가 봐요?"

아버지는 밀워키로 이사 오기 전에 시카고에서 살았다. 이곳 시설로 옮겨 온 뒤에도 아버지가 기억하는 시카고의 이곳저곳을 입에 올리곤 했다. 아버지와 같은 방에서 지내는 노인 한 분도 시카고에서 살던 분이었다. 그분은 마르딕(이 분의 상상 속의 남동생)과 자신이 어릴 때 공놀이하고 놀던 얘기를 내게 들려주곤 했다. 그분은 사람들이 아버지를 '꼬마'라고 불렀다는 얘기도 했다. 물론 이 얘기는 사실이 아니었지만 나는 두 분이 서로를 알고 지내 온 사이라고 믿고 싶었다. 그분이 당신과 우리 아버지 사이에 연관되는 부분이 있다고 믿는 편이 차라리 낫다는 생각이 들었다. 치매로 인해 정신이 혼란한 분들이니만큼 실제든 상상이든 친밀감은 노인들에게 위안이 되었다.

우리는 천천히 식사를 하고 있는 아버지를 계속 지켜보았다. 아버지는 쟁반에 놓인 흰빵에 손을 뻗었다. 샌드위치를 앞으로 가져오는 아버지의 왼손이 조금 떨렸다. 아버지는 샌드위치 속에 뭐가 들어 있는지를 보기 위해 오른손 집게손가락을 식빵 사이로 조심스럽게 밀어 넣었다가 손가락을 뺀 뒤, 버터가 발라진 부드러운 빵을 한 입 베어 물었다.

등을 구부린 채 앉아서, 떨리는 손으로 음식을 조심스럽게 떠서 천천히 입으로 가져가는 아버지의 모습을 지켜보며 우리는 앉아 있었다.

아버지를 한참 바라보던 끝에 내가 남편에게 물었다.

"귀엽지 않아요?"

남편은 대답했다.

"어, 그런 것 같군."

자기 아버지에게 귀엽다는 표현을 쓰는 것은 좀 그렇지만 아버지에게는 확실히 귀여운 면이 있었다. 아버지는 어느 정도 능력 상실 반열에 올라 있었다. 하다 못해 혼자서는 끼니를 챙겨 먹지도 못하지 않는가. 아버지는 이제 더 이상 스스로를 돌볼 수 없었다. 그런 아버지가 어쨌든 이렇게 균형 잡힌 식사를 제공받고, 그걸 드실 수 있으니 나로서는 감사해야 할 노릇 아닌가. 언젠가는 음식도 혼자서 먹지 못하고 다른 사람이 먹여 드려야 될 날이 올

것이다. 단지 시간의 문제일 뿐 치매 환자들은 대개가 그렇게 되고 만다.

등을 푹 구부린 채 쟁반 위 접시의 음식들을 비우고 있는 우리 아버지. 아버지가 음식을 집으려면 어깨를 거의 눈썹 높이까지 올려야 했다. 아버지는 떨리는 손으로 조심스럽게 숟가락이나 포크를 뻗쳐 원하는 음식을 뜨고 집었다. 아버지는 으깬 감자, 부드러운 흰빵 같은 물렁물렁한 음식들을 좋아했다. 달콤하고 물렁하기까지하면 그야말로 금상첨화였다.

남편과 나는 아버지가 음식 먹는 모습을 가만히 지켜보았다. 가끔씩 주변의 다른 노인들도 보고, 노인들이 먹고 난 음식 쟁반을 치우는 효도우미들도 보았다.

식사를 마친 아버지는 냅킨을 집어 들어서는 입가를 조심스럽게 닦았다. 아버지는 냅킨을 단정하게 접은 뒤 정반 위에 놓았다. 나는 아버지에게 이쑤시개를 건넸다. 아버지는 식사를 마치면 항상 이쑤시개를 사용해 왔다. 하지만 이곳 시설에서는 함부로 두었다가 노인들이 찔릴 수 있다는 이유로 이쑤시개는 금지품이었다. 내가 아버지에게 이쑤시개를 건네자 아버지는 나를 물끄러미 바라보았다. 아버지는 이쑤시개를 받아들고 얼른 사용한 뒤 쟁반 뒤에 놓았다. 아버지는 일어나서 쟁반을 들어 올려서는 효도우미에게 내밀었고, 효도우미는 아버지에게 미소를 지으며 고맙다고 했다. 효도우미는 우리를 보며 "마틴 할아버지는 항상 이렇게 해 주시죠."라고 말했다.

아버지는 우리에게 고개를 돌려 정중한 태도로 "저녁식사 자리에 당신들과 함께 있게 되어 기뻤소. 고맙소."라고 말하더니 등을 돌려 저쪽으로 걸어갔다. 남편과 나는 웃음이 나왔다. 이런 상황에서 우리가 달리 뭘 어떻게 할 수 있을까? 정말 웃기는 노릇이었지만 아버지는 전혀 알지 못했다.

처음 시설에 들어갔을 때 아버지는 돈 걱정부터 했다.

"난 밥 안 먹으련다. 누가 밥값을 대 주겠냐."

"이미 다 냈어요."

"누가 냈는데?"

아버지는 누가 자신에게 들어가는 비용을 댔는지가 정말로 궁금해서 묻는 거였다.

처음에는 우리가 냈다고 말했는데 우리에게 부담을 주는 것을 원치 않았던 아버지는 갚겠다고 했다. 우리는 괜찮다고 했다. 사실 모든 비용은 아버지 돈으로 치렀으나 아버지는 당신에게 그만한 돈이 있다는 사실을 믿지 못했고, 우리는 아버지를 근심스럽게 만들어 드리고 싶지 않았다. 남편과 나는 의논 끝에 아버지가 이것에 대해 다음에 다시 물으면 달리 대답하기로 했다.

그 뒤 우리는 이렇게 대답했다.

"정부가 모든 비용을 지불하고 있어요."

"그래? 왜 정부가 날 위해 돈을 내 주냐?"

"아버지는 정년퇴직했잖아요. 이건 정부가 정년퇴직자들에게 제공하는 혜택이에요."

물론 이는 거짓말이었지만 아버지의 기억이 쇠해 버린 이 마당에야 마음을 편하게 해드리는 게 우선 아닐까?

아버지는 "그거 잘 됐구나."라고 말했다.

아버지는 가끔씩 우리에게 1달러만 달라고 했다. 어떨 때는 "너 혹시 돈 좀 있냐?"라고 묻기도 했다. 내가 있다고 대답하면 아버지는 다시 물었다.

"나한테 좀 줄 수 있냐?"

"얼마나요?"

"너 얼마나 가지고 있는데?"

나는 지갑을 열고 그 안에 들어있는 10달러짜리와 20달러짜리 지폐들을 보여 드렸다. 아버지는 10달러짜리 한 장을 집으며 말했다. "고맙다. 이거면 한동안 쓰겠지. 내가 갚으마." 그런 다음 아버지는 왼쪽 앞주머니에 돈을 집어 넣었다. 그로부터 몇 달 뒤, 아버지는 잔돈을 좀 달라고 했다.

아버지의 치매 정도가 점점 더 심해지면서 아버지는 엄마, 아빠에 대해 묻곤 했다. 아버지가 말하는 엄마는 아버지의 엄마, 즉

할머니를 의미할 때도 있었고, 아버지의 아내, 즉 우리 엄마를 의미할 때도 있었다. 아버지는 "넌 엄마 보러 갈 거냐?" 라든가 "엄마는 좀 어떠냐?" 혹은 "아빠는 어떠냐?" 라는 식으로 물었기 때문에 우리로서는 아버지가 어느 엄마를 지칭하는 건지 헷갈리곤 했다.

몇 달 전까지만 해도 우리는 모든 부분에 있어 아버지에게 사실 그대로를 알려 드리려고 노력했었다. 우리는 아버지에게 당신의 부모님은 오래 전에 돌아가셨음을 일깨워 드렸다. 그러면 아버지는 풀이 푹 죽는 모습이었다. 아버지는 당신의 아내와 부모님이 이젠 이 세상 사람이 아니라는 사실을 납득하질 못했다. 남편은 논리적인 방법으로 아버지를 이해시켜 드리려고 했다. 남편은 아버지에게 나이를 물었다. 아버지는 70대나 80대 정도 된 것 같다고 대답했다. 남편은 아버지에게 만일 부모님이 살아 있다면 연세가 백 살도 넘었을 거라고 말했다. 우리 집안에 그런 장수자가 나온다는 것은 불가능하다는 것을 알고 있는지라 우리 모두는 웃음을 터뜨렸다. 그러면 아버지는 화제를 다른 걸로 바꿨다.

그 뒤 우리가 아버지를 다시 면회 갔을 때 아버지는 똑같은 질문을 또다시 물었다. 그 뒤 나는 치매 환자 가족 모임 자리에서 정직성의 문제를 화제로 꺼냈다. 모임이 끝난 뒤 자기 어머니를 치매 환자로 둔 진이라는 여성이 나를 한쪽으로 잡아끌더니 이걸 한 번 생각해 보라고 얘기를 꺼냈다. 그녀는 아버지의 기억력이 감퇴했으니까 부모님과 부인이 이 세상 사람이 아니라는 사실을 아버지에게 일깨워 드릴 때마다 아버지는 매번 상실감을 느낄 거라고 말했다. 그녀는 만일 내가 거짓말을 하는 것이 힘들다면 아버지가 물은 사람과 함께했던 즐거운 기억들에 대해 얘기를 하며 화제를 돌리라고 귀띔했다.

그 뒤 아버지가 엄마, 즉 우리 엄마에 대해 말을 꺼냈을 때 나는 아버지에게 일요일이면 온가족이 도시락을 싸 들고 소풍 가곤 했던 일이 기억나느냐고 물었다. 아버지는 미소를 짓더니 당신은 그 일이 기억나지 않지만 내가 그걸 기억하는 게 신통하다고 하며 "넌 가족소풍을 정말 좋아했었던 모양이구나."라고 말했다. 나는 고개를 끄덕였다. 이 방법은 확실히 효과가 있었다!

곧이곧대로 정직을 고수하려 하기 때문에 힘들어질 수 있다. 정직을 고수하려는 우리의 고지식함이 때로는 치매 환자에게 상처를 줄 수도 있다는 중요한 사실을 가르쳐 준 진에게 고맙다.

하지만 의문은 여전히 남는다. 우리는 어떤 때 정직해야 하고 어떤 때 정직해서는 안 되는가?

나는 밀워키의 아버지 집에서 가져온 물건들을 정리하던 중에 아버지가 잊지 않고 기억해 두기 위해 기록해 두었던 다이어리와 메모들을 발견하고 생각에 빠졌다. 아버지는 몇몇 다이어리 위에는 '잊어먹지 않기 위해 이것을 적어 둔다.'라고 써 놓기까지 했

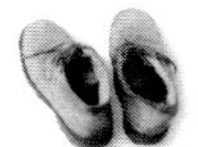

다. 우리 집에서 살 때에도 아버지는 당신의 세계를 이해하기 위해 메모를 적어 두곤 했다. 때로 그것은 현실 세계에 매달리려는 필사적인 수단으로 내 눈에 비쳤다.

아버지의 세심함과 꼼꼼함은 나를 미소 짓게 했다. 아버지 방의 벽장을 정리하던 중에 할로윈 장식품을 발견했다. 그것은 90센티미터 정도 길이의 똬리를 튼 고무 뱀이었다. 아버지는 뱀이 똬리를 풀지 못하도록 뱀의 몸을 실로 친친 감아 놓았다. 아버지는 실의 끝을 리본으로 만들어 쉽게 풀어질 수 있도록 배려하는 걸 잊지 않았다.

그걸 보고 있자니 밀워키에서 있던 일이 떠올랐다. 아버지의 책상을 정리하며 중요한 것들과 중요하지 않은 것들을 급히 가려내던 중에 나는 특이한 것을 발견했다. 전동타자기의 수정용 리본을 감는 오렌지색 얼레로 둘레를 감은 카세트테이프였다. 아버지는 대체 무슨 생각으로 이런 짓을 했을까? 왜 이렇게 공들이고 시간 들여서 테이프를 꽁꽁 싸 놓았을까?

아버지는 모든 것을 싸고, 상자에 담고 한편에 치워 둔 뒤 "나중에 볼 거야."라고 말하곤 했다.

우리는 일상 생활에서 작은 순간들은 그 당시에는 별로 의미 있게 보이지 않기 때문에 그냥 무심히 지나쳐 버리곤 한다. 아버지의 물건들을 정리하면서 어떤 것들은 보관하고 어떤 것들은 버려야 하는지를 판별하기란 쉽지 않았다. 나는 물건들을 모아 두는 걸 좋아하진 않았지만 너무 많이 버리지는 않으려고 노력했다.

나는 의미가 담긴 물건들을 담아 보관해 두기 위해 80리터짜리 컨테이너 박스를 마련했다. 하지만 우리가 물건들을 너무 많이 모아 두면 우리는 소유물의 노예가 되어 버리고 만다는 것이 내 생각이었다. 우리 부모님이 그 대표적인 사례였다. 이것은 계속되는 몸부림이다. 어떤 것이 내일 내게 의미를 지니게 될지를 오늘 내가 어떻게 알 수 있으랴? 내가 살아가면서 뭔가 다른 것을 경험한다면 아버지의 내면을 들여다보는 시각을 좀 달리 갖게 될지도 모르겠다.

아버지가 보관해 둔 서류들을 정리하다 보니 대부분은 폐휴지로 던져질 수 있는 것들이었으나 개중에서도 흥미로운 사실들을 찾아낼 수 있었다.

아버지가 30대 시절에는 이름의 첫 자와 성만을 써서 M. Avadian으로 서명을 했다는 사실을 알아냈다. 신기한 것은 나 역시도 근 10여 년 전부터 같은 식으로, 즉 이름의 첫 자와 성만을 써서 서명을 해오고 있다는 사실이었다. 흥미로운 우연의 일치가 아닐 수 없었다. 서명해야 할 서류들이 갈수록 늘어남에 따라 취하게 된 요령이었다. 나는 손목이 안 좋았으므로 조금이라도 글자를 덜 쓰면 손목의 고통도 그만큼 덜해질 거라는 생각에서 내 나름대로 머리를 굴린 조치였다. 신기한 것은 아버지 역시도 나

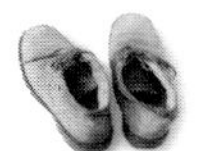

와 거의 같은 나이 때 같은 식으로 이름자를 줄여서 서명을 했다는 점이었다. 아버지는 40대에 들어와서는 다시 이름 전체를 써서 서명을 하게 되었다. 어쩌면 나도 40대에 들어서면 그렇게 할지도 모르겠다.

아버지는 논리적이고 이성적인 분이었다. 아버지는 매사를 꼼꼼하게 기록해 두는 분이었다. 아버지가 기록해 둔 것들을 살펴보는 것은 나로서는 즐거운 일이었다. 아버지는 내가 태어났을 당시의 병원 영수증도 챙겨 두었다. 1959년에 내가 이 세상으로 나오는 데 150달러가 들었다. 내가 수두를 앓았던 때의 기록도 보관되어 있었다. 내 왼쪽 귀의 청력이 상실된 것은 아마도 그때 열이 40도까지 올랐던 때문인가 보다.

연로해지면서 아버지는 당신의 재정 현황을 파악해 나갔고, 당신이 채권자로 있는 돈들을 모아들이기 위해 여러 은행들, 국세청, 변호사들에게 편지들을 썼고, 이를 모아 두었다. 기록들을 살펴보니 아버지는 안전 위주의 보수적인 방식으로 트자를 해왔음을 알 수 있었다. 아버지는 저축 채권, 양도성 예금증서, 재무부 발행 장기 채권 등에는 투자를 했으나 내가 1980년대 중반에 주식 투자를 권유했을 때는 거절했다. 아버지도 젊은 시절에는 여러 회사들의 주식들을 사들인 적이 있으나 이로 인해 재미를 봤는지는 잘 모르겠다.

해리스, 업햄 앤 컴퍼니에서 발행한 《피치 스톡 서머리》 1943년 4월호가 서류더미에서 나오기에 펼쳐 보니 경제 대공황 시절의 주가 현황에 대해 요약이 되어 있었다. 놀랍게도 AT&T의 주가는 1929년에서 1942년 사이 310달러 25센트에서 70달러 25센트로 떨어졌고, 제너럴 일렉트릭 사의 주식은 100달러 75센트에서 8달러 50센트로 곤두박질을 쳤으며, IBM 주식의 경우 255달러에서 52달러 50센트로 추락을 했다. 그로부터 50년이 더 지난 지금은 이 주식들이 과연 얼마만큼의 가치가 있을지 나로서는 짐작도 할 수가 없었다. 이 오래된 책자에는 종목 리스트도 나와 있었다. 새로 알게 된 사실 한 가지! 1942년에는 귀금속은 거래되지 않았으나 후추는 종목 리스트에 올라 있었다.

우리 아버지를 생각할 때면 떠오르는, 작지만 소중한 순간들이 있다. 알고 보면 작은 것들이 두고두고 남을 추억을 만든다.

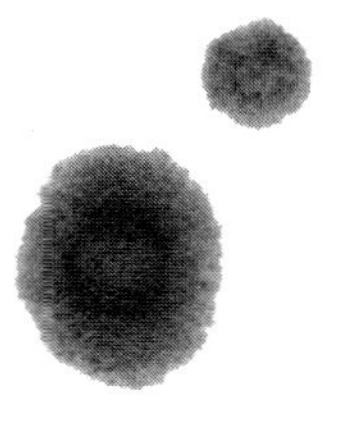

# 에필로그

아버지는 지금도 요양시설에서 잘 지내고 있다.

지난 8월 우리는 아버지의 여든여덟 번째 생일을 축하하는 자리를 가졌다. 아버지는 특별히 편찮은 데 없이 여전히 건강하며 체중도 53~54킬로그램을 유지하고 있다. 아버지는 눈에 띄게 행동이 느려졌고 정신이 오락가락하는 정도도 더 심해졌으나 효도우미들의 도움을 받아 잘 거동한다.

아버지는 이제 남편과 나를 알아보지 못한다. 우리가 아버지를 면회하러 가면 아버지는 우리 옆을 그냥 지나쳐 가 버린다. 우리가 이를 다른 사람들에게 얘기하면 사람들은 우리더러 서운하겠다고 말한다. 하지만 어째 그런지 나는 별로 서운한 줄 모르겠다.

우리는 아버지를 있는 그대로 받아들이려 노력한다. 물론 아버지가 우리를 알아보고 우리들의 이름을 불러 주면 좋겠다. 어느 날 오후에 그랬던 것처럼. 언제나처럼 우리를 지나쳐 가 버리던 아버지가 갑자기 고개를 돌려 나를 바라보며 말했다. "얘야, 브렌다야. 누가 돌봐 줄 거냐?" 라고. 나는 깜짝 놀랐다. 석 달 전부터 아버지는 나를 알아보지도 못했고 심지어 내가 남자인지 여자인지조차도 구별하지 못했는데, 바로 이 순간 아버지는 내 이름을 불렀고, 내가 당신 딸이라는 사실을 알았다!

아버지와는 의미를 담은 대화를 제대로 할 수가 없다. 우리는 아버지의 하루, 자식들, 부인, 예전 회사에 다니던 시절에 대해 물어 본다. 그러면 아버지는 차를 고치는 얘기, 공상 속에서 만들어진 사람들을 기다린다는 얘기 등을 한다. 아버지는 우리에게 그날 엄마, 아빠(즉 우리의 할아버지, 할머니)를 만났느냐고 물어 보기도 한다.

나는 아버지가 우리와 함께 이 세상에 있어 주어서 행복하다. 나는 아버지가 1998년 봄을 맞이할 거라고 생각하지 않았다. 하지만 아버지는 1998년의 봄을 맞이했다. 나는 이런 페이스로 아버지는 2000년대를 맞이할 걸로 믿는다. 내게 있어서는 아버지의 정신 상태가 어떠하든간에 아버지와 함께 있는 것이 아버지가 안 계신 것보다 훨씬 좋다. 아버지는 아직 이 세상을 떠날 준비가 되어 있지 않고, 나는 아버지를 떠나 보낼 준비가 되어 있지 않다. 그 시기가 올 때 그것은 우리의 다음 번 고비가 될 것이다.

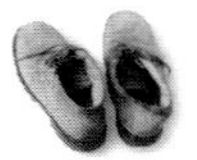

1997년 3월 카탈리나 섬에서의 아버지

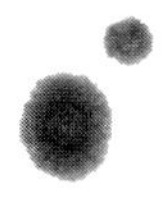

## 치매 환자 가족을 위한 10가지 제안

1. 일은 차근차근 한 걸음씩 처리해 나가자.

2. 다른 치매 환자 가족을 만나 함께 얘기를 나눠 보자.

3. 말을 할 때는 환자의 눈을 똑바로 바라보고 얘기하자.

4. 치매 환자가 계속 같은 질문을 해와도 처음 듣는 질문인 것처럼 대답하자.

5. 치매 환자가 이상한 행동을 하거나 욕을 해대도 그것은 그들이 의식적으로 하는 행위가 아니라는 사실을 명심하자.

6. 때에 따라서는 좌절감을 느끼거나 화가 날 수도 있다. 산책이나 친구와의 전화통화 등 감정을 적절히 배출할 수 있는 방법을 찾아보자.

7. 다른 사람들로부터 지원과 도움을 구하자. 치매 환자 가족 모임을 만들어 정기적으로 모이는 자리를 갖자. 남들도 나처럼 죄책감, 분노, 좌절감, 불확신, 의기소침, 무력감 등을 겪고 있다.

8. 내 몸도 잘 챙기자. 일도 적당히 쉬어 가며 해야 한다. 내가 할 수 있는 영역과 한계를 분명히 세우자. '내 한 몸 다 바쳐'라는 식의 순교자가 되진 말자! 내 몸이 건강해야 남도 돌볼 수 있다. 탁노소, 입주 간병인, 노인 요양시설 등 대안책도 고려해 보자.

9. 그때그때 적절하게 미소를 지어 드리고, 안아 드리고, 어루만져 드리자.

10. 법, 금전, 건강 등에 대해 전문가의 조언을 구해 들어 보자.

## 《내 신발이 어디로 갔을까》를 읽고서

멋진 책이다! 인간의 기본 요소들을 파괴해 버리는 병을 앓는 가족을 보살피면서 겪게 되는 시련과 고난이 진솔하게 드러나 있다. 이 책이 노인성 치매 환자를 돌보는 이들에게 위안이 되리라고 확신한다.

— **로렌스 와인버그**(철학박사, 의학박사, 신경과 전문의)

치매 노인을 모시고 보살피는 이들이 느끼는 심경을 생생하게 담아 낸 귀한 책이다. 이 책으로 말미암아 치매 노인들을 돌보는 이들은 그들의 고통을 숨기기보다 드러내 놓고 함께 나누고 보듬을 수 있게 될 것이다. 저자는 저자의 부친과 함께 밟아 나가는 여정을 꾸밈없이 생생하게 들려줌으로써 이 책을 읽는 우리들에게 비극과 위기가 도처에 도사리고 있었던 그 여정의 생생한 단면을 들여다볼 수 있게 해준다.

— **루 주어리**(저자의 친구, 항공우주공학 컨설턴트)

《내 신발이 어디로 갔을까》는 진실과 유머가 담긴 기운찬 책이다. 실제로 치매 노인을 모시고 돌보는 이들뿐 아니라 우리 모두에게 언제 우리 주변에도 닥쳐올지 모르는 노인성 치매라는 질환에 대해 보다 정확한 이해를 할 수 있게 도와 주는 고무적인 책이다.

— **로이스 에리시 풀**(작가, 칼럼니스트)

《내 신발이 어디로 갔을까》는 노인성 치매라는 청룡열차에 올라탄 상황을 포착해 내고 있다. 이 질환을 가진 환자를 어떻게 다루어야 할 것인지로 고민하는 이들을 위한 필독서다.

— 로버타 와이드머(순회보건원협회 탁노소 관리소장)

치매에 걸린 아버지를 돌보는 딸이 느끼는 두려움과 불안을 진솔하게 밝히고 어려운 상황들을 당당하게 해결해 나가는 모습을 보여 주고 있다. 《내 신발이 어디로 갔을까》는 치매 노인을 돌보는 도든 이들이 겪는 심경들을 가감없이 드러냈다.

— 켄 하워드, 샐리 하워드(저자의 수양 부모)

브렌다는 노인성 치매라는 질환이 환자 당사자, 그를 돌보는 이, 그리고 그 가족 전체에 영향을 미칠 수 있음을 보여 주었다. 브렌다가 겪어나간 어려운 선택의 상황들을 언젠가는 우리 자신도 겪게 될지 모른다. 브렌다의 남편으로서, 나는 우리 모두가 브렌다처럼 아버지의 치매 발병을 통해 어려운 과제들을 직면하여 이를 지혜롭게 풀어가고 깨달음을 얻을 수 있으리라고는 생각하지 않는다. 이 책은 현재 치매 노인을 보살피는 이들, 장차 그 역할을 하게 될 이들이 반드시 읽어야 할 책이다.

— 데이빗 보든(저자의 남편)

흥미로운 내용과 유익한 정보를 담고 있다.

— J. 파슨스(치매에 걸린 86세 노모를 모시고 사는 전직 간호사)

마틴 어르신은 수년 전에 돌아가신 나의 아버지를 떠올리게 한다. 《내 신발이 어디로 갔을까》는 너무도 감동적이다. 나는 이 책을 읽으면서 몇 번이고 눈물을 흘렸다. 우리는 우리가 생각하는 것보다 훨씬 더 강인하다는 사실을 나는 새삼 떠올렸다. 이 책은 내게 새로이 용기를 불어넣어 주고 힘을 실어 주었다.

— 잰 퍼거슨(일명 맨발 부인)

헌신적인 딸의 슬프지만 감동적인 회고담과 노인성 치매로 인해 하루하루 정신이 쇠락해 가는 아버지의 수기. 치매 노인을 돌보는 모든 이들에게 가장 큰 도움을 주는 책이자 수련중인 학생들이 반드시 읽어야 할 필독서.

— 말리스 멕클러(노화연구 검진센터 내 언어 연구팀 소속 언어 병리 생리학자)

노인성 치매 질환을 앓고 있는 아버지를 둔 딸로서 평한다면, 애버디언 여사는 치매 부모를 모시는 자식들이 부딪히는 한계와 그로 인한 갈등을 너무도 정확하게 짚어내고 있다. 이 병이 인간의 존엄성을 얼마나 비극적으로 앗아가는지를 이 책은 묘사하고 있다.

— 케이티 코벳(신문 기자, 편집인)

치매에 걸린 아내를 6년 간 보살피다 전문요양시설로 보내게 된 나로서는 애버디언 여사가 쓴 이 책이 진작에 나왔었더라면 하는 아쉬움이 느껴진다. 애버디언 여사의 문장력, 페이소스, 유머, 철학은 케이크의 표면 장식일 뿐, 읽어 내려가면 내려갈수록 이 책의 진미는 더욱더 그 맛을 더해 간다.

— 조너던 슐킨(진가를 인정할 줄 아는 치매 환자 가족)

치매 환자와 그 가족들의 문제를 풀어 주기 위해 오랜 시간을 보낸 전문가로서, 나는 그분들의 힘과 인내, 유머 감각에 경이를 느껴 왔다. 이 책은 그간 내가 보아 온 것들을 구체화했으며, 독자들을 잠시나마 치매 환자 가족의 일원이 되게 해준다. 이 책은 치매 환자 가족 및 관련 전문가들의 필독서다.

— 말린 V. 해리슨(공인간호사, 그라나다 힐스 지역 병원 노화연구 검진센터 계획편성 담당 팀장)

이 책은 노인성 치매 환자인 나의 사랑하는 남편에 대한 즐겁고 아픈 추억과 영상을 나눠 준다.

— 패티 콤튼(사랑하는 사람을 돌보는 치매 환자 가족)

1961년 7월 공군 지옥 훈련을 받으러 떠나기에 앞서 채플린 기지에서 들었던 강연을 지금도 잊을 수 없다. 당시 나는 조종사 교육을 막 마치고, 3주일 간 지옥 훈련에 들어갈 예정이었다. 지옥 훈련 기간 중에 우리는 산 속에서 지내면서 매일 북부 캘리포니아 지역의 산들을 비행하기로 되어 있었다. 그때 들었던 강연의 내용을 정리해 보면 다음과 같다.

"이 도전을 시작하면서 여러분들 모두는 다양한 경험을 하게 될 것이다. 하지만 여러분들 모두가 한 가지 공통되는 경험을 하게 되리라는 것을 나는 여러분들에게 분명하게 말할 수 있다. 이 여행을 하는 도중 어느 땐가 여러분들은 누군가와 마주 대하게 될 것이고, 그를 그냥 무시하고 지나쳐 버릴 수 없게 될 것이다. 여러분들은 그를 좋아할 수도 있고 그를 경멸할 수도 있지만 어쨌거나 그를 만나게 될 것이다. 여러분들이 그를 언제 만나게 될지에 대해서도 나는 말해 줄 수 있다. 여러분들이 굶주렸을 때, 완전히 지쳐 버렸을 때, 추울 때, 비에 흠뻑 젖었을 때, 두려울 때가 바로 그를 만나게 되는 때다. 바로 그때 여러분들은 그의 얼굴을 정면으로 응시하게 될 것이다. 그 사람은 바로 여러분들 자신이다! 이전에는 그런 식으로 자기 자신을 본 적이 없었을 것이다. 그에게 물어 보라, '너는 이걸 끝까지 해낼 테냐? 아니면 중도에 포기해 버릴 테냐?' 자신의 마음을 움직여 지속해 나갈 힘을 찾아내라."

브렌다는 《내 신발이 어디로 갔을까》에서 이 사람과 여러 차례 마주 대했다. 그녀의 여행은 도처에 위험이 도사린 고난의 길이었으나 그녀는 결국 찾아냈다. 삶을 지속해 나가고 끝까지 해나갈 수 있는 힘을.

— 데이브 '퍼그' 퍼거슨(전투기 조종사, 베트남전 참전용사, 시험 비행 전문 조종사, YF-22기 최초 조종사)

내 신발이 어디로 갔을까

지은이 · 브렌다 애버디언
옮긴이 · 이양준

초판 1쇄 인쇄 2003년 8월 26일
초판 1쇄 발행 2003년 9월 2일

펴낸이 · 한 순 이희섭
펴낸곳 · 나무생각
팀장 · 강혜란
편집 · 김은정
디자인 · 김용미
마케팅 · 문제훈 김선영
출판등록 · 1998년 4월 14일 제13-529호

주소 · 서울특별시 마포구 서교동 328-13
전화 · (대)334-3339, (편)334-3308
팩스 · 334-3318
이메일 · tree3339@hanmail.net tree3339@dreamwiz.com
홈페이지 · www.namubook.co.kr

값은 뒤표지에 있습니다.
ISBN 89-88344-69-3 03840

잘못된 책은 바꿔 드립니다.